香港短篇小說百年精華 上

1901 ~ 2000

劉以鬯 主編

策劃編輯 蔡嘉蘋
責任編輯 俞笛 蘇健偉
封面設計 吳丹娜

書名 香港短篇小說百年精華（上）
主編 劉以鬯
出版 三聯書店（香港）有限公司
香港北角英皇道四九九號北角工業大廈二十樓
Joint Publishing (H.K.) Co., Ltd.
20/F., North Point Industrial Building,
499 King's Road, North Point, Hong Kong
香港發行 香港聯合書刊物流有限公司
香港新界荃灣德士古道二二〇至二四八號十六樓
印刷 美雅印刷製本有限公司
香港九龍觀塘榮業街六號四樓A室
版次 二〇〇六年九月香港第一版第一次印刷
二〇一七年三月香港第二版第一次印刷
二〇二四年二月香港第二版第四次印刷
規格 特十六開（150 × 228 mm）四一六面
國際書號 ISBN 978-962-04-4106-6

目錄

序

劉以鬯

本書選取作品的期限是：一九〇一年至二〇〇〇年。

一九〇一年至一九〇六年，香港沒有文藝期刊。

香港最早的文藝期刊《小說世界》，於一九〇七年出版，現已失存。

一九〇七年年底，林紫虬主編的《新小說叢》出版。該刊第二期與第三期刊登的俠情小說《八孀秘錄》、婦孺小說《亡羊歸牧》、怪異小說《奇緣》、家庭小說《破堡怪》、艷情偵探小說《奇藍珠》、奇情小說《波蘭公主》、科學小說《盜屍》、驚奇小說《血刀緣》、偵探小說《情天孽障》、軍情小說《女奸細》、短篇小說《噩夢》，全屬譯文，只有邱菽園的歷史小說《兩歲星》是創作。邱菽園寓居星加坡，所寫《兩歲星》是長篇。

一九二一年，《雙聲》創刊，由黃天石與黃崑崙主編。黃天石在創刊號發表的短篇小說《碎蕊》，屬於半「文」半「白」的文體。

一九二四年七月一日，《英華青年》（季刊）重新創刊，發表五篇白話小說。其中，譚劍卿的《偉影》，用純熟的白話文寫譚強華拾得錢包交還原主的故事。

一九二七年，謝晨光在上海《幻洲．象牙之塔》第一卷第十一期發表的短篇小說《加藤洋食店》，有濃厚的香港色彩。

一九二八年八月，張稚廬主編的《伴侶》創刊，被譽為「香港第一本純白話文刊物」（引自謝常青：《香港新文學簡史》，頁十九）。該刊第八期發表的短篇小說《重逢》（張吻冰作），寫舊情人「重逢」時的心思意識，手法頗新。

之後，香港新文化運動逐漸發展，文藝期刊陸續出版，值得重視的短篇小說有張稚廬的《騷動》（《小說月報》第二十二卷第一號，一九三一年一月十日）、李育中的《祝福》（《紅豆》第二卷第四期，一九三五年一月十日）等。

一九三五年九月，許地山來港任香港大學教授。他生平最後一篇短篇小說《鐵魚底鰓》，寫一個知識分子的困苦，發表後，引起廣泛的注意。

一九四〇年一月尾，蕭紅與端木蕻良離渝來港。

蕭紅在香港住了兩年多，雖然「只感到寂寞」；卻寫了《呼蘭河傳》、《後花園》、《北中國》、《小城三月》、《馬伯樂》、《民族魂魯迅》、《給流亡異地的東北同胞書》等。由於對鄉土的懷念，她在這時期寫的作品都有顯明的思鄉之情。《小城三月》是她在病床上用細緻生動的文筆寫的短篇。

一九四八年，茅盾第三次定居香港，在《小說》月刊發表三個短篇：《驚蟄》、《一個理想碰了壁》與《春天》。《一個理想碰了壁》寫兩個女人的故事，有獨特的風格與結構。

一九四九年，大批文化人離開香港返回內地；另一批文化人從內地南下香港。這一批從內地來到香港的文化人，因人地兩生，謀生不易，為了吃飯，不得不寫適應市場需求的東西。

一九五〇年，韓戰爆發，美國人將香港作為宣傳基地，發動文化宣傳戰。有些文化人為了賺取「綠背」（美元），大量生產「綠背小說」。不過，在「綠背浪潮」的衝擊中，流行小說十分流行。傑克（黃天石）的言情小說，讀者很多。

值得注意的是，有些作家雖然處在逆流中，依舊寫了具有認識價值與藝術感染力的嚴肅作品，單是短篇小說，秦牧寫了構思縝密的《情書》、曹聚仁寫了風格特殊的《李柏新夢》、葉靈鳳寫了深入淺出的《釵頭鳳》、舒巷城寫了生活氣息濃厚的《鯉魚門的霧》、李維陵寫了電影編劇人編寫電影喜劇的《喜劇》、夏易寫了深刻感人的《出賣母愛的人》……

到了五十年代後期，「美元文化」衰落，現代派文學崛起，使部分香港小說排除了政治性、商業性與遊戲性。

進入六十年代，香港短篇小說的產量增加，值得重視的作品不少。徐訏於一九六五年發表的短篇小說《來高陞路的一個女人》寫香港小人物的事情，本土意識不淡。司馬長風的《擊壤山莊》，以沙田為背景，寫一個「輾轉流離逃入香港」的老人，雖然仍有政治色彩，卻能反映某階層的情況。盧因的《颱風季》寫漁民生活，切實動人。蕭銅發表於《海光文藝》創刊號的《拋錨》，用略帶辛酸的文筆寫四兄弟在愛情路上「拋錨」，平易自然。沙千夢的《情敵》，寫「兩個女人共一個男人」的故事，耐人尋味。張君默寫《獄吏與死囚》，頗有新意……這些短篇，涵意深刻，格不近俗，清楚顯示六十年代香港短篇小說的實績與特質。

七十年代的香港，經濟起飛，文學商業化的情況十分嚴重，出版商為了爭取經濟效益，習慣用市場價值作為衡量優劣的標準。不過，情況雖惡劣，肯咬緊牙關在逆境中奔跑的文學工作者仍在繼續努力，使關心嚴肅文學的讀者能夠讀到用生鏽袋錶象徵極權者專制的《李大嬸的袋錶》、寫老寡婦悲運的《慧泉茶室》、寫香港現實社會生活的《爛賭二》、文字清新的《主角之再造》、文簡意明的《染》、寫文革時期人際關係的《姚大媽》。

楊明顯的《姚大媽》獲第一屆中文文學創作獎小說組冠軍，發表於一九七九年。

進入八十年代後，中英談判經過周密的商談，為香港的將來作出妥當的鋪設，香港文學因此有了進一步的發展。由於思想的分界與限制已被沖淡，短篇小說步入新階段，佳作頗多：金依的《吾老吾幼》寫老婆婆與良仔被困在電梯的情景；陶然的《一萬元》寫銀行女出納員抗拒總經理的誘脅；西西的《像我這樣的一個女子》寫一個常與屍體相處的女人的心態；鍾玲的《終站：香港》寫一個文人的最後；葉娓娜的《么哥的婚事》通過兩代的處境反映現實；吳煦斌的《暈倒在水池旁邊的一個印第安人》，用筆記形式寫尋找居處的原始人；辛其氏的《索驥》，憑敘述者的回憶重現五十年代到八十年代的香港現實；羅貴祥的《兩夫婦和房子》獲一九八五年中文文學創作獎亞軍；劉錦城的《人棋》獲一九八五年中文文學創作獎冠軍；施叔青的《驅魔》寫「我」在尋求內心均衡時與魔衝突；顏純鈎的《關於一場與晚飯同時進行的電視直播足球比賽，以及這比賽引起的一場不很可笑的爭吵，以及這爭吵的可笑結局》寫小市民的生活環境；林蔭的《險過剃頭》，用簡練有力的文字敘寫緊湊的氣氛。

從這些作品來看，嚴肅文學的活動空間顯已擴大。可是，文學商品化的傾向不但沒有改變，反而更加嚴重，尤其是九十年代，由於大多數讀者的接受水準越來越低，使大部分小說作者在市場的競爭下，為了適應市場的需求，大量生產沒有藝術價值的流行小說。嚴肅文學再一次跌落低谷，引起各方面的關懷，香港當局與文藝團體，通過文學期刊、報紙副刊、徵文比賽等活動，為嚴肅文學提供繼續生存的條件。在這種情形下，優秀的短篇還是有的。陳寶珍的《望海》、王璞的《扇子事件》、鍾玲玲的《細節》、伍淑賢的《父親》、陳少華的《漂泊》、董啟章的《在碑石和名字之間》、黃碧雲的《嘔吐》、關麗珊的《與天使同住》、東瑞的《一件命案》、海辛的《男花旦相親》、韓麗珠的《輸水管森林》、黃勁輝的《重複的城市》、謝曉虹的《咒》、陳慧的《迷路》、潘國靈的《莫明其妙的失明故事》等，各有各的風格；各有各的特質。

最後，需要說明的，有下列四點：

（一）本書入選作品按寫作或發表的時間排列。

（二）在過去一百年中，香港短篇小說浩繁眾多，即使每位作者只選一篇，由於篇幅有限，部分佳作依舊無法列入。此外，由於版權問題，有些優秀作品如張愛玲的《傾城之戀》亦未能列入。

（三）小說是不能用數學來計量的，鑒賞短篇小說並無一定尺度。本書所選作品，只是根據個人的主觀判斷。

（四）感謝盧瑋鑾、張詠梅的支持與幫助。

二〇〇四年七月十八日

碎蕊

黃天石

「一」愁

似這般木落秋殘的天氣，即使沒有風雨，也儘夠人消魂了。老天卻還竭力擺佈一箇愁世界，把羅衣般的薄雲，釀成灰褐色。西風過處，挾着一絲兩絲的冷雨，打着殘荷。荷葉枯了，再沒有力量擎起淚珠兒，只是俯着亂顫。一泓秋水，便起了數十百道皺紋，彷彿替垂老的秋容寫照。溪邊，幾株殘柳，雖知道纖腰瘦減，已非歌舞承寵之時，叵耐，在這刀風絲雨的權威底下，不得不可憐地跳舞着。唉！處着這般環境，誰能說不愁？何況青年畫家白孤雲，當綠酒紅燈、鏡啼花笑的時候，尚且尋愁覓恨、獨自向隅，到了此時，自是愁上加愁，然而他心頭的一段新愁，竟沒有一箇人知道。

白孤雲住在秋心村，倏忽三年。他並不是本地人本地人，也不和他交接。他既沒有親戚，也沒有朋友，家裡只賸一箇老母，又聾又瞶。母子相對，一天竟談不上十句話兒。他鎮日鎮夜，只是埋首操作。這一兩年來，他的藝術作品頗受社會上的歡迎。去年冬天，他畫了一幅「慘碧」，託美術展覽會寄售，居然得到一位女郎讚賞，用百金購去。不多幾時，接到那女郎的信，着實道了一番仰慕話，並請他通信教授。女郎自稱名喚淩靈珠，曾學過三年美術。他見伊頗有些藝術的天才，大可造就，便復信允許。過了兩月，二人信中除了功課的話外，又添上幾句友誼套話，孤雲更覺自己的藝術，委實不配做靈珠的教師，信裡便時常道歉。靈珠卻不以為然，只當他是客氣。孤雲忽地動了好奇之心，不信靈珠是女郎，冒冒失失，寫了一封信，要求定期一面。信發之後，深悔唐突。不道靈珠卻並不怪他，竟依着所定的日期，翩然而來。

二人見面這天，都覺愕然：在孤雲心裡，夢想不到靈珠是箇艷絕塵寰的美人；在靈珠心裡，以為孤雲總在五十歲以上，也夢想不到還不過和自己一樣年紀。一對少年兒女，彼此都覺得靦靦覥覥，無話可說。可是這回相見之後，二人的通信不再說套話兒：靈珠來信，總勸他珍重，不可做過度的工作；孤雲回信，不知不覺寫了許多感激的話。又從靈珠信裡，知道伊的身世。原來靈珠自幼喪父，並沒兄弟姊妹，只有一箇寡母。雖擁着多少遺產，卻因家裡沒有男子，恐怕受人家的欺負，便搬到母家，和靈珠的舅舅同住。靈珠生性多愁，時常無端流淚，覺得依人籬下，雖說舅舅和妗母都愛伊，卻總不及自己家裡好，因此常思讀書自立。然而不如意事十八九，伊母親見女兒年將摽梅，硬迫伊半途退學，一天到晚，只把婚事來絮聒。伊沒法了，繞請孤雲通訊教授，預備將來以美術立身，不至於做衣架飯袋。這件事原瞞着母親的，孤雲也時常寫信安慰伊，許伊他日總能成箇美術家。好容易過了半年，他們倆雖不大會面，但是那精神上的交誼，已由師生進而為朋友，更由朋友進而為情人了。他們倆如蠶自縛，如蛾自焚，自己也不知道怎麼會墮入奈何天裡。孤雲一天不見靈珠的來信，總覺得悶悶不樂，連做事也沒心思。靈珠也是這樣。誰想這年秋初，兩人的戀愛期內，忽地來了一箇惡魔——那惡魔便是戀愛的讐敵。

靈珠的母親，聽了不知道那箇媒婆的話，硬把伊許給一家趙姓的。趙某是城中著名的紳閥，有錢有勢，誰不羡慕，伊母親自然未能免俗。雖經靈珠力爭，但總不能挽回母親的鐵鑄心腸。靈珠無法，急忙寫信，和孤雲商量。孤雲彷彿受了電擊，執書呆了半晌，卻也一籌莫展。他對於靈珠，不過半年交誼，原沒有乞婚的妄想。可是到了這時，不知怎樣，一陣難受，伏案哭了幾點鐘，把一幅沒有畫完的丹青，濕透紙背。那夜通宵沒睡，含淚寫了封復信，請伊明天過寓一談。這是我書開幕的前一天事。

一角小樓，便是孤雲的辦公室。樓中鋪着花毯，火爐架上，置着兩三箇名家雕刻的石像，栩栩欲活。臨窗寫字樓的花瓶裡，那枝花蔫葉萎的秋芙蓉，是靈珠一星期前所贈的。孤雲還天天親自換水，不忍拋棄，對着斷腸花兒，兀是擔愁花的顏色一天不如一天。孤雲便聯想及靈珠的容貌，也一天天的憔悴起來。可是花兒越是枯萎，孤雲的愛情卻越是堅專。有時默默的想，誰不知道愛好花，但愛花的人多了，便分卻我的愛情，倒不如對着枯花碎蕊，獨自憑弔，使花的精魂獨享我的專情，那纔是真愛花哩！這時望着窗外，只見十分秋色，好不可憐。瞧瞧腕上的時錶，將近三點鐘了。心想所約的時候已到，便覺得心脈亂跳，不知道相見時說些甚麼話好。又想這般風雨，靈珠不能來了。不來也罷，可奈再見就難了。正是嘆息，遠望夾道樹陰裡，一箇女子撐着雨傘走來。那嬝嬝婷婷的姿勢，不是靈珠是誰？

靈珠到孤雲家裡，這是第四次了。伊一眼瞧見瓶花，默會孤雲的深情，感激到不知所云。兩人握着手，怔了半晌，靈珠便低鬟微赬，縮着纖手道：「雲哥一向可好？」孤雲道：「多謝妹妹！」說着，見伊當深秋天氣，還穿着一件紫羅蘭色綢衫，不覺問道：「妹妹可覺涼嗎？」靈珠回說不冷。孤雲已走近窗前，放下簾幕，回頭見靈珠眼眶中，滿含淚珠。孤雲那顆心，彷彿迸碎了，便慰道：「妹妹不用傷心，我們慢慢兒商量罷！」兩人便並肩坐在莎榻上，靈珠總不言語，眼淚像珍珠斷線般落下來。孤雲也陪着垂淚，顫聲兒問道：「妹妹，難道終不能挽回親心嗎？」靈珠搖頭道：「母親這般固執，舅舅一家人都贊成。我一個女孩子，反抗也是無效。思前想後只有一箇死字。要我負雲哥，是不忍的。」孤雲默然想了一回，強笑道：「我和妹妹不過半年交誼，說不上一箇負字。母親愛你，對於你的一生大事，自然不肯草率，總找一箇才貌相當的對手。妹妹放心，我們的友誼是永遠存在的。」靈珠噙着櫻唇，顰蹙道：「雲哥的心原來這樣！那麼我今天此行也是多事咧！」說罷，低着粉頸，注視地毯的繡球花，含着薄怒。孤雲淒然道：「妹妹可不要誤會我的話。我並不是不愛你，我也曾替你打算，要是達到我們終戀的目的，除非殉情和出走。第一事，母親年青守寡，撫養妹妹到這麼長大，怎忍見你先伊棄世。你素來富於天性，自然不忍。第二事，似這般慘酷無情的社會，沒事尚且捕風捉影，假使有隙可乘，社會上還有立足地嗎？我呢，為了戀愛的緣故，雖死無怨，然而怎忍使妹妹跟着我死？並且我那聾瞶的老母，風燭殘年，無依無靠。做人子的，應該盡終養天年的責任。妹妹試想，我們可能蹈海雙死以殉愛情嗎？我們可能犧牲名譽以殉愛情嗎？既然兩皆不能，我但願從今以後，妹妹淡忘我罷！我甘願犧牲我的愛情，保全妹妹將來的幸福。從此鶯春雁夜，我惟有攄着血誠，默默的祈禱，願你們兩人百年廝守，式好無尤。如果上帝可憐我，使行屍走肉之身，康健着工作，侍養我的母親到百年以後，我便心碎淚枯，也是一百二十分願意。珠妹妹你忘了我罷！」孤雲說到這裡，宛似旋開了自來水喉，眼淚越湧越多。因為找不到手巾，只得以袖拭淚。靈珠把手裡的粉紅絲巾，擲在孤雲懷裡，自己卻把衣角拭着。孤雲竊覷他情人，哭得像雨後的秋棠一般，淒艷欲絕，便絞乾替伊拭淚。靈珠抽抽咽咽，一時說不出話來，素面靠在孤雲肩上，一對蔚藍色的媚眼，癡癡的注着孤雲，表示伊感激的誠意。這時窗外秋聲，幻成一片淒切的哀響，室中卻充滿靜美與柔和的空氣。瓶中已死的秋芙蓉，也似要復活了。兩人都呈了催眠狀態，受着戀愛的驅使，甜蜜蜜接了一箇吻。靈珠緊握孤雲的手道：「雲哥哥，你這樣用心，不但使我感極不知所報，他們兩老，也該感激咧！只是我清白之身，卻斷送在親權底下了！」

風斷了氣，雨停了淚。愁慘的背景，沉沉漸入黑夜了。兩人的心坎裡，還很光明地深鐫一箇「愛」字。他們臨別的話是：「前途珍重，他生再見。」

「二」夢

靈珠嫁後，孤雲那顆心，不知道是酸是辣。假使沒有老母，也許自殺，或者出家做和尚，然而理性終不許他這樣。他受着生活的壓迫，一天仍要做十小時以上的工作。他從前總興興頭頭操作，這時卻執筆心亂，時常配錯顏色，他的作品便不能十分動人，然而他倒並不在意。但凡一個人，有目的然後有希望；如果沒有目的，還有甚麼希望可言呢？孤雲這時心花已萎，覺得這箇身體，簡直成了天地間的贅疣。生命尚且不惜，何況名譽？藝術原是精神的結晶，精神一渙散，藝術也隨之墮落。因此孤雲益發自放，便有所作大都是「孤燈鬼趣圖」，滿紙沉鬱和恐怖之氣，令人看了不懽。社會上對於藝術家的觀念，本來俳優蓄之，誰耐煩看這種作品呢？

一箇十一月的冬夜，孤雲從一家書坊歸來。踏着細碎的樹影，仰望空際，只見一天凍雲，像釀着新雪一般滿含寒意。亮晶晶的月兒，映着空塘寒水，彷彿美人空谷，惜取容光。夜色幽麗極了。孤雲便想起，書坊夥伴的話：「先生那幅（花塚）圖，已售給一位女士了。伊很美麗，還極力讚賞先生的作品。伊彷彿說，曾和先生認識呢！」孤雲一壁想，懶懶的挽着樹枝，再不能走了。他想起那異性知己，幾乎要瘋狂。他望着明月，宛似見靈珠站在月中，齳鬢微笑，向他招手。他的靈魂，便冉冉上升，和靈珠擁抱痛哭，互談別後的哀怨。不料一陣西北風，颭得他打了兩箇寒噤。那顆靈魂，便從九霄中墜下。張眼看時，那裡有甚麼靈珠？但見枯樹撼風，寒波印月，兩三隻失群的雁兒，唳着向西北角去了。孤雲纔慢慢兒移步回家。

他悄悄的挑燈，檢出靈珠給他的信和小影，哭一回，看一回，又把玩着那幅浸透香淚的絲巾，暗自嘆：「道這就算是戀愛的成績嗎？早知這種東西，足以添失戀時的悲哀，當初又要來做甚麼？思人雖不必睹物，睹物卻不能不思人。」想到這裡，便很很地寫了一封信，託人轉寄給靈珠。信上說：

這是甚麼時候，我不該再寫信給你了。人的情感，是心理造成的；心理的作用，是隨着環境變遷的。你在這溫馨的蜜月裡，你的環境，自然是花團錦簇、玉軟香溫了。你在這時還記得從前有箇朋友，承你叫他做 sweet heart 的嗎？我知道你再也不會念他了。唉！

但是他還念你，他時時刻刻都念你，他永遠念你！他的心花，瓣瓣深鐫你的小影。他死了，也攜着你的小影，長眠地下。唉！可憐的他！

他現今也許靦然在世界上做人，然而他的心早已死了。他活潑潑地的志趣、他躍躍欲試的雄心，已完全消滅了。他已枯寂如老人。他的朱顏綠鬢，漸漸變了顏色；他的綺思清才，漸漸化作死灰。他雖不曾死，他天天祈禱上帝賜他死，好比犯肺病的人，死了倒沒有這種哀慟。

唉！人間世竟有這般境地嗎？他自己也不信是真。他回首前塵彷彿做了一場春夢，他到了今天，也疑還在夢裡。

在你未嫁以前，他也有許多痛苦，但他蓮心自苦，總不願給他心愛的人知道。但這時他再也忍不住了！他給你知道，他深恐你聽了不安，他自己也萬分抱歉。然而你總要原諒他，他再也忍耐不住了，他再也忍耐不住了！

他心中的説話，何止千千萬萬句？但他提起筆來，卻不知道該寫那一句好。他千萬斛血淚都酸咽在心頭，他不能再寫了！

他寫完信，終覺對不起你。他無端來寫這些不祥的話，嘔你的氣，但是他決非全沒意識的人，他深信你在這盡情行樂的時候，再不為這種事煩惱。

他還含着一包眼淚，祝他的情人健康。

靈珠接到這封信，應該發生甚麼感想？假使伊的丈夫，「才」「貌」「情」都比得上孤雲，伊也許擱着不復；退一步說，假使伊丈夫的「才」「貌」雖比不上孤雲，卻有孤雲般熱烈的「情」，伊也許擱着不復；再退一步說，伊的丈夫待伊還過得去，像別的男子待他妻子一般，伊也許擱着不復。可是三件事都令伊失望。伊嫁後，從沒有享受過婦人應有的幸福。伊丈夫的尊容，龜形鼠目，還生了一身惡疾。從小恃着父母溺愛，長到二十多歲，還不能夠自立。雖學過半年日本法律，卻是有名無實，嫖賭兩事，倒十分精明。他娶靈珠，並非自動，也是受了家長的支配。因此結婚以後，不夠兩個月，已鬧了十多次。靈珠深哀極慟時，只是痛哭。有時回家，把所受的委屈稍微哭訴母親。伊母親只淡淡的說道：「做媳婦總是這樣的。他家有錢，還有甚麼不滿意呢！」靈珠只得咽着不說。伊的幽怨，竟沒有一人可以告訴。這時正在病中，讀了孤雲的信，越覺負己負人，萬恨填胸。想起自己的地位，凌姓上已冠以別家的姓氏，不該再和舊歡通訊，便想把這信燒了，以免藕斷絲連、再陷情網。然而再一想想，這信寫得如許纏綿，我此生雖不能再與所歡相見，可是見他的筆跡，也可稍慰相思，便鄭重着鎖在首飾箱中，和孤雲從前送給伊的紀念品，放在一起。沒人時候，便斜剔銀燈，低垂羅帳，擁着半衾，細細的咀嚼，覺得孤雲的深情，幾乎要幻為情海，將伊的香軀浸了。這樣過了幾箇月，伊並不復信，孤雲也不再寫信給伊。在孤雲心中，原不盼伊的復信，他不過發洩一己的牢騷，使他情人知道，只要靈珠諒解他的苦衷，便死也甘心，其他還有甚麼希望？一天，薄暮時候，孤雲正從山水明媚的地方，攜着許多畫稿回來，忽見綠衣使者，寄到一封信。他一望便知是靈珠的手筆，不覺心血怒沸，昏憒中竟不敢啟函，彷彿這封信裡，滿貯着愛情的無煙毒藥，一經爆裂，便會喪命。當下，他拿着信，坐在畫室的螺旋椅上，嚙唇呆了一回，嘴唇上印着一條血紋。結果那已死的情灰，又熊熊復活了。這信中的纏綿哀韻，一字一淚，又在他眼簾中留箇影子，很深刻地印入他的腦蒂：

「他生之他」：

你寄給伊的信，伊不知道翻覆讀了多少次。在這無數的皺痕中，更不知道漬着多少血淚。伊雖受了「買賣式」的支配，把清白的貞操糟塌了。可是伊自信那顆靈魂，還是潔白無瑕。伊在世界上，可許獨憐念你。假使你給伊一箇懺悔的機會，無論天涯地角，伊也許找到伊從前的 sweet heart 握手，了伊的心願。「他生之他」，你祝伊的健康，你祝伊的幸福，伊只有開伊心坎中的秘鑰，容納你的血誠。伊不願意再説感激的話，因為似這般生死的交誼，不是感激兩字，所能表示。伊常常讀到元微之的詩：「曾經滄海難為水，除卻巫山不是雲。」伊便不知不覺，發生一種説不出的感覺。「他生之他」，你簡直是伊的空氣！如果沒有空氣，伊的呼吸便斷絕了。空氣呵，你怎忍和伊隔絕，眼睜睜的瞧着伊像花兒般枯萎？

伊嫁後的種種，總不忍對伊情人直説。但除了伊情人，真能愛伊，把伊的痛苦，當做自己的痛苦，此外更對誰說？伊如今將千言萬語併做一句說罷！伊嫁後所受的，都是「非人」生活。什麼團花簇錦，無非恨綺愁羅罷了！伊的對手，只知道酗酒漁色任性妄為。伊嫁到這般一箇人物，委實辱沒伊了！在伊未物化以前，伊還抱着妄想，和伊的情人一面。伊深信伊情人的天才，將來總能登峰造極，在藝術界的峰巔，獨樹一幟。伊日夜撐着將枯淚眼，祝「他生之他」前途珍重。

願我們兩心永遠不渝！戀愛之神萬歲！

孤雲接到這封信，宛似經愛河之水灘溉，愛之花又蓬蓬勃勃，漸有生氣了。他從前的心，像已死盡，對於世事，一概看得空空洞洞，這時卻覺得人生意義，彷彿是為戀愛來的。受着戀愛的驅使，雖冒萬死，犧牲生命名譽，也算值得。當下他臨窗獨坐，適當殘春的晚風，吹得他情花亂顫。他一手緊握情書，望着遠峰夕陽，還留着一抹紫色，像是朋友們晚涼敘別，依戀不忍遽去。孤雲吸着煙斗，凝眺晚色，只見一片片殘霞由紅轉灰，由灰轉黑，一會黑雲四集，上天下地，都像緊張幾重深厚的黑幕。但是不多幾時，那張黑幕卻給光明的月兒攻破了。孤雲從地月影中，也不點燈，只是默默的癡想。窗外的夜色很靜美，水心受月，蕩着一池碎銀。沿溪的嫩綠，在月下閃閃發光。樹影倒映入水，像是攝影機中，剛攝下一張畫片。孤雲私自嘆息，似這般良夜，竟不能和他情人一起消受，做人還有什麼生趣？想着，神經激刺得越發利害，幾乎要暈了。不知怎樣，離座而起，悄悄的開門出去，趁着月色，走到一株半殘的珍珠蘭花下，抱樹抽抽咽咽。哭了半盞茶兒光景，恍惚所抱的並不是樹，卻是一箇女子，穿着一身潔白的素羅裳，濃芳馥郁，辨不出是衣香還是花香。揉眼看時，正是靈珠。孤雲怔怔的想道：「難道是做夢不成？」想還未了，靈珠拍着他肩兒笑道：「雲哥哥，你好癡也！」孤雲模模糊糊的問道：「妹妹，我們倆可是在夢中嗎？」靈珠道：「說真就真，說夢就夢，其實真和夢何必分辯？」孤雲挽着伊手道：「即使是夢，我只當是真的。」靈珠也覺黯然道：「像你這般情深，我深信此世再找不到第二人。雲哥哥，你可能給我一箇懺悔的機會嗎？」孤雲道：「無論甚麼事，我都許你。你可知道，天下的情人，都願意為戀愛犧牲麼？」靈珠道：「委實說，我現在已覺悟了。女子也是人，應該享受人的生活。為甚麼我的意志不能自由？為甚麼我的戀愛不能自由？藝術是我的生命，情人是我的靈魂，如今兩件事都失望。那不自由的婚姻，把我的生命和靈魂，統剝奪了。我怎能不起來奮鬥？雲哥哥，你可許幫助我奮鬥麼？」孤雲想不到伊一箇弱女子，竟有這種勇氣，一時不知如何對答。半晌纔問道：「依你說，是不是想脫離現在的家庭？」靈珠微微頷首。孤雲道：「那麼，須經過法律上的手續。」靈珠搖首道：「我不信法律。法律是貴族保障，萬不能解決平民的痛苦。」孤雲道：「妹妹難道想從非法律解決嗎？」靈珠又微微頷首，悄問道：「你可許助我嗎？」孤雲慨然道：「我早應許妹妹為戀愛犧牲了！」靈珠感極，玫瑰似的嬌靨，貼近孤雲胸次，眼中含着無數情淚，瞧着孤雲臉兒道：「雲哥哥，我一百分信託你。以後的一身，都是你的了。」孤雲道：「將來奮鬥而失敗怎樣，妹妹可覺懊悔？」靈珠道：「因為戀愛的緣故，即使頭崩額裂、遍體鱗傷，也是甘心情願，沒有悔意。雲哥哥，我從前對不起你，此後再不會對不起你了。只是玉已玷瑕，總覺不足對情人，那纔令我慚愧呢！」孤雲抱着伊抱月飄煙的纖腰，慰道：「妹妹，我總不負你！從今以後，我的肉體和靈魂，都交付給妹妹了！」一壁說，一壁脫下自己手上的寶石約指，加在靈珠纖指上。兩人都對着月兒宣誓道：「不願生離別，但願死同穴！」

定情之後，孤雲忽覺靈珠嫁已半載，腹中已多了一塊肉，便顧不得伊害羞問道：「將來那孩子怎樣安置？」靈珠聽了這句話，哭得像淚人兒一般，嗚咽無語。孤雲逼着問伊。靈珠橫着心兒哭道：「等到分娩之後，我做我的人，怎能再顧及他！他長成時，只好怨自己薄命罷了！我已把此身許給情人，怎能出爾反爾、再做負心人？好在我平日和趙家的人，感情還好，或者不至於虐待他吧！」說罷，回轉臉兒，恐怕伊的悲哀，給情人知道。這時孤雲大大的感動，暗想：「戀愛固然是神聖的，但因戀愛而離開他人的骨肉，便不能說是神聖，只能算是自私了。何況我也有母親，假使母親當年，也像靈珠一般，隨着情人出走，我又怎樣？我的母親又怎樣？我既愛靈珠，怎忍使伊傷心呢？何況我倘然真隨靈珠遠行，家中的老母，又如何生活？」想到這裡，輕輕把靈珠推開，仰天嘆了一口氣。靈珠愕然卻步道：「雲哥哥，你可悔恨我嗎？我原不忍你做法律上的罪人。」孤雲道：「我並非怕法律，只是良心終覺過不去。理性能夠戰勝情愛，也許是我們的幸福……」說還未畢，只聽得「鏜」的一聲遠鐘。孤雲張眼看時，只見自己睡在一株珍珠蘭下，滿身吹滿了花瓣，濕透了花露，無情的月兒，還團圞含笑，儘地放着光明，彷彿是嘲笑失意人。孤雲忙站起來，將領間的花瓣抖去。但覺白袂驚寒，夜涼如水。惘然四顧，恍惚見水光林影間，一影翩然掠過，綺夢全非，伊人宛在。俯視胸次漬着一大片花露，還當是靈珠的啼痕哩！

孤雲寒顫着回去，先走到母親臥室。桌上的燭已息了，燭盤裡還承着許多蠟淚。室中滿浸着月色。孤雲躡步走近床前，微聞鼾聲，便撩起羅帳，見他的母親睡得很甜適。月亮照着伊的臉兒，露着慈祥和仁愛的模樣。孤雲天性惻然而動，便俯首輕吻老人的皺額。他母親忽從睡夢中驚醒，雙手攬着孤雲道：「我兒，我夢中見你失足溺斃，以後渡河時，千萬要小心纔好！」說時，老淚不覺滴在孤雲的頰上。孤雲咽着答道：「媽媽靜着睡罷！天快要亮了，妖夢信他做什麼！」他母親纔無語睡下。孤雲替他蓋了被，哭喪着自回寢室。孤雲的「理性」戰勝「戀愛」了。趁着殘月的光線，寫了一封宣告情誼終止的信，寄給靈珠。信中措詞，甯使伊怨怒，不使伊眷戀；甯使伊厭惡，不使伊思慕——宛然兩箇人的手筆。靈珠看完這信，一定說他瘋狂，或者怪他唐突。然而怎知道他寫的時候，那顆心好像受着千刀萬割嗎？唉！

十年後，孤雲的母親死了。伊死時，最放不下心的事，便是孤雲還未娶妻。因為這件事，伊生前也曾和孤雲鬧過好幾次。孤雲雖不曾公然反對，然而低昂不就，足足蹉跎了半世。他抱獨身主義，並沒有甚麼潔癖。他的良心上，以為這樣纔對得起靈珠。他常說，他全顆心，已交給靈珠了。他縱使別娶，萬不能收回這顆碎心，交付他名義上的妻子。他不敢誤人家的好女兒，所以他甯願獨抱悲哀，捱過這錦樣的韶光。這時他在藝術界，已博得全國的讚頌。這讚頌的聲浪，吹到靈珠耳中，粉靨自然多了兩箇笑渦。其實靈珠年來的生活，可謂索然無味到極點了。伊既不能爭得箇人自由，連「日本式」的良妻賢母，和我國人所謂相夫教子，也不能做到。丈夫既不長進，兒子年紀又小，伊無聊中所盼望的，只眼巴巴的望伊情人成名。在這十年中，他們倆並沒會過一面，一則沒有機會，二則為避嫌疑。可是憂能傷人，靈珠天天眼淚洗面，眼淚也有乾枯的時候，何況人的壽命。那年春殘花落，靈珠的肺癆病發得越兇，藥石無功，名醫束手。家人沒法，便送伊入公醫院留醫。院長見伊面色青黃，呻吟憔悴，十分中已有九分九沒望了，便也不勝惋惜。但靈珠入之院之後，自知去死日近，快要脫離煩惱了，臉上倒有了歡容。那天黃昏後，趁着人靜的當兒，在半明不滅的電燈光下，寫了一封絕命書，給伊永遠不忘的情人。伊筆尖兒刺刺的落紙，便留着一箇箇傷心字跡來：

「他生之他」：

十年前，接到你最後的信，我深諒你的苦衷。你雖極力使我發生厭惡你的感想，然而事實上卻總不許我。你從前不是曾對我說：「我們目前的愛情，熱烈到沸點了。然而好花和明月，也有圓缺開謝的時期。如果我們的愛情，一旦決裂，我但願你不要記得我的壞處，只要將我的好處回憶，就心平氣和了。」因此我對於你，無論如何，總不能忘情。十年以來，雖盡力遏抑我的愛念，不與你通訊，但到了今天，將要和你訣別，愛念再不能遏抑了。請你原諒我是垂死之人，重又觸起你的悲哀。「他生之他」，這箇稱謂，是我十年前寫信給你時用的，如今卻將要證實了。我們倆在今生，縱不能達到終戀的目的，天可憐的，只好立定決心，把這箇目的，懸之於他生了。所以在這幾天內，非但不覺得悲哀，並且還覺得快樂。我的兒子還小，不知戀母。至於他呢，一向把我當做讐敵，痛癢不關，病中竟沒有到探過一次。家人表面上還過得去，其實不過是「敷衍式」的人情罷了。別人處到我的境地，不知要悲痛到怎麼田地，我卻並不在意。他們不來，倒給我一箇靜思情人的機會。我晨夕向枕邊禱告，但願上帝使我早一天脱離這箇世界，便早一天償我他生的願望。當這深夜時候，我念你的心越發熱烈。你可知道我在這時萬念俱靜，靦然低呼你嗎？

「他生之他」，「他生之他」……你這時也許入夢了。夢中聽了我的呼聲，你的靈魂可能飄然而來嗎？我總張着兩臂擁抱你。我寫到這裡，自笑太癡了。橫豎我將近脱離塵世，何妨索性多等一會，見你也不遲呢？但司愛之神總不許我這樣，彷彿冥冥之中，催着我和你晤面。「他生之他」，我如今正與死神掙扎着，很願於臨命之前，再見我摯愛的人，然後瞑目。

我支撐着病骨，寫了這許多字，腕疲神倦，不能多寫了。這時但覺頭暈目眩，渾身酸痛，手額熱得像火燒一般。微微咳嗽，吐了兩口血，也不見看護婦到來。咳！「他生之他」，除了你，本來還有誰人真愛我的……

珠發自公醫院

第二天，靈珠把信交給醫院侍役，送到孤雲寓所。伊這天的病態更覺危險。醫生預料伊的生命，必不能過二十四點鐘。伊家人因為伊犯的是傳染病，都躲避不來。醫生見了這種情形，也覺黯然。直到夕陽紅墮的時候，纔見一個神色頹喪的中年人，氣喘吁吁的跑來，求見院長，説明要見靈珠。院長只當他是靈珠的丈夫，後來看了他的名刺，卻是「白孤雲」，纔知道是當代名畫家，當下不敢怠慢，忙陪笑親自導他進去。走近窗前，聽得靈珠呻吟之聲，孤雲心如刀割，恨不得一步跨入病房。誰想院長忽然阻止他道：「伊的病很厲害。我私瞧先生的顏色，也像有些癆病，不進去也罷！恐怕你受了這劇烈的激刺，傳染得越發沉重。那可不是頑的！」孤雲不聽道：「我早預備着死的，只要見伊一面，便和伊一塊兒去了。」説着發狂似的，直跑進去。只見靈珠臥在床上，目眶深陷，面如白蠟，和十年前之花嬌柳嚲、顰笑皆春，宛然改變了一箇人。只有鬢雲眉翠，還依稀可認。孤雲一陣酸心，撲簌簌弔下兩行熱淚，走到床前，低呼道：「妹妹，我來了！」靈珠微微含笑，展開力不勝舉的雙臂，和伊情人擁抱。孤雲把自己的臂兒，給靈珠枕着，兩人並枕相視，約有一小時。醫生幾次催孤雲出去，那裡肯聽？直到上燈時分，纔聽得靈珠細弱的聲兒道：「『他生之他』，你當真許我他生之約嗎？」孤雲含淚應着。靈珠笑了，和孤雲接了一箇最後之吻，竟枕在伊情人的臂上，一睡不醒了。

孤雲雙睛火赤，一路狂奔出院，直返寓所。他行時，彷彿聽見醫生說，他沒有兩禮拜的命了。也許是他心理上的作用，他自己也知道以犯癆病的人，和犯癆病而死的人接吻，是最危險不過的事。從這天起，便杜門謝客，在室中聚精會神，代靈珠繪了一幅遺容。捱到第十天，覺得再也捱不住了，便把這幅畫，送到世界美術會中懸掛，了他的心願。一天清早，風斜雨細，曉霧暝曚，孤雲扶着一根手杖，跛到珍珠蘭花下，拾了一朵花蕊，見已碎了。猛的想起那蕊字是三箇心字的，便長嘆道：「一箇人經過一次碎心，已經了不得，怎麼禁得起一連三次碎心？」說罷，三呼珠孃，暈絕於地。多情的曉風，颺得珍珠蘭繽紛亂飛，深深的將孤雲葬了。

按：本篇原用舊式標點，文中新式標點為本書責編所加。

偉影

譚劍卿

譚強華，是個很好才學的青年。豪放不羈，自號為癡子。在民國三年的時候，他在本校讀書。他對於師長，是很恭敬；對於科學，很用心；對於同學，更是和藹得很：這時他不過是十八歲。但他的志向卻是非常偉大，他的舉動真是光明磊落不過。所以沒有一個同學，不敬重他的。他的中文，是超冠全校的，但不知為甚麼？考試總是不能居首。他很好同幾位知己，尋山玩水，肆意來遊樂。興發的時候，狂歌號哭，是不能免的。馬桓話「馬革裹屍還葬」是他最拜服的訓言。有一晚，九點餘鐘的光景，他從般含道回家。這條路在半山，沿途盡是樹木和野花青草來作伴的。日間行人，已經是不可多見。一到日落，更覺是人蹤稀絕了。他憑住了勇氣，一步步緩行。見得疏林掛住個月兒，明晃晃，斜照在街上，兩旁卻是重重花影，掩映於他的眼簾。這時並沒有半個人影來出現，只有那種悲哀的鸛聲；久久刺入他的耳鼓。他的心動了一動，不知不覺，將杜甫這首春望詩迴環誦個不絕。剛剛唸至「國破山河在」，連「在」字也未有唸完；忽然觸着一物，令他幾乎跌了一跤，呵！這是甚麼東西？他起先尚以為是一塊頑石，後來向地望了一望；不覺訝異萬分。這個銀包是誰遺下的？他急拾起，往煤燈下，打開看看，見裝滿了鈔票，至少也在數千元以上。此宗善事讓我造了罷！他一壁說，一壁微笑的，將這個銀包塞進他的袋裡，裝作沒事的樣子；至坐在燈下來等候。夜景已深，月色更加光明了，他坐了好久，仍未有人來尋那件東西。他坐得太不耐煩，起身想走，望下時計；已經是十一時半了。他一路行一路想，若果我今晚不等候他，他若果等用這筆款，豈不是誤了他。停步想一想，他再回原位坐着，此時夜色更加深了，幽靜的樹林，更加可怕得多了，但係強華的勇氣，並沒有絲毫減少。等了許久，他望見一個影子，慢慢地自遠而近。他就竭目力，從燈光來打量他一回。影子來得近了，原來是一個穿洋服的中年人，提根手杖，傴僂着，很似覓東西一般；將手杖畫來畫去，很失望的，慢步前來。他知必定是他了，越來越近，這人竟從他身旁掠過，好像沒有看見他一般；傴僂住身子竟過了，口中喃喃話唉！怎算好呢！強華不能忍了。「老伯」！覓甚麼呀？他一面施禮一面問。這人回到他面前，很誠懇的答，唉！我真是無面目見我亡友的親人了！因為我友臨死的時候，將家產來托我，照料他的家小，我將他的所有，收好了入銀包內；今晚從這條路往銀行，代他存放，但不知為甚麼竟失掉了？強華就問：老伯、你失了幾多？！那人答道：銀就不過是一萬元左右，但是有張重要的合同，更加關係得大了，強華就拿出那個拾得的銀包來說：嗱！是不是這個東西呢？他高舉這銀包，來與這人來認，多謝上帝！他就狂叫起來，是了！是了！這是我所失掉的東西了！臉上的愁容，比曇花還飛得快，即時就放淡了許多。強華連忙雙手交回他，還叫他點過看有失去不。這人連忙打開看看，急急道，沒有失了，先生高姓大名？請來舍下坐一坐，好麼？我要酬報你呀！強華説，酬報？你真太小覷我了！我若果是想酬報的，我就不還你這銀包了。他説完，飛也似的行了。這人想阻也不及，只得呆呆望住他的影子，心中想道：這個奇男子，我決不交臂失了他去。強華造了這事，半句也沒有説出來，照常的用力功課。光陰似白馬跑的一般，一個月又一個月，不知不覺已經是民國四年了。這時袁世凱實行他的帝制，蔡諤在滇省誓師來討他。第二次的革命軍，滿佈在南方各省分。強華不禁拍案大叫道，大夫報國的機會到了。他就投身蔡諤處造了個團長。但他御下有方，賞罰嚴明，得上官的器重，所以沒上一月就升了旅長。這時他的前鋒已經和北軍接觸於四川了。初時卻是失敗，後來他竭力激勵部下，竟以一旅的師，經過了七日血戰；直抵了成都。他不論大小的戰陣，全是身先士卒，從沒有絲毫畏怯的。到最後這一次，他因奮勇過度單人匹馬踏進敵人的陣地，被彈子打傷了手臂，袁世凱也死了，戰務也停了，他的傷勢也好了，他就辭了職；來教育界討生活，在羊城造了幾年校長，他就來港和黃女士結婚。黃女士是誰？就是這個失銀包人的第二女公子了。這是後來説及從前拾銀包的故事。才知道的那可算不可料的事了。黃金他似的日子，飛也似的又數年了。前年年底，家嚴在北京招他上去，他就乘長風，破萬里浪去了。臨去的時候，他還殷殷勤勤的勉勵我；許多言語才別。如今只剩他的偉影長留，真是令我沒有一息間忘掉他啊！

（《英華青年》（季刊）第一卷第一期，一九二四年七月一日）

父親之賜

鄧傑超

那半彎慘白涼月，冷掛在半天上；彷彿瞧着這世事滄桑，已有些生倦的樣子；旁邊幾點疏星，碎珠般嵌在浮雲裡頭，也伴着月光懨懨欲睡。一會兒不知在那個天頭地角，豁剌剌的颳來一陣大北風；送過一大朵黑雲來；於是上天下地都黑越越的像鬼國一樣。

幾十株已凋的瘦樹，撐着枯枝在風中摩擦做出一派如泣如訴的鬼哭聲，樹中還有一隻貓頭鷹，啾啾的叫個不休。

在這些凋零瘦樹之中，橫着一片瓦礫場，先前卻是一所大洋樓，如今不知怎樣被火燒掉了。在那些斷木碎瓦中間，有一個二十多歲的少年，坐在一個小孩子燒爛變成的死屍旁邊，兀自抽抽咽咽的哭。

那少年哭了一會，才抬起頭向着那暗而無光的天悲呼道：「天呀！我是一個亡國奴呀！並且還是那萬人唾罵的賣國賊的兒子！天呀，求你可憐這萬惡的我，讓我快快的死去罷！這樣的偷生有甚麼意思？我臉上好像寫着：賣國賊的兒子似的，到處被人唾罵；這一生的污點兒，就是倒了太平洋的水，也洗不清的呀。嘿，父親呀！父親，枉廢你是身長七尺的人了！你同你那幾個雞朋狗友，狼狽為奸的，把錦繡山河的祖國送到那裡去啦？你們三個人，擁着那三千萬元賣國的代價，腳底明白，溜之大吉的逃往歐洲去遙遙自在，卻不見你祖國大好江山已變成外人的領土，四萬萬華冑降為皂隸。不知道你在那逍遙自得的時候，可想到你親愛的同胞正是在上天無路落地無門的時期。

唉！父親呀，父親！祖國何負於你？偏把祖國陷到了這個境界！同胞何負於你？你卻把同胞害到這般田地！如今祖父母都為這個忠孝的你，投河自盡了！累得他們白頭二老死無葬身之地！我家的先墳已被人掘開了，累得列祖列宗不能安居地下！阿母已被日奴劫去了，你兒媳被迫自殺了，你的屋子已被人燒了；年才四歲的孫子呀，活活的為你被人放火燒死了。一家之中惟有老不死的你，和你那不幸的兒子我了！唉！你在那風清月白之夜，捫心自問，可對得起祖國同胞及你自己的家庭嗎？你已經是天良喪盡了，死不死也自在你一個人了！惟是你的兒子，為你害的毫無生趣了！」

少年說完了，向四下望了一週，大聲呼說：「親愛的同胞呀！我便是那賣國賊的兒子；如今一死自了，代我父親向你們謝罪……」說到這裡，就從一個被國人打死的一個外國兵的槍上，取下一把明晃晃的刺刀來，向胸中用刀一刺。那時一丸涼月又從雲堆裡露出半面臉來，照着賣國賊的兒子。卻只見他已躺在血泊之中一毫不動了！

樹上的貓頭鷹，還是如哭如訴啾啾的叫箇不休。（傑超按：這篇是我從前的舊作因為五四風潮痛恨曹陸章三人賣國而作今登在本校季刊上聊作一份補白的用處其中有甚麼錯誤或不好的地方還請諸位同學多所賜指教是幸。）

（《英華青年》（季刊）第一卷第一期，一九二四年七月一日）

加藤洋食店

謝晨光

——風吹花落，落花風又吹起！

鄭板橋

加藤洋食店是H埠的一間日本人開設的咖啡館兼餐館，位置在於H埠的東方名叫做Wanchai的一塊地方的中部。

H埠是E國在數十年前用武力強搶來的一個小島，當時荒蕪的孤島，經了E國竭力的經營，此刻已成了東亞第一大商場了。H埠的正中，是V城，是商場最繁盛的地方，舉凡一切最偉大的建築物，珍珠寶石商店，博物院，影戲場……都萃會在橫貫H埠的D道和Q道。因為這個緣故，V城的東西兩部都未能十分發展，西部只是些堆棧的地方；東部雖然有幾間商店，但生意卻不很熱鬧，除了三兩家比較發達些之外，其餘的大都門庭冷落，市況蕭條。但有件事可以特別注意的，就是Wanchai的地方，雖然生意很冷落，地方僻靜，不過日本人是很多的，賣瓷器的賣丸藥的都有，近一二年來還開了一間日本式的咖啡餐館，離日本妓女的地方不很遠，所以 Wanchai 雖然是中國人佔了多數，但日本色彩卻是很濃厚的。

光線很強烈地照耀在一間很整潔的商店裡，屋中疏落的擺着四張塗了「巴利士」的板棹，棹上鋪了一方雪白的洋布，桌上都放了一個淡藍色的膽瓶，插了兩三株菊花，膽瓶的旁邊擺了一座小巧的五味架。桌的四旁，放着四張椅。

在桌的旁邊，放着一盆熱帶的植物，狹長的樹葉，很嫵媚的舒開在四週。假如不是注意的察視，彼此是不易窺見的。

靠南的一個座位，是最貼近街道的。那時有一個青年無力的半躺半坐地倚在椅上。蓬鬆的頭髮散在靠背的上端，右手放在桌沿。看他的面貌，像是廿多歲的人了。蒼白的面孔，如像蠟製的人像一般。細小的頸部，骨節很明顯的看見了。兩頰深深的消陷下去，和高突的髗骨比較，就形成一度很雄俊的山脈。細嫩的口唇也褪了色了，鮮紅的色彩已褪成淡灰色了，如凋殘了的玫瑰。由此種種看來，誰都會說他是廿多歲的人了，但他那藏在眼鏡裡的一對眼睛，卻富有青春的影子，兩點烏黑的眼睛還有生命的熱力，他今年是只有十八九歲呢。

他放在桌上的一隻右手，正握着一個高身酒杯的杯足，酒杯的旁邊有一瓶威士奇酒，所剩的不很多了。他這時沒有飲，他是呆呆地望着加藤洋食店五個字的反影。

——啊啊……

他呆呆地看了一回，眼睛的光線雖然釘在加藤洋食店五字的反影上，但從他的神態看來，可以知道他不是在看那五個字的，他像在苦憶一件甚麼事情。歪着頭一回，他很抑鬱地喊了兩聲，眼睛裡有些溫潤了。

他嘆了一口氣之後，把目光移到桌上的酒瓶來。酒杯已沒有酒了，他再斟上了一杯。

他剛把酒杯拿起想送到唇邊，他又放下了。當杯足和桌上接觸的時候，發出一種很沉重的聲音，他的心坎中像有無限的苦惱。坐在他隔座的一對青年男女給這一種聲音引起了注意，打疏落的葉隙裡偷看了一回，不久又浮出愉快的笑容，很親密地互相談笑了。

他放下了杯兒後，把頸部從椅背移開，漸漸的垂下注視着消瘦得只賸了一把骨的手頸。他像是在自己憐惜，放開了右手所握着的酒杯，把衣袖翻了上去，越發顯出他的手部的乾瘦了。他看了一回，深深的吸呼了一口氣，把頭微微的搖了一下，眼眶裡的晶明的水分湧滿了，聚在眼角的兩點盈盈欲墮……

——唉……

他拖長了聲音這樣的嘆了一聲，聲音是異常的輕微，像不願意別人聽見似的；但在這輕微的嘆息裡，可以知道他的內心是有無限淒痛的背景。是很沉鬱悲苦的嘆息。他嘆息完了，把褪了色的下唇放進很整齊的牙齒咬住，閉目重重的咬了一下，那堆積滿的眼淚就從眼角緩緩地流了出來掛在他蒼白清癯的面龐上。

過得有兩分鐘，他緊張的面孔才漸漸舒開，緊閉着的眼皮也緩緩的捲上。他是頹然坐着了。

他烏黑流利的眼珠，受了眼淚的浸潤，眼眶染上了一層薄紅，眼白蓋上了一重淺灰的色彩，流利黑烏的眼睛，經了眼淚的蹂躪，已經呆然無些兒神采了。青春的媚力已沒有一絲兒影跡了。

像是失眠強支一般，又像是夢遊病者一般的他的眼睛，放出來的兩道光線，只是虛虛茫茫，如重霧的黃昏裡的燈光一般，只在很短狹的範圍內吐出無力的光線，呆鈍異常。把他此刻的眼睛配上他那消乾瘦白的面孔和無血的口唇，就無論甚麼人都會疑惑他是荒塚孤墳裡長眠着的不瞑的殭屍或者是病院裡纏綿病榻距死期不遠的第三期的肺癆病者了——但這並不是他的原來的容貌，從他勻整的各部，巨大的眼睛，濃黑秀美的眉毛，正直而微高的鼻子，薄薄的口唇看來，可知他在豐滿的時候，原有懾人的俊美。特別是那對富有熱情而兼有女性媚力的眼睛，會令一般女性見了要跪在他的腳下。

他空望了一回，又拖着無力的目光注視在桌上淡藍色膽瓶裡插着的菊花。菊花大約是清晨插上的了，白晰的花瓣受了惡劣空氣的侵蝕已微微有了焦黃，有一朵還有點兒青春的影子，但鮮潤的花瓣已經乾皺了。

他看了一回，像是起了花殘的感慨；面孔幕上了一層很深重的悵惘的顏色，他睒了幾下眼皮，像是想流淚，但沒有淚流出。

他想看到別張枱桌上菊花，他瘦長的頸上的頭顱在移動着。當他看到背後的一張時，他的神情突然緊張起來，像竊賊一般兩隻暈紅的眼睛露出兩道可怖的目光，眈眈注視着那桌上對坐的一對青年男女，像是戀人模樣的一對青年男女。

桌上的碟中剩着些殘餚，碟旁放着一付鐫刻很精美的刀叉。還有兩隻酒杯，有一點透明白色的液體，兩隻酒杯的中央有一隻太陽啤酒的空瓶。

男的在抽着煙捲，輕柔的白煙從他口裡吹送出來，帶有一點濁渾。他的左手擱在桌上，右手支在桌上執着煙捲，目光注望着對面的女子作得意的媚笑。女的正打開手提盒，對着盒內嵌着的一面心形的鏡子，取出一個金色的圓盒來，盒面有 Dear Kiss 兩字，她打開盒子把絨球按了幾下蘸了一些粉，這些粉是淺赭色的，一看就可以知道是法國 Coty 公司的製品。她在搽着。隨後又取了一盒白色的蘸了些塗上。

「時候也不早了。我們到 Queen's Hotel 去赴 Miss 梁的跳舞罷。」男的説。

「……」

「不歡喜去嗎？你如果不歡喜去就不去罷，不打緊的！」男的連忙説，對着她媚笑。

「誰個不歡喜去?!」

「……嘻嘻！」

男的站起身來，推開了椅，走到女子坐的一邊，在壁上的衣架除下了她的斗篷，站在她的背後，張開了斗蓬蓋在她的身上。

女的掉轉頭來對男的媚笑……

……一個長時間的接吻。

躲在樹後眈眈偷看的他，此時如夢初醒，他的胸膈高高的突起，又緩緩的低陷下去。他如狂奔後一般，呼吸很是費力。

他掉轉頭來，想避免這種富有激刺力的情況。

他把頭部放在展開的兩隻手掌裡，手背放在桌上，想借這兩隻手來掩埋他剛才所看見的景象所引起來的苦惱，他又像是懇求理智之神給予他以強毅的力量來克服這會蝕滅他的一切的緊張着的感情。過了一刻，他像安靜了些兒，固有的嚴冷回到了他蒼白的面部，胸膈也平順了許多了。

他給兩手掩蓋着的頭顱的聽覺忽然又敏銳起來，他側耳傾聽着，像在一個深夜裡，萬籟無聲的時候，悄悄地靜靜地偵察鼠子行動的小貓一般，呼吸也抑壓着變成很幽微的聲音。他雖然仍俯伏於兩手之間，但他的注意力完全超脱在兩手之外另外注意到別一件事情了。他是在給鄰座椅腳在地板移動着所發出來的顫震的聲音吸引着了。他這樣的冥想一回，突然又迅促地仰起頭來脱離了兩手的掩蓋，睜開了緊闔着的眼睛，迴轉頭來注視他剛才偷看的一對青年男女。

當他的視線移在背後的座位時，那一對青年男女已經姍姍行開了。那位女子因為給斗篷遮飾着，所以行步時的姿勢看得不很清楚，只見那藏在斗篷的兩腳在很輕盈地移動，當兩腳移動的時候，隱約可以見得斗篷近臀部處很沉重地顫動。假若把斗篷卸下，當會另有一種迷人的姿態。那位男子在她的右邊，披上一件黑紫色的外套，外套不很長，只到膝部。外套沒有遮住的一部，可以見得是一條淺藍色的「牛津」式的褲子，寬闊得很。這時她的右手，穿在他微微彎起的左手間，很親密的行着。

他似注意而又似非注意的凝望了一回，那一對青年男女已經出外去了。他們去了之後，他仍然凝望着，眼珠像固定了的，沒有一點兒變動。最後他纔沒精打采回轉頭來低聲唏噓，用很顫抖的聲音說，他的聲音就低得像沒有出聲一般。

——噯噯！你們倆幸福者喲！假如你們是真心愛戀着的，就希望你們能夠……完成你們的幸福罷！祝你們永永相好！祝你們永永處在甜蜜的幸福之園裡！祝你們一生一世都享樂你們的幸福！上帝：請你容許我這唯一的祝禱罷！我望一切的有情人都不要再蹈我的覆轍！假如人生是有苦命之杯的，就讓我來一口一口把她喝乾罷！一切的痛苦，只要你們能夠快樂，都交給我罷……

他這般喃喃祈禱着，心靈裡充滿了偉大的慈愛，他覺得這樣替人祝福，能夠少贖他的前愆，所以悲苦的秋懷暫時放寬了些，唏嘘的嘆惜也沒有了。但這只是剎那頃的安慰，當他回想到他自己蒙了罪惡的身，他就禁不住一哭了！

——恨姊：我此刻長跪在你的裙邊，我此刻拖了負罪的靈魂向你求恕。唉！恨姊：我自知我的罪過是莫可逭恕的，我這不純潔的身軀我實沒有顏面來重見你的，但是我知你是渴望着我的歸來，我知你會撫着自己創傷了的心靈流淚來恕我的不可逭的罪過，你能恕我的，你雖然自己蒙了重傷纏綿病榻你也會強顏笑對着我安慰我恕過我的，但我又有甚麼顏面來見你呢，我親手刺傷了你的心靈，我親手毀滅了夢境裡的樓閣，你的心靈的瘀血正流着呢，紫血色的血液正汩汩地流着呢，一點一點的，一痕一痕的佈滿了你受了重傷的心房，那一絲一絲的血液中還凝結你癡心所織成的夢想呢，可憐你九月的癡迷，只獲得幻滅的悲哀，只獲得無涯的創恨呀！你空中的樓閣是粉碎了！是一座座的傾塌了！誰實為之？我只有長跪在你的腳下了。我的罪過是不可以寬恕的，我這罪孽深重的人，我亦不希望避罪希望你能夠恕過我，但願上帝有靈，重重的鞭責我，把我的肉體用薄利的長劍把我一片片來淩遲，將我的肉去飼餔那饞兇的豺狼，這時在我痛徹肺腑的悲苦的呼聲裡或者能夠稍贖我的前罪，不，這只是肉體方面的受苦，肉體方面的受苦是不能贖靈魂上的罪過的，恨姊呀恨姊，我是蹂躪了你靈魂的惡魔，我是糟塌了處女的愛情，我是無論怎樣也不能贖我的罪過的了。靈魂上的罪孽是不能補贖的喲。恨姊，我懇求你不要再思念我罷，你不要恕過我罷，你恕過我只有增加我無涯的罪孽，你思念我只有令我更加痛苦。我望你能重重的責罰我，我望你能夠切齒痛恨我，我望你能祈禱鬼魔來辱毆我，我望你能咒詛我早日滅亡……但是你的靈魂雖然受了重傷，你是仍然有無恨你慈愛的，你一定能夠原宥我，你一定不忍以「薄倖」兩字來責罰我，甚至輕怪我。在淒涼的寒宵，在孤零的午夜，我知你悄悄地一個人在病室裡倚着鬆軟的枕頭時，一定會想念起拋棄你侮辱你的我的，你當會想起裙帶路上的漫遊和放狂的接吻的，你又會想起數月不見了避到S埠去了的我的，你大約還以為你有甚麼觸犯我的地方所以我拋棄了你罷，你大約還苦心搜求你的沒有的罪愆來希望我恕罪罷，哦哦「擣麝成塵香不滅，」你的癡情是完全給我毀滅淨盡了！恨姊呀，我如今遠地歸來，知道了你患病，我是只有痛哭。哭，痛哭，是能贖罪的麼？我是自欺欺人罷了！我屢次想到你那裡一行，但我有甚麼顏面見你呢？唉！你是太癡心了！……

他空瞪着眼睛，包含着一泡淚水，自怨自艾的像夢遊病者 Somnambulist 般微弱地說了這一段話後，眼淚又從新依着乾了的淚痕流出來了。

一九二七，二，二三。初稿於香港灣仔。

（《幻洲．象牙之塔》第一卷第十一期，一九二七年五月一日）

重逢

張吻冰

回到旅館來他輾轉了一夜，舊時的火焰重新的又燃燒起來。到黎明時分，淡藍的晨光由玻璃窗瀉入佔滿了房中的空間，他才睡得合眼。

近午茶房入來打門，說有一位女客找他。這時他起了床還未梳洗。

他的心抨抨的起了跳動。他想：怎麼辦呢？靜芙果真的來了。他不知怎樣，持甚麼態度去對付她。

「你是吳殿萍先生嗎？」入來的不是靜芙而是一個陌生的傭婦妝束的女人。

「是！」他點了點頭。「有甚麼貴幹嗎？」

「太太有信交給先生。」

他把信接在手中，顫抖地拆開來讀。他知道一定是她給他的了。字樣寫得非常娟秀，用鉛筆寫的：

萍哥鑒：本擬今日到訪，今因事不果；請今晚移玉P台X號敝舍一敘為盼。

靜芙。

那傭婦走了。他把茶房遣了出去；默默的坐在床沿，把信又重讀了一次。

——去不去見她呢？就去一次怕也不會有甚麼大不了罷！雖說是舊日的戀人，然而都結了婚了，都成了老人家了。去罷，像訪問一個平常的友人般去罷，不怕有甚麼的。像三年前月夜的一幕，怕不會再有的了！就是我向她有所要求而她也未必肯應承。那沒有甚麼變故時都是由我主動的。可是我可以自信了。有了家室，有了兒子了，對一個結了婚的婦人你怕還有甚麼！

他的自信力太深了；他的考慮也太不高明。他不知道人被感情衝動時，會衝破人性底界限；熱烈的火焰，足以把宇體焚化而有餘。理智有甚麼？禮教有甚麼？社會有甚麼？強制的力又有甚麼？它們的分裂比甚麼還來得容易，只消機會的來臨。人又那能為力的，人是要永遠受情感的支配的了！就算他有超人的本能，外體的誘惑不能使內心受其影響，然而靜芙呢？她是三年來廝守着討厭的丈夫——自己不愛的討厭的丈夫，缺乏心靈的滋養，渴望戀愛的慰安的女子，如今珍貴的機會橫放在她的面前了；失去的將拿回手裡了！誰又敢去擔保她？

過了一會，他的心又起了些反感：

——就算去見了她又有甚麼呢？除了在那已癒的傷痕上深深的重新刺上一刀又有甚麼呢。都是不去的好了。怕說起歡愉的往日，彼此都有傷心。老了，青春的美夢不想重溫了！然而只有這次難得的機會也放過了它，殊覺可惜。而且也太不近情，因為大家都以為沒有重逢的機會的了。

被外部的感情所衝動；被新的好奇心所包圍，他一方實很想見一見從前不見一刻就像一年如今睽隔了三載的她；同時他又想知她對他持甚麼態度，雖然説是理智堅強，然而他終於到她那裡了。

穿了粉紅的浴衣，身體發散出新浴後蘭花肥皂的香味，水汪汪的眼和處女時代的一樣的動人，其中還帶有多少的誘惑性；蓬鬆的亂髮，短短的覆在額前，微倦的姿態，像春曉時所見的自己的妻；沒有穿襪，拖了一對顧繡的拖鞋赤露了白皙的肉質半透明的雙足；胸部跟着呼吸的程序一降一高，斜躺在一張梳發上，簡直是一個貴族懷春少婦的樣兒，對他是強有力的蠱惑。

他到她那邊時是晚上七點，屋裡甚麼人也不在家，後來才知道是去了著名的遊樂場——梨園。只賸日間帶信給他的僕婦。一見了他打過招呼後就跑入裡層，所謂啟森的母親和其他的人一概不見。

那女人歇了一會又由裡層走了出來説：太太叫他不要客氣到裡面談談。他無意識地跟了她走。

打發了僕婦出去，關緊了門。

「你來了嗎？我以為你不肯來的了！」她媚笑着對他，指着一張椅子叫他坐下。

她一樣的躺在梳發上，他坐在她的面前——很接近的坐在她的面前，他和她的膝部幾乎接觸了距離只一寸間。只消他或她稍一動彈，他和她都接觸了。

她的態度很從容的，他卻很不安了！周身也感着不自然，同時，心房也跳動得厲害，比初次和她接吻還要厲害，他覺得她不懷好意了。

他聽不見她問些甚麼。

「萍，」她把浴衣整好了一下，把露出的粉腿覆回。「不見幾年卻消瘦了許多了！聽說已結過婚了，是不是？」對他的顏容她特別的注意，媚笑沒有離開過她。

「唔，消瘦了？那自己也不大注意，是的，已結了婚了。」他也笑向她，可是並不像她的自然，牽強而帶有淒涼的意味。「前年總算馬馬虎虎的結了婚了。」

「馬馬虎虎，作甚麼解？不是戀愛的結婚嗎？」

「並不是戀愛的結婚，然而也太無聊了，結婚有甚麼用？結了婚了，煩惱也增了許多。」他冷笑着，從檯上拿過一枝煙卷放在口中。她忙替他把火點上，當他湊近她手裡的燐寸時，他嗅見她腋下耐人的香味，他神智有點昏亂了，拚命的狂吸了兩口煙。

「有誰結婚又不是煩惱的，你們戀愛的結婚也說煩惱，那我們就更不堪設想了！」她想找一個機會對他訴說了自己三年來的狀況；三年中間怎樣地思念他；怎樣地過着非人的生活；怎樣地遇人不淑；怎樣地過孤零的生活的淒涼。想引起他的同情，節節的迫向他的弱點——感情脆弱的弱點。

「唉……」他歎了一口氣，把煙灰抖在銀色的煙碟中，「王夫人，別來真的怎樣了？我一點也不知道。」他果然把機會給她。

「萍，我還是一樣的叫你，我還是叫你做萍呢。為甚你要這樣的稱我了？甚麼王夫人，怪討厭的稱呼！」她把笑容斂了起來，隨後繼續：「三年來的事嗎？說起來實在痛心了！三年來不消說未曾快活過一天，甚麼難也捱盡；甚麼苦也吃夠了！」她的兩眼起了渾紅。

「芙，未必罷！三年來卻沒有幸福過？有那樣十全的丈夫——在社會上有名譽有勢力有金錢的丈夫，這不算幸福甚麼才幸福？物質和精神上的快樂你也享受夠了……」明看出了她的一切的了，他卻要反面去激她。他對她並不是沒有同情，唯其有了同情才想知道她的一切，他無異迫她把別後的情況徹底地說了出來，其中還帶着諷刺她和啟森的意味，不，他並不是有意的諷刺她，在她面前驕傲啟森那是真的。

「夠了，萍，你說的也夠了！」她截住他的話頭。「萍，估不到了，你是這樣殘忍的。還是你真的不知道我？三年來的事實你果真的一點也沒有曉得嗎？我給笑萍的信你一封也沒有過讀？是了，我給你那封信你可曾收到？和他一到了南洋就給你寫的，為甚麼不見你的回信。」她起首是憤憤的，說完了時又轉到和平。

「芙，在外飄泊三年未曾回過家一次的我，結婚還是在廣州結的，你的消息自然隔絕了！」

「那我給你的信呢？接到沒有。」

「如果那時真的要知道你的消息時，」他繼續自己的：「也不是沒可能的，只消託南洋的陳君調查調查就甚麼也可以曉得了！然而我不願這樣做，我當時憤恨你到極點了。後來萍姊寄了你的信來，我就更不想知道你的消息了！芙，雖然說是不自由的結合，我以為婚後大概雙方也會融洽的。精神的生活雖沒有一定，然而物質方面總算幸福的。」

「然則為甚麼連一個回信也不給我呢？」她問他。

「因為我不想，」他很從容。「芙，我為甚麼要攪擾你寧謐的心靈；破壞你的幸福呢？我因為一向希望你都是幸福的。而且，橫豎都要離開的了，就不如斬釘截鐵的離開，省得雙方煩惱。」

「我完全並不如你所料了。」未說之前她已掉下淚來。「萍，離開你後我不曾幸福過，在南洋的生活簡直不成生活的，過那地獄的生涯罷了！新婚後的兩三個月頭他對我不差。萍，我愛你的心幾乎給他移轉了！」她見他只低着頭並不做聲，她又說下去：「後來就大不如了，原來他是結過了婚的，不，並不是怎樣正式的結婚，回國以前，他在南洋唸書時已和幾個不正經的女人鬼混過了的。所以後來就不大的理會我，回到那些她們妖媚的女人們那邊去了！當時我很心傷，其實那樣值得傷心呢？明知他並不是真心愛我的了。我的傷心，的確是受了一時的衝動，所以後來也就淡然了！他不到我這邊來糾纏我倒覺得好，倒覺得清靜些；不過，所難堪的：寂寞與無聊的傷感叩我的心扉，萍，我那時只一味的思念你，世界除了你外更沒有愛我的人了，父母愛我不會令我嘗這些痛苦；朋友的愛只能在説話時表現出來。萍，唯有你才真愛我——始終的真愛我的！」

他不知道她的存意，見她流淚了又不知要怎樣去安慰她，他成了世界上最不靈敏的動物了！

「萍，我真的思念你到極點了！方以為沒有再見的機會了，不料這次回來以為只無聊的散散心的，卻恰巧遇着了你。萍，有你，我今後的生活怕不至於如前般無意義了！」她住了哭的用祈求般的淚眼望着他，他明白了她的來意。

「有甚麼意義呢？就是再見了又有甚麼意義呢？我們還不是如目前一樣嗎？芙，你要明白，我們都結過婚了，不能和從前般坦白的。」

「萍，結婚有甚麼？結婚不過是一種騙人的公式罷了！我何嘗不莊嚴地結婚過？正如你所説：我們是結過婚的了；然而你以為我可以永遠地和他一同生活下去嗎？不，不能的，沒有愛情的結婚，遲早只有任其分裂罷了！萍，要我問你：你還愛不愛我？」她坐了起來，燃燒着火焰的眼睛像喝醉了酒。他奇怪極了：為甚從前還對男子害臊得甚麼似的的靜芙，會變成今日的和甚麼富有愛的經驗的中年婦人般磊落，而且迫人到這般田地！

「芙，此一時也，彼一時也，雖然我時時還一樣的掛念着你，可是，環境不同了，所以我們的關係也要跟隨環境轉移。以前是貞童和處女的我們，和現在的我們比較起來就有莫大的差別了！芙，你是有夫之婦，我是有婦之夫，我們的關係不能超乎朋友以上了！」

「萍，然則你是騙我了的，你不曾對我說過嗎？你是永遠地愛我的，你又說形式上雖然我們或會被隔絕，然而我們的精神是絕對融洽的，我不能屬你時你也一樣的愛我，永遠地愛我，你不曾對我說過嗎？萍，現在怎樣了？」他和她更接近了！他敏銳的聽覺聽到她的急促的呼吸聲。她那雙媚眼對他有非常的誘惑力；而且時時卻像預備倒在他的懷中的。若不是有某種成見早佔滿了他的胸中時，也怕已把她抱在懷中狂吻了！

「芙，我何曾一日的不愛你……」不給他說完，她一雙肥白的嫩手已加在他的項間。

「然則可以了！」她把唇送到他的面前。如果他向她更沒有表示時，她就毫不客氣地送到他的嘴上了！

他忙避開。

「芙，不！我們已沒有接吻的權利了！要我們恢復三年前的狀態我們已沒這樣的可能了，我們要犯罪的。芙，不錯，我們是接吻過的，然而我已說了，時候不同了，就算不怕對不起你的丈夫可是我也怕對不起家裡的妻，她是用全身心全靈魂戀愛我，信賴我的。」記起自己的妻，就更堅決了！他無論如何卻不能答應她所要求；他更怕她的要求會超乎接吻以上。

聽見他說起了家裡的妻，她就無形的起了一種妬意，她也站起來。

「開口說犯罪！閉口說犯罪！萍，聽說你已信了基督教了，你已是個基督教徒了！怪不得會有這樣的虛偽。萍，既不能始終的愛我，你當時就不該要求我和你Kiss了！萍，一吻之罪，你太把接吻看得便宜了！」她倒身在梳發上，哭出聲來，他想近前去撫慰她，同時又被畏葸阻止。

他覺得今晚非和她接吻不可了！不給她接了吻後怕不能回去的。他後悔來錯了。給她困守着了還有甚麼辦法呢？真的，那樣像她的女子也太可憐了！吻她罷，這次一來只好犯罪了！對不起自己的妻，對不起自己了！如果她不會向我有更大的要求時，就吻她罷！

他前去湊近她，正想把她的面部移轉來的，忽然像強烈的電光般閃進他的腦中：Thou shalt not covet thy neighbour's wife.

——不行，不行那也是Covertness的一種，不行，真的不行！她不是屬我的，我已沒有佔有她的權利的了！他又把手離開。

「萍，我已受了你的欺騙了！」她更大哭起來。

「我何嘗騙你呢？芙，我們是沒有那樣的自由的了！唉！你太不能體諒我了！」

「我何嘗不體諒你？」她答他：「萍，你怕對不起上帝；對不起妻子是不是？那卻是義理的。義理之前無真愛，你那裡是能用真心愛我的人！不過，萍，我可太愛你了！」淚光燦爛的眼凝望着他，她看見他點了點頭，她繼續：「萍，你用不着害怕，我不再強迫你了。唉！猜不到了，連我最後的要求也肯忍心的勒而不與。萍，你和從前真有天淵之別了！」他沒有做聲，她從梳發上翩身起來，連拖鞋也沒有穿，赤着足的走近門邊，把門打開了！說：「萍，我不再犯罪，如果可以說是犯罪，不再打擾你的聖心了！我要將你還給上帝：我要將你還給你的尊夫人。萍，現在，你可以去了！」她左手支持着左脅，右手伸成和肩膀成了水平線的指向門外；如珠的熱淚在她微昂起的面部紛流。

他沉浸在哀傷中，不知要怎樣做才好，終於低着頭，一步一步的慢慢向她所指示的走出。

走到將近踏出了房門，到她的身旁時，神秘的力使他像着了瘋狂般把她緊緊的擁在懷中，拚命的在唇上吻了一口，她並不掙扎。

他覺得頭部很沉重兩足像離開了地面般的。茫茫然從她家踱出，像喝醉了酒。

歸途中，一灣的新月掛在高空，合一堂的大鐘正打十二點。

（選自《伴侶雜誌》第八期，一九二九年一月）

騷動

張稚廬

一

定更後，起了西北風，接着便下雨。他靠門旁站着，默默地在想：「可憐這秋雁堡簡直是一池死水，一切是何等的沉寂呵！我再不能久留了，我年紀還輕，——我要潑剌地活躍……」

他正在想到他飄飖的身世，冷不防一道強烈的電光，從東邊的街路上猛射過來，把他嚇了一跳，然後一個聲音傳進他的耳朵：

「老莊，你麼，這冷天還沒睡？」

「巡夜麼，老大，你也出來喝這西北風？」

「這是我們的責任呵！」

「……」他沒有回話。一道電光從西邊慢慢的沒去了。

他廢然的踏進古氏大宗祠，把大門上了閂，轉到他自己的臥處。

「荒謬！」他拳頭往八仙桌上用力一打，從憤激的胸中迸出這兩個字。於是把近視眼鏡除下了，放在硯盤上，倒頭便躺在床上。

「多麼冰冷的言辭呀！」他想起剛纔那個老大來。「從前是怎麼樣，莊先生前，莊先生後的，好像親兄弟；現在卻板起臉來了！」他想到這裡，多感的心隱隱的覺得痛。

這見方一丈的房子，在一枝小小的竹筍燈晃着微弱的燈光之下，更其顯得蕭條。八仙桌上一個硯盤之外，橫七豎八的堆了幾十冊字冊，一套新淨連史紙的史記上面，交叉的疊着兩部尚未開卷的新書——廚川白村的戀愛論同柯倫泰女士的戀愛與新道德；東壁下鋪着兩塊杉板的床，張着一個從白色變成深灰色的珠羅舊蚊帳；這對面的壁上，高出八仙桌尺來多的地方懸掛了一幅老人的照像，上面寫着八個寸楷字道：「父親同穆公的遺照」，伴着這照像的又是一個面容蒼老，眉髮皆白的托爾斯泰的照像，其外甚麼也沒有了。

他常常對着他父親的遺像落淚。他父親死後，這遺像，算是給他的僅有的遺產，做革命工作的時候，他帶了去，懸掛在常住的旅館房子內，現在流落到這蕭條的秋雁堡，做管領着十八個小嘍囉的山寨之主，這照像也掛在自己的臥處，他每一念到老當益壯的父親，再看軟弱而年輕的自己，想到現在舌耕餬口，而又正為一個女子的緣故，隱然和這秋雁堡的有槍階級在結怨，便是這一百二十塊錢的年薪也快要不可再得，他又為了憤恨與羞愧之交攻而落淚了。

這時候，他身上仍然穿單衣，但不覺得冷，他思慮太深了，憤恨的火把目前寒冷的空氣趕走了。

「這女孩也給老大搶走了，我便甚麼都失敗了！」

於是他伸出瘦弱的手，從草薦下面拿出了一封憂愁的信。

他坐到八仙桌前，把信展開，一字一字的重讀一遍：

親愛的先生：聽母親説，雙螺今天給我向你告了假，真不真，我自己全不知道。母親不讓我唸書，似乎是奉命於老大的——可憐母親沒有了丈夫之後，便成為老大的忠臣了，為甚麼，我那裡可以告訴你，總之，這是「家醜」！

先生，為甚麼老不發一次威，挺起胸脯來，我們一起到甚麼地方去呢？先生呵，雙螺的威迫利誘你接納了麼？你説愛我不愛雙螺，真不真？恐怕我不能再來就學，雙螺會瞎扯舌頭，所以託小晶給你信。（請你拿十個銅元給小晶，作為酬勞。）

金紅杏頓首

他把信仍復放在薦下。想到今午小晶拿這信來，由於柴米不繼，僅僅給她五個銅板，讀了紅杏的話，他是不由得不痛心，同時兩隻耳朵立刻赧紅起來。

在憂傷的思索中，他終於睡着了。

二

五更剛剛報過，他便醒來。

天颳大北風，他蜷曲着身子在一塊薄棉氈之下，覺得冷氣森然。他有棉被，有外套，是送到當舖去了的。明天一早倘有錢，他可以拿回來了。但是錢從那裡來，他卻有點茫無頭緒。

他又在想：「老大做了巡長，執賭，捉奸，也發了財，我為甚麼不可以向他的妹子借錢？——雙螺這小娼婦，騙一騙不行嗎？得了！」他似乎得着總解決的辦法似的，立刻豎起來。

天微微發亮，他便聽到敲門聲音。

迎面來的正好是雙螺。她穿了寶藍西絨衣服，很有點高貴神氣。

「先生！冷不冷！」她瞟着他笑。

「我沒有你們高貴呢！」他一邊回話一邊轉身進房，卻想到剛剛想起的辦法要實現，再不好沖犯她，又回轉頭來說，「雙螺你今天特別漂亮了，來，給先生瞧仔細些！」

「嗄，你好野蠻！」她說，話雖這樣，其實口氣極其悅耳。

「並不，雙螺你不知道，女人好像花，看女人好像看花，這並不野蠻！」他覺得說話上了路，接着用手招她，「來啦，我的小姐！」

「你不覺得冷麼？你瞧你在打冷戰呢！」雙螺説，態度很認真而口氣又懇摯。

「我又不是韓湘子，有那種『夜送寒衣』的豔福的，便冷死，也莫想有人憐惜呢！」他覺得説這樣的話，於這女人容易中竅，所以雖然説來未免俗氣，也竭力的説了。

「噯，説那樣的話叫人好笑，紅杏不是也可以送的麼？」

「你也來尋我開心？雙螺，你不應該相信那些鬼話，尤其是你！」

「那麼我送你怎麼樣？」她斜睨着先生，媚笑地説。

「卻又當不起呀！——唉，這裡其實也很冷了！」

「怎麼樣，我送你成不成？」

「別的且不説罷，我是只有錢第一需要，借我二十塊怎樣？」

「要是紅杏可以送你的話，那麼我就不必了！」

「笑話！我現在拜託你呀！」

他一邊説話，一邊仍舊蹲在被窩裡，他知道憑自己的手段，可以擺佈這女人，説要愛先生，是這女人的弱點呵！

「別給老大知道就行。先生，認真說，為了那個我的嫂嫂——你一定明白我在說紅杏——我哥怒你了！他不能知道這些事啦！」

「好，就不說也成！」他打了一個冷噤，臉沉下來了說。

這女孩滿意的走了。她為甚麼走，他清楚知道。他又料定她一會子必然回來，把二十塊錢去買他的歡心。說明白點，是把這些錢去定自己的情人。

但他立刻感覺到自己的下流無恥。他想，倘若這辦法實現，在目前固然可以濟急，固然也可以實踐紅杏的要求，不過這是怎樣的無恥，何等的卑污？要完成戀愛，把自己高貴的人品弄翻了，又是怎樣下流的策略？何況……他的眼睛悲哀的望到老人的遺像了。

孩子們跳着上學校來，小晶又揑着一封信，放在先生的枕旁。

「小晶！」他抱歉地說，「不要同誰說，下午我給你二十個銅板！」

小晶上課堂。

親愛的先生：送來這個不幸的消息，你須奮發！昨夜母親對我說，老大快娶妻了！她說，紅杏你應當順從，他每年幫助我們柴米，他是我們的恩人！要是沒有他，我們也許餓死了！你別再妄想那人，他是雙螺的未婚夫呵！——我可憐的先生呵，這是甚麼時候？我恨不得立刻跑出這秋雁堡去，寧為玉碎，不作瓦全！你知道紅杏再不能忍受了麼，你知道紅杏的心麼？我可憐的先生呵，我能有甚麼方法，有一個時候可以避開老大和母親的監視呢！

紅杏頓首

三

一個晴朗的朝晨，小學生們發覺到莊先生的自殺。房子裡懸掛的老人照像，以及案頭的書，都一古腦兒燒燬掉。在八仙桌上，驚惶的雙螺小姐看到一封遺書，和兩筒銀子。

信是那麼樣寫着：

雙螺，紅杏：人是從灰心而到死了。我在甚麼地方了事，這可不能告訴你們，總之，我衷心地願得一死！雙螺貸我二十元，敬以奉還。紅杏呵，倘若為了我死去之故而得到自由，請在深宵人靜時，遲我於秋雁山頭，長松之下，吾魂其當來歸乎？

你們的先生老莊頓首

雙螺把信交給紅杏，哭着說，「紅杏，莊先生自殺了！」

於是一切的猜忌在眼淚中全都消滅了。

這一天的秋雁堡是特別的騷動，莊先生的死訊傳遍各人的耳朵；老大高興的到處對人說着含有追悼意思的話。

四

我能欺瞞讀者，說莊先生就此死掉了麼。不，莊先生不能甚麼都失敗，為了紅杏，莊先生是應當想法的呵！

這一天的夜裡，的確，莊先生在秋雁山頭，長松之下，同他熱情的紅杏，一起向杳茫的前途，開始亡命了。

「可憐小晶，我還欠她二十個銅板的賬呢！」這是莊先生好久沒有說到過的寬心話。

於是秋雁堡接着又來了一次騷動。

一九三〇，十一，二日。

（《小說月報》第二十二卷第一號，一九三一年一月十日）

祝福

李育中

許多年青的人早早受到命運的搬弄，被扔到發霉的角落，更有許多在角落裡不停受到殘酷的剝蝕，那堆多量的眼淚和歎息，往往只可能發泄在悄無人見的地方，一切人忘掉它的存在，又何況這是對非常年幼非常無力的兩個孤女呢。聽得説：爹在媽死後兩月也跟着去世了，是以兩個受着教育的孩子，便要從學校離開，變為一雙失了學失了慈愛父母維護的孤兒了。

於是我在她親戚的家裡初次會了面。

那麼索然清淡的神色，是帶孝以後了，坐到衣車上縫衣。第一感是給我如清溪旁一株寂然的白菊那麼似的，那時已聽得她已出去做工了，地方在對海，曾靠了一個同學的力量做着一種家庭染坊的工作。因為地方遠隔，一星期兩星期間趁空總要趕來親戚處看看寄食的妹妹。我們見面的地方，就是她妹妹寄食的地方，亦是她以戚屬來計最親的姑母所在的地方，可是姑母對待姪兒，能夠如份地看顧麼？我就聽得並不如是，尤以姑丈即個老人特別囉唆嫌棄。那個小女孩有十二歲，到她説剛完了初小學程，有時還可以見她唸唸舊書。這個人體態圓潤厚重，而賦性則頗靈活，小孩子一切的稚氣她都有，她念念不忘影畫上的明星陳燕燕的可愛，受到我們所嘲，輝便來謚她「小燕」的綽號，她實在有這個天真的憧憬。不過輝常常告訴我，小燕在這個環境是不適宜的。是呵，我也感覺到這好好的學齡不到學校，盡在家裡跟再小的孩兒瞎玩鬧，是一種無道理的傷害。我們曾幾番慨然談到，而其實，她的姊正着實擔過心。帶她做工去吧，年齡上可不大懂事，交在親戚手裡，看着就傷心她的孤獨和教養。

這個妹子永遠愛提到她的姐姐，我常常從她的口中見她具道往事的愉快，我便黯然為她們目前生愁了。當然爹媽在時是一個好家庭，大姊捉着妹的手每天上學，或者夜間有機會可以看戲或者在飯桌邊賭氣要媽媽添菜才吃飯，或者要多兩個零用錢才肯到學校去，或者爸爸從船上回來有許多許多別處的土產，在甜的美和煖的愛中過的日子，是值得回憶的吧。一種極不好的痼疾，死神先抓了媽媽去，據說還是因為這個可怕痼疾，連爸爸也傳染到了，於是一個小小的家庭，兩條支柱的摧折，兩隻羽毛未豐的雛鳥便失了將護。大姊怕是有十六歲吧，跟着一個抹淚的妹妹，苦苦追問她今後的行止。

這時我也嚴父新喪，深深感到無父無母的淒楚，對她們遂有了極大的同情，我便有：「姊妹，一起攜着手吧！」之感。

那時她還看了一點蔣光慈的小說，當我們三個文學朋友集合時，便想到這個女子可否做成功一個丁玲呢？輝便不謂以書供應她。我知道輝一直跟她是童年的朋友，可是輝為了父母為這個可怕的疾病亡故，極有戒心，曾對我們說遺傳也是一種可怕。夠了，命運已蹂躪她夠，何必再多這種可怕的病的蟄存呢。我便堅強不信這個，我只信這個人太好了，該如何充分成長她，不好讓惡劣的生活來無情壓奪，況且她是個賢良的女兒啊。

似乎她很有自信地向人生邁步，不從工作中叫苦，不從炫目的物質求享用，她帶着一分勇氣向前，她擔着一分職責，展開她一雙纖纖素手來劈開生之障幕，她有獨往獨來的神氣，然而看她太年輕而有鬱結的眼，和一雙低抑着的眉，何莫不告人有感情的脆弱處，她為着生活迫害她，一切旁的事都不願理，她還教人規矩地生活，愛情遊戲是無用的。我記得當日輝開話匣放上Love Call的碟子時，她曾低聲唱昭君之怨，彼此艱難的生涯有多少是可歌的呢，我當時低徊了，自從那天一直沒有再見到她，卻不時從好朋友輝口中，得到她的訊息。這個，輝是有使應消息的義務的。每談到她，我們都附加幾分祈望和唏噓，暗暗祝福的倒多的是我。

後來我跟輝經一回無謂的意氣，不再來往了。

燕子雖然隨季候兩方飛翔，可是「大燕」卻永遠無緣了，甚至「小燕」我也無從見。那時我只記着一張沒有華貴氣的臉，兩道低抑的眉，一雙輕微鬱結的眼，想還在人海中遨翔，沖着悶人的空氣。

第三個朋友又來告訴我，那女兒又有甚麼甚麼了，我知道這個朋友也是關懷着她的，還記得輝共我曾如何用言語捉弄過他，使他構着一個虛夢，我在索然寡味的日子中，聽聽這消息，也是慰情的。第三個朋友就盡量從輝口中所知轉告給我。

與輝的絕交中臨近一年了。

這一年的最後，又聽一個頗有變動的消息，說：竹已跟了她的姐，一同進工廠作活去了。輝的一句形容話「捱世界」是多撼人的神經呀。一個既從廠方要錢作役，另一個小的就不該再被折磨哪。可是這一個對兒，有同甘苦的志向，如今是手攜手朝夕一同去生活了。除這以外，我卻想到工廠不是花園而是一個森羅地獄，就預想到進去的未必願意，出來的未必健全，我覺到太不合理了；卻又想到出了工廠之後，還可有點自由的生活，至少不同從前寄食的委屈，而是無愧的自食力，感到點安慰。

這既不是安養，要時時刻刻攪去一點血，攪去一點汗換來的生活，過不久，那小小孩子，從前唱唱歌，無愁地玩玩的，如今在生活面前怔住了，人萎弱下去，我只從別人口中聽來這新工人是疲了。

但是瘦到怎樣程度，我還不知道，在我所保留着的印象，竹是一個圓潤結實無邪的女孩，比她姐姐健康多多的。

突然在途上相遇的一回，我幾乎分辨不出這個就是竹，這個就是竹的姐姐。

這天我為了工務要到馬頭角的屠房去，開山的石炮從左近爆響，還有不知那一家工廠的汽笛的長鳴，都給我聽到，是工人歇午工的時候了，過不久，我折出來大路迎面來了一對兒女，因為那末迫近，我只清楚這面前的人樣，卻一時記不起這兩個就是素識，她們實在變得利害，換句話說，是憔悴得利害的緣故，使我認不出，可是只依稀分辨得着，在先互相愕然對視過了身，就才猛想起不是大陳姊妹嗎？她們分明是這家工廠的女工，我確定了，我再回過頭去，但他們已有很遠的距離，也回着頭打量，如我一樣思疑，且兩人像交換一點意見，我更肯定是這個了。不過憔悴到這樣太使人喪心。尤以竹變得不成樣，被生的重負壓曲了似的，萎疲了，是真確的佈告，時間之於人的可驚啊！不知她們有從我那裡找到時間的痕跡沒有，我也歷盡人世的風霜呢！同命運的人啊，如果可以灑淚一場，願不吝這感傷，從這次見面，我一直回家也沒有歡喜過，我為不平受傷了。

過幾天我還總不放心，為甚麼社會總刻薄這對姊妹呢？有人又來告訴我說，那天大燕在九龍是見到我，以為我這時行色十分匆匆。

一切秘密由他順着自然掩蓋吧，我常帶着晚禱的心情往往在薄暮的窗下懷想懷想。

不過，她們總會變好的，戰士精神一日不毀棄，勝利終有可期，那種凜然攜着妹妹的手膀邁步的雄姿，你敢說這是對孤雛嗎？正因為多受錘練，更使紮實，大約從苦難中磨練出來才真知道苦難，才真知道人生，才足夠成一個戰士。

我以戰士的精壯為她倆祝福着，祝福着。

（《紅豆》第二卷第四期，一九三五年一月十日）

鐵魚底鰓

許地山

那天下午警報底解除信號已經響過了。華南一個大城市底一條熱鬧馬路上排滿了兩行人，都在肅立着，望着那預備保衛國土的壯丁隊遊行。他們隊裡，說來很奇怪，沒有一個是扛槍的。戴的是平常的竹笠，穿的是灰色衣服，不像兵士，也不像農人。巡行自然是為耀武揚威給自家人看，其他有甚麼目的，就不得而知了。

大隊過去之後，路邊閃出一個老頭，頭髮蓬鬆得像戴着一頂皮帽子，穿的雖然是西服，可是縫補得走了樣了。他手裡抱着一卷東西。匆忙地越過巷口，不提防撞到一個人。

「雷先生，這麼忙！」

老頭抬頭，認得是他底一個不很熟悉的朋友。事實上雷先生並沒有至交。這位朋友也是方才被遊行隊阻撓一會，趕着要回家去的。雷見他打招呼，不由得站住對他說：「唔，原來是黃先生。黃先生一向少見了。你也是從避彈室出來的罷？他們演習抗戰，我們這班沒用的人，可跟着在演習逃難哪！」

「可不是！」黃笑着回答他。

兩人不由得站住，談了些閒話。直到黃問起他手裡抱着的是甚麼東西，他才說：「這是我底心血所在，說來話長，你如有興致，可以請到舍下，我打開給你看看，看完還要請教。」

黃早知道他是一個最早被派到外國學製大炮的官學生，回國以後，國內沒有鑄炮的兵工廠，以致他一輩子坎坷不得意。英文、算學教員當過一陣，工廠也管理過好些年，最後在離那大城市不遠的一個割讓島上底海軍船塢做一分小小的職工，但也早已辭掉不幹了。他知道這老人家底興趣是在兵器學上，心裡想看他手裡所抱的，一定又是理想中的甚麼武器底圖樣了。他微笑向着雷，順口地說：「雷先生，我猜又是甚麼『死光鏡』、『飛機箭』一類的利器圖樣罷？」他說着好像有點不相信，因為從來他所畫的圖樣，獻給軍事當局，就沒有一樣被採用過。雖然說他太過理想或說他不成的人未必全對，他到底是沒有成績拿出來給人看過。

雷回答黃說：「不是，不是，這個比那些都要緊。我想你是不會感到甚麼興趣的。再見罷。」說着，一面就邁他底步。

黃倒被他底話引起興趣來了。他跟着雷，一面說：「有新發明，當然要先睹為快的。這裡離舍下不遠，不如先到舍下一談罷。」

「不敢打攪，你只看這藍圖是沒有趣味的。我已經做了一個小模型，請到舍下，我實驗給你看。」

黃索性不再問到底是甚麼，就信步隨着他走。二人嘿嘿地並肩而行，不一會已經到了家。老頭子走得有點喘，讓客人先進屋裡去，自己隨着把手裡底紙卷放在桌上，坐在一邊。黃是頭一次到他家，看見四壁掛的藍圖，各色各樣，說不清是甚麼。廳後面一張小小的工作桌子，鋸、鉗、螺螄旋一類的工具安排得很有條理。架上放着幾隻小木箱。

「這就是我最近想出來的一隻潛艇底模型。」雷順着黃先生底視線到架邊把一個長度約有三尺的木箱拿下來，打開取出一條「鐵魚」來。他接着說：「我已經想了好幾年了。我這潛艇特點是在它像一條魚，有能呼吸的鰓。」

他領黃到屋後底天井，那裡有他用鉛版自製的一個大盆，長約八尺，外面用木板護着，一看就知道是用三個大洋貨箱改造的。盆裡盛着四尺多深的水。他在沒把鐵魚放進水裡之前，把「魚」底上蓋揭開，將內部底機構給黃說明了。他說，他底「魚」底空氣供給法與現在所用的機構不同。他底鐵魚可以取得養氣，像真魚在水裡呼吸一般，所以在水裡的時間可以很長，甚至幾天不浮上水面都可以。說着他又把方才的藍圖打開，一張一張地指示出來。他說，他一聽見警報，甚麼都不拿，就拿着那卷藍圖出外去躲避。對於其他的長處，他又說：「我這魚有許多『游目』，無論沉下多麼深，平常的折光探視鏡所辨不到的，只要放幾個『游目』使它們浮在水面，靠着電流底傳達，可以把水面與空中底情形投影到艇裡底鏡版上。浮在水面的『游目』體積很小，形狀也可以隨意改裝，雖然低飛的飛機也不容易發見它們。還有它底魚雷放射管是在艇外，放射的時候艇身不必移動，便可以求到任何方向，也沒有像舊式潛艇在放射魚雷時會發生可能的危險的情形。還有艇裡底水手，個個有一個人造鰓，萬一艇身失事，人人都可以迅速地從方便門逃出，浮到水面。」

他一面說，一面揭開模型上一個蜂房式的轉盤門，說明水手可以怎樣逃生。但黃已經有點不耐煩了。他說：「你底專門話，請少說罷，說了我也不大懂，不如先把它放下水裡試試，再講道理，如何？」

「成，成。」雷回答着，一面把小發電機撥動，把上蓋蓋嚴密了，放在水裡。果然沉下許久，放了一個小魚雷再浮上來。他接着說：「這個還不能解明鐵鰓底工作。你到屋裡，我再把一個模型給你看。」

他順手把小潛艇托進來放在桌上，又領黃到架底另一邊，從一個小木箱取出一副鐵鰓底模型。那模型像一個人家養魚的玻璃箱，中間隔了兩片玻璃版，很巧妙的小機構就夾在當中。他在一邊注水，把電線接在插梢上。有水的那一面底玻璃版有許多細致的長縫，水可以沁進去，不久，果然玻璃版中間底小機構與唧筒發動起來了。沒水的這一面，代表艇內底一部，有幾個像唧筒的東西，連着版上底許多管子。他告訴黃先生說，那模型就是一個人造鰓，從水裡抽出養氣，同時還可以把炭氣排泄出來。他說，艇裡還有調節機，能把空氣調和到人可呼吸自如的程度。關於水底壓力問題，他說，戰鬥用的艇是不會潛到深海裡去的。他也在研究着怎樣做一隻可以探測深海的潛艇，不過還沒有甚麼把握。

黃聽了一套一套他所不大懂的話，也不願意發問，只由他自己說得天花亂墜，一直等到他把藍圖捲好，把所有的小模型放回原地，再坐下想與他談些別的。

但雷底興趣還是在他底鐵鰓。他不歇地說他底發明怎樣有用，和怎樣可以增強中國海底軍備。

「你應當把你底發明獻給軍事當局，也許他們中間有人會注意到這事，給你一個機會到船塢去建造一隻出來試試。」黃說着就站起來。

雷知道他要走，便阻止他說：「黃先生忙甚麼？今晚大家到茶室去吃一點東西，容我做東道。」

黃知道他很窮，不願意使他破費，便又坐下說：「不，不，多謝，我還有一點別的事要辦，在家多談一會罷。」

他們繼續方才的談話，從原理談到建造底問題。

雷對黃說他怎樣從製炮一直到船塢工作，都沒得機會發展他底才學。他說，別人是所學非所用，像他簡直是學無所用了。

「海軍船塢於你這樣的發明應當注意的。為甚麼他們讓你走呢？」

「你要記得那是別人底船塢呀，先生。我老實說，我對於潛艇底興趣也是在那船塢工作的期間生起來的。我在從船塢工作之前，是在製襪工廠當經理。後來那工廠倒閉了，正巧那裡底海軍船塢要一個機器工人，我就以熟練工人底資格被取上了。我當然不敢說我是受過專門教育的，因為他們要的只是熟練工人。」

「也許你說出你底資格，他們更要給你相當的地位。」

雷搖頭說：「不，不，他們一定會不要我。我在任何時間所需的只是吃。受三十元『西紙』的工資，總比不着邊際的希望來得穩當。他們不久發現我很能修理大炮和電機，常常派我到戰艦上與潛艇裡工作。自然我所學的，經過幾十年間已經不適用了，但在船塢裡受了大工程師底指揮，倒增益了不少的新知識。我對於一切都不敢用專門名詞來與那班外國工程師談話，怕他們懷疑我。他們有時也覺得我說的不是當地底『咸水英語』，常問我在那裡學的，我說我是英屬美洲底華僑，就把他們瞞過了。」

「你為甚麼要辭工呢？」

「說來，理由很簡單。因為我研究潛艇，每到艇裡工作的時候，和水手們談話，探問他們底經驗與困難。有一次，教一位軍官注意了，從此不派我到潛艇裡去工作。他們已經懷疑我是奸細。好在我機警，預先把我自己畫的圖樣藏到別處去，不然萬一有人到我底住所檢查，那就麻煩了。我想，我也沒有把我自己畫的圖樣獻給他們的理由，自己民族底利益得放在頭裡，於是辭了工，離開那船塢。」

黃問：「照理想，你應當到中國底造船廠去。」

雷急急地搖頭說：「中國底造船廠？不成，有些造船廠都是個同鄉會所，你不知道嗎？我所知道的一所造船廠，凡要踏進那廠底大門的，非得同當權的有點直接或間接的血統或裙帶關係，不能得到相當的地位。縱然能進去，我提出來的計劃，如能請得一筆試驗費，也許到實際的工作上已剩下不多了。沒有成績不但是惹人笑話，也許還要派上個罪名。這樣，誰受得了呢？」

黃說：「我看你底發明如果能實現，卻是很重要的一件事。國裡現在成立了不少高深學術底研究院，你何不也教他們注意一下你底理論，試驗試驗你底模型？」

「又來了！你想我是七十歲左右的人，還有愛出風頭的心思嗎？許多自號為發明家的，今日招待報館記者，明日到學校演講，說得自己不曉得多麼有本領，愛迪生和安因斯坦都不如他，把人聽膩了。主持研究院的多半是年輕的八分學者，對於事物不肯虛心，很輕易地給下斷語，而且他們好像還有『幫』底組織，像青、紅幫似地。不同幫的也別妄生玄想。我平素最不喜歡與這班學幫中人來往。他們中間也沒人知道我底存在。我又何必把成績送去給他們審查，費了他們底精神來批評我幾句，我又覺得過意不去，也犯不上這樣做。」

黃看看時表，隨即站起來，說：「你老哥把世情看得太透澈，看來你底發明是沒有實現的機會了。」

「我也知道，但有甚麼法子呢？這事個人也幫不了忙，不但要用錢很多，而且軍用的東西又是不能隨便製造的。我只希望我能活到國家感覺需要而信得過我的那一天來到。」

雷說着，黃已踏出廳門。他說：「再見罷，我也希望你有那一天。」

這位發明家底性格是很板直的，不大認識他的，常會誤以為他是個犯神經病的，事實上已有人叫他做「戇雷」。他家裡沒有甚麼人，只有一個在馬尼剌當教員的守寡兒媳婦和一個在那裡唸書的孫子。自從十幾年前辭掉船塢底工作之後，每月的費用是兒媳婦供給。因為他自己要一個小小的工作室，所以經濟的力量不能容他住在那割讓島上。他雖是七十三四歲的人，身體倒還康健，除掉做輪子、安管子、打銅、銼鐵之外，沒有別的嗜好，煙不抽，茶也不常喝。因為生存在兒媳婦底孝心上，使他每每想着當時不該辭掉船塢底職務。假若再做過一年，他就可以得着一分長糧，最少也比吃兒媳婦的好。不過他並不十分懊悔，因為他辭工的時候正在那裡大罷工的不久以前，愛國思想膨脹得到極高度，所以覺得到中國別處去等機會是很有意義的。他有很多造船工程底書籍，常常想把它們賣掉，可是沒人要。他底太太早過世了，家裡只有一個老傭婦來喜服事他。那老婆子也是他底妻子底隨嫁婢，後來嫁出去，丈夫死了，無以為生，於是回來做工。她雖不受工資，在事實上是個管家，雷所用的錢都是從她手裡要。這樣相依為活已經過了二十多年了。

黃去了以後，來喜把飯端出來，與他一同吃。吃着，他對來喜說：「這兩天風聲很不好，穿屐的也許要進來。我們得檢點一下，萬一變亂臨頭，也不至於手忙腳亂。」

來喜說：「不說是沒甚麼要緊了嗎？一般官眷都還沒走，大概不至於有甚麼大亂罷。」

「官眷走動了沒有，我們怎麼會知道呢？告示與新聞所說的是絕對靠不住的。一般人是太過信任印刷品了。我告訴你罷，現在當局的，許多是無勇無謀、貪權好利的一流人物，不做石敬瑭獻十六州，已經可以被人稱為愛國了。你念摸魚書和看殘唐五代底戲，當然記得石敬瑭怎樣獻地給人。」

「是，記得。」來喜點頭回答，「不過獻了十六州，石敬瑭還是做了皇帝！」

老頭子急了，他說：「真的，你就不懂甚麼叫做歷史！不用多說了，明天把東西歸聚一下，等我寫信給少奶奶，說我們也許得望廣西走。」

吃過晚飯，他就從桌上把那潛艇底模型放在箱裡，又忙着把別的小零件收拾起來。正在忙着的時候，來喜進來說：「姑爺，少奶奶這個月的家用還沒寄到，假如三兩天之內要起程，恐怕盤纏會不夠吧？」

「我們還剩多少？」

「不到五十元。」

「那夠了。此地到梧州，用不到三十元。」

時間不容人預算，不到三天，河堤底馬路上已經發見侵略者底戰車了。市民全然像在夢中被驚醒，個個都來不及收拾東西，見了船就下去。火頭到處起來，鐵路上沒人開車，弄得雷先生與來喜各抱着一點東西急急到河邊胡亂跳進一隻船，那船並不是往梧州去的，沿途上船的人們越來越多，走不到半天，船就沉下去了。好在水並不深，許多人都坐了小艇往岸上逃生。可是來喜再也不能浮上來了。她是由於空中底掃射喪的命或是做了龍宮底客人，都不得而知。

雷身邊只剩十幾元，輾轉到了從前曾在那工作過的島上。沿途種種的艱困，筆墨難以描寫。他是一個性格剛硬的人，那島市是多年沒到過的，從前的工人朋友，就使找着了，也不見得能幫助他多少。不說梧州去不了，連客棧他都住不起。他只好隨着一班難民在西市底一條街邊打地鋪。在他身邊睡的是一個中年婦人帶着兩個孩子，也是從那剛淪陷的大城一同逃出來的。

在幾天的時間，他已經和一個小飯攤底主人認識，就寫信到馬尼剌去告訴他兒媳婦他所遭遇的事情，叫她快想方法寄一筆錢來，由小飯攤轉交。

他與旁邊底那個中年婦人也成立了一種互助的行動。婦人因為行李比較多些，孩子又小，走動不但不方便，而且地盤隨時有被人佔據的可能，所以他們互相照顧。雷老頭每天上街吃飯之後，必要給她帶些吃的回來。她若去洗衣服，他就坐着看守東西。

一天，無意中在大街遇見黃，各人都訴了一番痛苦。

「現在你住在甚麼地方？」黃這樣問他。

「我老實說，住在西市底街邊。」

「那還了得！」

「有甚麼法子呢？」

「搬到我那裡去罷。」

「大家同是難民，我不應當無緣無故地教你多擔負。」

黃很誠懇地說：「多兩個人也不會費得到甚麼地步。我跟着你去搬罷。」說着就要叫車。雷阻止他說：「多謝，多謝盛意。我現在人口眾多，若都搬了去，於府上一定大大地不方便。」

『你不是只有一個傭人嗎？』

「我那來喜不見了。現在是另一個帶着兩個孩子的婦人，是在路上遇見的。我們彼此互助，忍不得，把她安頓好就離開她。」

「那還不容易嗎？想法子把她送到難民營就是了。聽説難民營底組織，現在正加緊進行着咧。」

他知道黃也不是很富裕的，大概是聽見他睡在街邊，不能不説一兩句友誼的話。但是黃卻很誠懇，非要他去住不可，連說：「不像話，不像話！年紀這麼大，不說你媳婦知道了難過，就是朋友也過意不去。」

他一定不肯教黃到他底露天客棧去。只推到難民營組織好，把那婦人送進去之後再說。黃硬把他拉到一個小茶館去。一說起他底發明，老頭子就告訴他那潛艇模型已隨着來喜喪失了。他身邊只剩下一大卷藍圖，和那一座鐵鰓底模型。其餘的東西都沒有了。他逃難的時候，那藍圖和鐵鰓底模型是歸他拿，圖是捲在小被褥裡頭，他兩手只能拿兩件東西。在路上還有人笑他逃難逃昏了，甚麼都不帶，帶了一個小木箱。

「最低限度，你把重要的物件先存在我那裡罷。」黃說。

「不必了罷，住家孩子多，萬一把那模型打破了，我永遠也不能再做一個了。」

「那倒不至於。我為你把它鎖在箱裡，豈不就成了嗎？你老哥此後的行止，打算怎樣呢？」

「我還是想到廣西去。只等兒媳婦寄些路費來，快則一個月，最慢也不過兩個月，總可以想法子從廣州灣或別的比較安全的路去到罷。」

「我去把你那些重要東西帶走罷。」黃還是催着他。

「你現在住甚麼地方？」

「我住在對面海底一個親戚家裡。我們回頭一同去。」

雷聽見他也是住在別人家裡，就斷然回答說：「那就不必了，我想把些少東西放在自己身邊，也不至於很累贅，反正幾個星期的時間，一切都會就緒的。」

「但是你總得領我去看看你住的地方，下次可以找你。」

雷被勸不過，只得同他出了茶館，到西市來。他們經過那小飯攤，主人就嚷着：「雷先生，雷先生，信到了，信到了。我見你不在，教郵差帶回去，他說明天再送來。」

雷聽了幾乎喜歡得跳起來。他對飯攤主人說了一聲「多煩了」，回過臉來對黃說：「我家兒媳婦寄錢來了。我想這難關總可以過得去了。」

黃也慶賀他幾句，不覺到了他所住的街邊。他對黃說：「對不住，我底客廳就是你所站的地方，你現在知道了。此地不能久談，請便罷。明天取錢之後，去拜望你。你底住址請開一個給我。」

黃只得從口袋裡掏出一張名片，寫上地址交給他，說聲「明天在舍下恭候」，就走了。

那晚上他好容易盼到天亮，第二天一早就到小飯攤去候着。果然郵差來到，取了他一張收據把信遞給他。他拆開信一看，知道他兒媳婦給他匯了一筆到馬尼剌的船費，還有辦護照及其他需用的費用，都教他到匯通公司去取。他不願到馬尼剌去，不過總得先把需用的錢拿出來再說。到了匯通公司，管事的告訴他得先夫照像辦護照。他說，是他兒媳婦弄錯了，他並不要到馬尼剌去，要管事的把錢先交給他；管事的不答允，非要先打電報去問清楚不可。兩方爭持，弄得毫無結果，自然錢在人家手裡，雷也無可奈何，只得由他打電報去問。

從匯通公司出來，他就踐約去找黃先生。把方才的事告訴他。黃也贊成他到馬尼刺去。但他說，他底發明是他對國家的貢獻，雖然目前大規模的潛艇用不着，將來總有一天要大量地應用；若不用來戰鬥，至少也可以促成海下航運的可能，使侵略者底封鎖失掉效力。他好像以為建造底問題是第二步，只要當局採納他的，在河裡建造小型的潛航艇試試，若能成功，心願就滿足了。材料底來源，他好像也沒深深地考慮過。他想，若是可能，在外國先定造一隻普通的潛艇，回來再修改一下，安上他所發明的鰓、游目等等，就可以了。

黃知道他有點戇氣，也不再去勸他。談了一回，他就告辭走了。

過一兩天，他又到匯通公司去，管事人把應付的錢交給他，說：馬尼刺回電來說，隨他底意思辦。他說到內地不需要很多錢，只收了五百元，其餘都教匯回去。出了公司，到中國旅行社去打聽，知道明天就有到廣州灣去的船。立刻又去告訴黃先生。兩人同回到西市去檢行李。在捲被褥的時候，他才發現他底藍圖，有許多被撕碎了。心裡又氣又驚，一問才知道那婦人好幾天以來，就用那些紙來給孩子們擦髒。他趕緊打開一看，還好，最裡面的那幾張鐵鰓底圖樣，仍然好好的，只是外頭幾張比較不重要的總圖被毀了。小木箱裡底鐵鰓模型還是完好，教他雖然不高興，可也放心得過。

他對婦人說，他明天就要下船，因為許多事還要辦，不得不把行李寄在客棧裡，給她五十元，又介紹黃先生給她，說錢是給她做本錢，經營一點小買賣；若是辦不了，可以請黃先生把她母子送到難民營去。婦人受了他的錢，直向他解釋說，她以為那卷在被褥裡的都是廢紙，很對不住他。她感激到流淚，眼望着他同黃先生，帶着那卷剩下的藍圖與那一小箱底模型走了。

黃同他下船，他勸黃切不可久安於逃難生活。他說越逃，災難越發隨在後頭；若回轉過去，站住了，甚麼都可以抵擋得住。他覺得從演習逃難到實行逃難的無價值，現在就要從預備救難進到臨場救難的工作，希望不久，黃也可以去。

船離港之後，黃直盼着得到他到廣西的消息。過了好些日子，他才從一個赤坎來的人聽說，有個老頭子搭上兩期的船，到埠下船時，失手把一個小木箱掉下海裡去，他急起來，也跳下去了。黃不覺滴了幾行淚，想着那鐵魚底鰓，也許是不應當發明得太早，所以要潛在水底。

一九四〇年

小城三月

蕭紅

一

三月的原野已經綠了，像地衣那樣綠，透出在這裡，那裡。郊原上的草，是必須轉折了好幾個彎兒才能鑽出地面的，草兒頭上還頂着那脹破了種粒的殼，發出一寸多高的芽子，欣幸的鑽出了土皮。放牛的孩子，在掀起了牆腳片下面的瓦片時，找到了一片草芽了，孩子們到家裡告訴媽媽，說：「今天草芽出土了！」媽媽驚喜地說：「那一定是向陽的地方！」搶根菜的白色的圓石似的籽兒在地上滾着，野孩子一升一斗地在拾。蒲公英發芽了，羊咩咩地叫，烏鴉繞着楊樹林子飛。天氣一天暖似一天，日子一寸一寸的都有意思。楊花滿天照地飛，像棉花似的。人們出門都是用手捉着，楊花掛着他了。草和牛糞都橫在道上，放散着強烈的氣味。遠遠的有用石子打船的聲音，空空……的大響傳來。

河冰發了，冰塊頂着冰塊，苦悶地又奔放地向下流。烏鴉站在冰塊上尋覓小魚吃，或者是還在冬眠的青蛙。

天氣突然的熱起來，說是「二八月，小陽春」，自然冷天氣還是要來的，但是這幾天可熱了。春天帶着強烈的呼喚從這頭走到那頭……

小城裡被楊花給裝滿了，在榆樹還沒變黃之前，大街小巷到處飛着，像紛紛落下的雪塊……

春來了。人人像久久等待着一個大暴動，今天夜裡就要舉行，人人帶着犯罪的心情，想參加到解放的嘗試……春吹到每個人的心坎，帶着呼喚，帶着蠱惑……

我有一個姨，和我的堂哥哥大概是戀愛了。

姨母本來是很近的親屬，就是母親的姊妹。但是我這個姨，她不是我的親姨，她是我的繼母的繼母的女兒。那麼她可算與我的繼母有點血統的關係了，其實也是沒有的。因為我這個外祖母是在已經做了寡婦之後才來到的外祖父家，翠姨就是這個外祖母的原來在另外的一家所生的女兒。

翠姨還有一個妹妹，她的妹妹小她兩歲，大概是十七八歲，那麼翠姨也就是十八九歲了。

翠姨生得並不是十分漂亮，但是她長得窈窕，走起路來沉靜，而且漂亮，講起話來清楚的帶着一種平靜的感情。她伸手拿櫻桃吃的時候，好像她的手指尖對那櫻桃十分可憐的樣子，她怕把它觸壞了似的輕輕地捏着。

假若有人在她的背後招呼她一聲，她若是正在走路，她就會停下；若是正在吃飯，就要把飯碗放下，而後把頭向着自己的肩膀轉過去，而全身並不大轉，於是她自覺地閉合着嘴唇，像是有甚麼要說而一時說不出來似的……

而翠姨的妹妹，忘記了她叫甚麼名字，反正是一個大說大笑的，不十分修邊幅，和她的姐姐完全不同。花的綠的，紅的紫的，只要是市上流行的，她就不大加以選擇，做起一件衣服來趕快就穿在身上。穿上了而後，到親戚家去串門，人家恭維她的衣料怎樣漂亮的時候，她總是說，和這完全一樣的，還有一件，她給了她的姐姐了。

我到外祖父家去，外祖父家裡沒有像我一般大的女孩子陪着我玩，所以每當我去，外祖母總是把翠姨喊來陪我。

翠姨就住在外祖父的後院，隔着一道板牆，一招呼，聽見就來了。

外祖父住的院子和翠姨住的院子，雖然只隔一道板牆，但是卻沒有門可通，所以還得繞到大街上去從正門進來。

因此有時翠姨先來到板牆這裡，從板牆縫中和我打了招呼，而後回到屋去裝飾了一番，才從大街上繞了個圈來到她母親的家裡。

翠姨很喜歡我，因為我在學堂裡唸書，而她沒有，她想甚麼事我都比她明白。所以她總是有許多事務同我商量，看看我的意見如何。

到夜裡，我住在外祖父家裡了，她就陪着我也住下的。

每每從睡下了就談，談過了半夜，不知為甚麼總是談不完……

開初談的是衣服怎樣穿，穿甚麼樣的顏色的，穿甚麼樣的料子。比如走路應該快或是應該慢。有時白天裡她買了一個別針，到夜裡她拿出來看看，問我這別針到底是好看或是不好看，那時候，大概是十五年前的時候，我們不知別處如何裝扮一個女子，而在這個城裡幾乎個個都有一條寬大的絨繩結的披肩，藍的，紫的，各色的也有，但最多多不過棗紅色了。幾乎在街上所見的都是棗紅色的大披肩了。

哪怕紅的綠的那麼多，但總沒有棗紅色的最流行。

翠姨的妹妹有一張，翠姨有一張，我的所有的同學，幾乎每人有一張。就連素不考究的外祖母的肩上也披着一張，只不過披的是藍色的，沒有敢用那最流行的棗紅色的就是了。因為她總算年紀大了一點，對年青人讓了一步。

還有那時候都流行穿絨繩鞋，翠姨的妹妹就趕快地買了穿上。因為她那個人很粗心大意，好壞她不管，只是人家有她也有，別人是人穿衣裳，而翠姨的妹妹就好像被衣服所穿了似的，蕪蕪雜雜。但永遠合乎着應有盡有的原則。

翠姨的妹妹的那絨繩鞋，買來了，穿上了。在地板上跑着，不大一會工夫，那每隻鞋臉上繫着的一隻毛球，竟有一個毛球已經離開了鞋子，向上跳着，只還有一根繩連着，不然就要掉下來了。很好玩的，好像一顆大紅棗被繫到腳上去了。因為她的鞋子也是棗紅色的。大家都在嘲笑她的鞋子一買回來就壞了。

翠姨，她沒有買，她猶疑了好久，無管甚麼新樣的東西到了，她總不是很快地就去買了來，也許她心裡邊早已經喜歡了，但是看上去她都像反對似的，好像她都不接受。

她必得等到許多人都開始採辦了，這時候看樣子，她才稍稍有些動心。

好比買絨繩鞋，夜裡她和我談話，問過我的意見，我也說是好看的，我有很多的同學，她們也都買了絨繩鞋。

第二天翠姨就要求我陪着她上街，先不告訴我去買甚麼，進了舖子選了半天別的，才問到我絨繩鞋。走了幾家舖子，都沒有，都說是已經賣完了。我曉得店舖的人是這樣瞎說的。表示他家這店舖平常總是最豐富的，只恰巧你要的這件東西，他就沒有了。我勸翠姨說咱們慢慢的走，別家一定會有的。

我們是坐馬車從街梢上的外祖父家來到街中心的。

見了第一家舖子，我們就下了馬車。不用說，馬車我們已經是付過了車錢的。等我們買好了東西回來的時候，會另外叫一輛的。因為我們不知道要有多久。大概看見甚麼好，雖然不需要也要買點，或是東西已經買全了不必要再多留連，也要留連一會，或是買東西的目的，本來只在一雙鞋，而結果鞋子沒有買到，反而羅裡羅索的買回來許多用不着的東西。

這一天，我們辭退了馬車，進了第一家店舖。

在別的大城市裡沒有這種情形，而在我家鄉裡往往是這樣，坐了馬車，雖然是付過了錢，讓他自由去兜攬生意，但是他常常還仍舊等候在舖子的門外，等一出來，他仍舊請你坐他的車。

我們走進第一個舖子，一問沒有。於是就看了些別的東西，從綢緞看到呢絨，從呢絨再看到綢緞，布匹是根本不看的，並不像母親們進了店舖那樣子，這個買去做被單，那個買去做棉襖的，因為我們管不了被單棉襖的事。母親們一月不進店舖，一進店舖又是這個便宜應該買；那個不貴，也應該買。比方一塊在夏天才用得着的花洋布，母親們冬天裡就買起來了，說是趁着便宜多買點，總是用得着的。而我們就不然了，我們是天天進店舖的，天天搜尋些個是好看的，是貴的值錢的，平常時候絕對的用不到想不到的。

那一天我們就買了許多花邊回來，釘着光片的，帶着琉璃的。說不上要做甚麼樣的衣服才配得着這種花邊。也許根本沒有想到做衣服，就貿然地把花邊買下了。一邊買着，一邊說好，翠姨說好，我也說好。到了後來，回到家裡，當眾打開了讓大家評判，這個一言，那個一語，讓大家說得也有一點沒有主意了，心裡已經五六分空虛了。於是趕快地收拾了起來，或者從別人的手中奪過來，把它包起來，說她們不識貨，不讓她們看了。

勉強說着：

「我們要做一件紅金絲絨的袍子，把這個黑琉璃邊鑲上。」

或是：

「這紅的我們送人去……」

說雖仍舊如此說，心裡已經八九分空虛了，大概是這些所心愛的，從此就不會再出頭露面的了。

在這小城裡，商店究竟沒有多少，到後來又加上看不到絨繩鞋，心裡着急，也許跑得更快些，不一會工夫，只剩了三兩家了。而那三兩家，又偏偏是不常去的，舖子小，貨物少。想來它那裡也是一定不會有的了。

我們走進一個小舖子裡去，果然有三四雙，非小即大，而且顏色都不好看。

翠姨有意要買，我就覺得奇怪，原來就不十分喜歡，既然沒有好的，又為甚麼要買呢？讓我說着，沒有買成回家去了。

過了兩天，我把買鞋子這件事情早忘了。

翠姨忽然又提議要去買。

從此我知道了她的秘密，她早就愛上了那絨繩鞋了，不過她沒有說出來就是。她的戀愛的秘密就是這樣子的，她似乎要把它帶到墳墓裡去，一直不要說出口，好像天底下沒有一個人值得聽她的告訴……

在外邊飛着滿天的大雪，我和翠姨坐着馬車去買絨繩鞋。我們身上圍着皮褥子，趕車的車伕高高地坐在車伕台上，搖晃着身子唱着沙啞的山歌：「喝咧咧……」耳邊的風嗚嗚地嘯着，從天上傾下來的大雪迷亂了我們的眼睛，遠遠的天隱在雲霧裡，我默默地祝福翠姨快快買到可愛的絨繩鞋，我從心裡願意她得救……

市中心遠遠地朦朦朧朧地站着，行人很少，全街靜悄無聲。我們一家挨一家地問着，我比她更急切，我想趕快買到吧，我小心地盤問着那些店員們，我從來不放棄一個細微的機會，我鼓勵翠姨，沒有忘記一家。使她都有點兒詫異，我為甚麼忽然這樣熱心起來，但是我完全不管她的猜疑，我不顧一切地想在這小城裡，找出一雙絨繩鞋來。

只有我們的馬車，因為載着翠姨的願望，在街上奔馳得特別的清醒，又特別的快。雪下的更大了，街上甚麼都沒有了，只有我們兩個人，催着車伕，跑來跑去。一直到天都很晚了，鞋子沒有買到。翠姨深深地看到我的眼裡說：「我的命，不會好的。」我很想裝出大人的樣子，來安慰她，但是沒有等到找出甚麼適當的話來，淚便流出來了。

二

翠姨以後也常來我家住着，是我的繼母把她接來的。

因為她的妹妹訂婚了，怕是她一旦的結了婚，忽然會剩下她一個人來，使她難過。因為她的家裡並沒有多少人，只有她的一個六十多歲的老祖父，再就是一個也是寡婦的伯母，帶一個女兒。

堂姊妹本該在一起玩耍解悶的，但是因為性格的相差太遠，一向是水火不同爐地過着日子。

她的堂妹妹，我見過，永久是穿着深色的衣裳，黑黑的臉，一天到晚陪着母親坐在屋子裡。母親洗衣裳，她也洗衣裳；母親哭，她也哭。也許她幫着母親哭她死去的父親，也許哭的是她們的家窮。那別人就不曉得了。

本來是一家的女兒，翠姨她們兩姊妹卻像有錢的人家的小姐，而那個堂妹妹，看上去卻像鄉下丫頭。這一點使她得到常常到我們家裡來往的權利。

她的親妹妹訂婚了，再過一年就出嫁了。在這一年中，妹妹大大地闊氣了起來，因為婆家那方面一訂了婚就來了聘禮。這個城裡，從前不用大洋票，而用的是廣信公司出的帖子，一百吊一千吊的論。她妹妹的聘禮大概是幾萬吊，所以她忽然不得了起來，今天買這樣，明天買那樣，花別針一個又一個的，絲頭繩一團一團的，帶穗的耳墜子，洋手錶，樣樣都有了。每逢出街的時候，她和她的姐姐一道，現在總是她付車錢了，她的姐姐要付，她卻百般的不肯，有時當着人面，姐姐一定要付，妹妹一定不肯，結果鬧得很窘，姐姐無形中覺得一種權利被人剝奪了。

但是關於妹妹的訂婚，翠姨一點也沒有羨慕的心理。妹妹未來的丈夫，她是看過的，沒有甚麼好看，很高，穿着藍袍子黑馬褂，好像商人，又像一個小土紳士。又加上翠姨太年青了，想不到甚麼丈夫，甚麼結婚。

因此，雖然妹妹在她的旁邊一天比一天的豐富起來，妹妹是有錢了，但是妹妹為甚麼有錢的，她沒有考查過。

所以當妹妹尚未離開她之前，她絕對的沒有重視「訂婚」的事。

就是妹妹已經出嫁了，她也還是沒有重視這「訂婚」的事。

不過她常常的感到寂寞。她和妹妹出來進去的，因為家庭環境孤寂，竟好像一對雙生子似的，而今去了一個，不但翠姨自己覺得單調，就是她的祖父也覺得她可憐。

所以自從她的妹妹嫁了，她就不大回家，總是住在她的母親的家裡。有時我的繼母也把她接到我們家裡。

翠姨非常聰明，她會彈大正琴，就是前些年所流行在中國的一種日本琴。她還會吹簫或是會吹笛子。不過彈那琴的時候卻很多。住在我家裡的時候，我家的伯父，每在晚飯之後必同我們玩這些樂器的。笛子、簫、日本琴、風琴、月琴，還有甚麼打琴。真正的西洋的樂器，可一樣也沒有。

在這種正玩得熱鬧的時候，翠姨也來參加了。翠姨彈了一個曲子，和我們大家立刻就配合上了。於是大家都覺得在我們那已經天天鬧熟了的老調子之中，又多了一個新的花樣。於是立刻我們就加倍的努力，正在吹笛子的把笛子吹得特別響，把笛膜振抖得似乎就要爆裂了似的滋滋地叫着。十歲的弟弟在吹口琴，他搖着頭，好像要把那口琴吞下去似的，至於他吹的是甚麼調子，已經是沒有人留意了。在大家忽然來了勇氣的時候，似乎只需要這種胡鬧。

而那按風琴的人，因為越按越快，到後來也許是已經找不到琴鍵了，只是那踏腳板越踏越快，踏的嗚嗚地響，好像有意要毀壞了那風琴，而想把風琴撕裂了一般地。

大概所奏的曲子是《梅花三弄》，也不知道接連地彈過了多少圈，看大家的意思都不想要停下來。不過到了後來，實在是氣力沒有了，找不着拍子的找不着拍子，跟不上調的跟不上調，於是在大笑之中，大家停下來了。

不知為甚麼，在這麼快樂的調子裡邊，大家都有點傷心，也許是樂極生悲了，把我們都笑得一邊流着眼淚，一邊還笑。

正在這時候，我們往門窗處一看，我的最小的小弟弟，剛會走路，他也揹着一個很大的破手風琴來參加了。

誰都知道，那手風琴從來也不會響的。把大家笑死了。在這回得到了快樂。

我的哥哥（伯父的兒子，鋼琴彈得很好）吹簫吹得最好，這時候他放下了簫，對翠姨說：「你來吹吧！」翠姨卻沒有言語，站起身來，跑到自己的屋子去了，我的哥哥，好久好久地看住那簾子。

三

翠姨在我家，和我住一個屋子。月明之夜，屋子照得通亮。翠姨和我談話，往往談到雞叫，覺得也不過剛剛半夜。

雞叫了，才說：「快睡吧，天亮了。」

有的時候，一轉身，她又問我：

「是不是一個人結婚太早不好，或許是女子結婚太早是不好的！」

我們以前談了很多話，但沒有談到這些。

總是談甚麼衣服怎樣穿，鞋子怎樣買，顏色怎樣配；買了毛線來，這毛線應該打個甚麼的花紋；買了帽子來，應該評判這帽子還微微有點缺點，這缺點究竟在甚麼地方，雖然說是不要緊，或者是一點關係也沒有，但批評總是要批評的。

有時再談得遠一點，就是表姊表妹之類訂了婆家，或是甚麼親戚的女兒出嫁了。或是甚麼耳聞的，聽說的，新娘子和新姑爺鬧彆扭之類。

那個時候，我們的縣裡，早就有了洋學堂了。小學好幾個，大學沒有。只有一個男子中學，往往成為談論的目標。談論這個，不單是翠姨，外祖母、姑姑、姐姐之類，都願意講究這當地中學的學生。因為他們一切洋化，穿着褲子，把褲腿捲起來一寸，一張口，「格得毛寧」外國話，他們彼此一說話就「答答答」，聽說這是甚麼俄國話。而更奇怪的就是他們見了女人不怕羞。這一點，大家都批評說是不如從前了，從前的書生，一見了女人臉就紅。

我家算是最開通的了。叔叔和哥哥他們都到北京和哈爾濱那些大地方去讀書了，他們開了不少的眼界。回到家裡來，大講他們那裡都是男孩子和女孩子同學。

這一題目，非常的新奇，開初都認為這是造了反。後來因為叔叔也常和女同學通信，因為叔叔在家庭裡是有點地位的人。並且父親從前也加入過國民黨，革過命，所以這個家庭都「咸與維新」起來。

因此在我家裡一切都是很隨便的，逛公園，正月十五看花燈，都是不分男女，一齊去。

而且我家裡設了網球場，一天到晚地打網球，親戚家的男孩子來了，我們也一齊的打。

這都不談，仍舊來談翠姨。

翠姨聽了很多的故事。關於男學生結婚的事情，就是我們本縣裡，已經有幾件事情不幸的了。有的結婚了，從此就不回家了；有的娶來了太太，把太太放在另一間屋子裡住着，而且自己卻永久住在書房裡。

每逢講到這些故事時，多半別人都是站在女的一面，說那男子都是唸書唸壞了，一看了那不識字的又不是女學生之類就生氣。覺得處處都不如他。天天總說是婚姻不自由，可是自古至今，都是爹許娘配的，偏偏到了今天，都要自由，看吧，這還沒有自由呢，就先來了花頭故事了，娶了太太的不回家，或是把太太放在另一個屋子裡。這些都是唸書唸壞了的。

翠姨聽了許多別人家的評論。大概她心裡邊也有些不平，她就問我不讀書是不是很壞的，我自然說是很壞的。而且她看了我們家裡男孩子、女孩子通通到學堂去唸書的。而且我們親戚家的孩子也都是讀書的。

因此她對我很佩服，因為我是讀書的。

但是不久，翠姨就訂婚了。就是她妹妹出嫁不久的事情。

她的未來的丈夫，我見過。在外祖父的家裡。人長得又低又小，穿一身藍布棉袍子，黑馬褂，頭上戴一頂趕大車的人所戴的五耳帽子。

當時翠姨也在的，但她不知道那是她的甚麼人，她只當是哪裡來了這樣一位鄉下的客人。外祖母偷着把我叫過去，特別告訴了我一番，這就是翠姨將來的丈夫。

不久翠姨就很有錢，她的丈夫的家裡，比她妹妹丈夫的家裡還更有錢得多。婆婆也是個寡婦，守着個獨生的兒子。兒子才十七歲，是在鄉下的私學館裡讀書。

翠姨的母親常常替翠姨解說，人矮點不要緊，歲數還小呢，再長上兩三年兩個人就一般高了。勸翠姨不要難過，婆家有錢就好的。聘禮的錢十多萬都交過來了，而且就由外祖母的手親自交給了翠姨；而且還有別的條件保障着，那就是說，三年之內絕對的不准娶親，藉着男的一方面年紀太小為辭，翠姨更願意遠遠的推着。

翠姨自從訂婚之後，是很有錢的了，甚麼新樣子的東西一到，雖說不是一定搶先去買了來，總是過不了多久，箱子裡就要有的了。那時候夏天最流行銀灰色市布大衫，而翠姨的穿起來最好，因為她有好幾件，穿過兩次不新鮮就不要了，就只在家裡穿，而出門就又去做一件新的。

那時候正流行着一種長穗的耳墜子，翠姨就有兩對，一對紅寶石的，一對綠的，而我的母親才能有兩對，而我才有一對。可見翠姨是頂闊氣的了。

還有那時候就已經開始流行高跟鞋了。可是在我們本街上卻不大有人穿，只有我的繼母早就開始穿，其餘就算是翠姨。並不是一定因為我的母親有錢，也不是因為高跟鞋一定貴，只是女人們沒有那麼摩登的行為，或者說她們不很容易接受新的思想。

翠姨第一天穿起高跟鞋來，走路還很不平穩，但到第二天就比較的習慣了。到了第三天，就是說以後，她就是跑起來也是很平穩的。而且走路的姿態更加可愛了。

我們有時也去打網球玩玩，球撞到她臉上的時候，她才用球拍遮了一下，否則她半天也打不到一個球。因為她一上了場站在白線上就是白線上，站在格子裡就是格子裡，她根本地不動。有的時候她竟拿着網球拍子站着一邊去看風景去。尤其是大家打完了網球，吃東西的吃東西去了，洗臉的洗臉去了，惟有她一個人站在短籬前面，向着遠遠的哈爾濱市影癡望着。

有一次我同翠姨一同去做客。我繼母的族中娶媳婦。她們是八旗人，也就是滿人，滿人才講究場面呢，所有的族中的年青的媳婦都必得到場，而個個打扮得如花似玉。似乎咱們中國的社會，是沒這麼繁華的社交的場面的，也許那時候，我是小孩子，把甚麼都看得特別繁華，就只說女人們的衣服吧，就個個都穿得和現在西洋女人在夜會裡邊那麼莊嚴。一律都穿着繡花大襖。而她們是八旗人，大襖的襟下一律的沒有開口。而且很長。大襖的顏色棗紅的居多，絳色的也有，玫瑰紫色的也有。而那上邊繡的顏色，有的荷花，有的玫瑰，有的松竹梅，一句話，特別的繁華。

她們的臉上，都擦着白粉，她們的嘴上都染得桃紅。

每逢一個客人到了門前，她們是要列着隊出來迎接的，她們都是我的舅母，一個一個地上前來問候了我和翠姨。

翠姨早就熟識她們的，有的叫表嫂子，有的叫四嫂子。而在我，她們就都是一樣的，好像小孩子的時候，所玩的用花紙剪的紙人，這個和那個都是一樣，完全沒有分別。都是花緞的袍子，都是白白的臉，都是很紅的嘴唇。

就是這一次，翠姨出了風頭了，她進到屋裡，靠着一張大鏡子旁坐下了。

女人們就忽然都上前來看她，也許她從來沒有這麼漂亮過，今天把別人都驚住了。

依我看翠姨還沒有她從前漂亮呢，不過她們說翠姨漂亮得像棵新開的臘梅。翠姨從來不擦胭脂的，而那天又穿了一件為着將來作新娘子而準備的藍色緞子滿着金花的夾袍。

翠姨讓她們圍起看着，難為情了起來，站起來想要逃掉似的，邁着很勇敢的步子，茫然地往裡邊的房間裡閃開了。

誰知那裡邊就是新房呢，於是許多的嫂嫂們就嘩然地叫着，說：

「翠姐姐不要急，明年就是個漂亮的新娘子，現在先試試去。」

當天吃飯飲酒的時候，許多客人從別的屋子來猷猷地望着翠姨。翠姨舉着筷子，似乎是在思量着，保持着鎮靜的態度，用溫和的眼光看着她們。彷彿她不曉得人們專門在看着她似的。但是別的女人們羡慕了翠姨半天了，臉上又都突然地冷落起來，覺得有甚麼話要說出，又都沒有說，然後彼此對望着，笑了一下，吃菜了。

四

有一年冬天，剛過了年，翠姨就來到了我家。

伯父的兒子——我的哥哥，就正在我家裡。

我的哥哥，人很漂亮，很直的鼻子，很黑的眼睛，嘴也好看，頭髮也梳得好看，人很長，走路很爽快。大概在我們所有的家族中，沒有這麼漂亮的人物。

冬天，學校放了寒假，所以來我們家裡休息。大概不久，學校開學就要上學去了。哥哥是在哈爾濱讀書。

我們的音樂會，自然要為這新來的角色而開了。翠姨也參加的。

於是非常的熱鬧，比方我的母親，她一點也不懂這行，但是她也列了席，她坐在旁邊觀看，連家裡的廚子、女工，都停下了工作來望着我們，似乎他們不是聽甚麼樂器，而是在看人。我們聚滿了一客廳。這些樂器的聲音，大概很遠的鄰居都可以聽到。

第二天鄰居來串門的，就說：

「昨天晚上，你們家又是給誰祝壽？」

我們就說，是歡迎我們的剛到的哥哥。

因為我們家是很好玩的，很有趣的。不久就來到了正月十五看花燈的時節了。

我們家裡自從父親維新革命，總之在我們家裡，兄弟姊妹，一律相待，有好玩的就一齊玩，有好看的就一齊去看。

伯父帶着我們，哥哥、弟弟、姨……共八九個人，在大月亮地裡往大街裡跑去了。那路之滑，滑得不能站腳，而且高低不平。他們男孩子們跑在前面，而我們因為跑得慢就落了後。

於是那在前邊的他們回頭來嘲笑我們，說我們是小姐，說我們是娘娘。說我們走不動。

我們和翠姨早就連成一排向前衝去，但是不是我倒，就是她倒。到後來還是哥哥他們一個一個地來扶着我們，說是扶着，未免的太示弱了，也不過就是和他們連成一排向前進着。

不一會到了市裡，滿路花燈。人山人海。又加上獅子、旱船、龍燈、秧歌，鬧得眼也花起來，一時也數不清多少玩藝。哪裡會來得及看，似乎只是在眼前一晃，就過去了，而一會別的又來了，又過去了。其實也不見得繁華得多麼了不得了，不過覺得世界上是不會比這個再繁華的了。

商店的門前，點着那麼大的火把，好像熱帶的大椰子樹似的。一個比一個亮。

我們進了一家商店，那是父親的朋友開的。他們很好的招待我們，茶、點心、橘子、元宵。我們哪裡吃得下去，聽到門外一打鼓，就心慌了。而外邊鼓和喇叭又那麼多，一陣來了，一陣還沒有去遠，一陣又來了。

因為城本來是不大的，有許多熟人，也都是來看燈的都遇到了。其中我們本城裡的在哈爾濱唸書的幾個男學生，他們也來看燈了。哥哥都認識他們。我也認識他們，因為這時候我們到哈爾濱唸書去了。所以一遇到了我們，他們就和我們在一起，他們出去看燈，看了一會，又回到我們的地方，和伯父談話，和哥哥談話。我曉得他們，因為我們家比較有勢力，他們是很願和我們講話的。

所以回家的一路上，又多了兩個男孩子。

無管人討厭不討厭，他們穿的衣服總算都市化了。個個都穿着西裝，戴着呢帽，外套都是到膝蓋的地方，腳下很利落清爽。比起我們城裡的那種怪樣子的外套，好像大棉袍子似的好看得多了。而且頸間又都束着一條圍巾，那圍巾自然也是全絲全線的花紋。似乎一束起那圍巾來，人就更顯得莊嚴，漂亮。

翠姨覺得他們個個都很好看。

哥哥也穿的西裝，自然哥哥也很好看。因此在路上她直在看哥哥。

翠姨梳頭梳得是很慢的，必定梳得一絲不亂；擦粉也要擦了洗掉，洗掉再擦，一直擦到認為滿意為止。花燈節的第二天早晨她就梳得更慢，一邊梳頭一邊在思量。本來按規矩每天吃早飯，必得三請兩請才能出席，今天必得請到四次，她才來了。

我的伯父當年也是一位英雄，騎馬、打槍絕對的好。後來雖然已經五十歲了，但是風采猶存。我們都愛伯父的，伯父從小也就愛我們。詩、詞、文章，都是伯父教我們的。翠姨住在我們家裡，伯父也很喜歡翠姨。今天早飯已經開好了。催了翠姨幾次，翠姨總是不出來。

伯父說了一句：「林黛玉……」

於是我們全家的人都笑了起來。

翠姨出來了，看見我們這樣的笑，就問我們笑甚麼。我們沒有人肯告訴她。翠姨知道一定是笑的她，她就說：

「你們趕快的告訴我，若不告訴我，今天我就不吃飯了，你們讀書識字，我不懂，你們欺侮我……」

鬧嚷了很久，還是我的哥哥講給她聽了。伯父當着自己的兒子面前到底有些難為情，喝了好些酒，總算是躲過去了。

翠姨從此想到了唸書的問題，但是她已經二十歲了，上哪裡去唸書？上小學沒有她這樣的大學生；上中學，她是一字不識，怎樣可以。所以仍舊住在我們家裡。

彈琴、吹簫、看紙牌，我們一天到晚地玩着。我們玩的時候，全體參加，我的伯父，我的哥哥，我的母親。

翠姨對我的哥哥沒有甚麼特別的好，我的哥哥對翠姨就像對我們，也是完全的一樣。

不過哥哥講故事的時候，翠姨總比我們留心聽些，那是因為她的年齡稍稍比我們大些，當然在理解力上，比我們更接近一些哥哥的了。哥哥對翠姨比對我們稍稍的客氣一點。他和翠姨説話的時候，總是「是的」「是的」的，而和我們說話則「對啦」「對啦」。這顯然因為翠姨是客人的關係，而且在名分上比他大。

不過有一天晚飯之後，翠姨和哥哥都沒有了。每天飯後大概總要開個音樂會的。這一天也許因為伯父不在家，沒有人領導的緣故。大家吃過也就散了。客廳裡一個人也沒有。我想找弟弟和我下一盤棋，弟弟也不見了。於是我就一個人在客廳裡按起風琴來，玩了一下也覺得沒有趣。客廳是靜得很的，在我關上了風琴蓋子之後，我就聽見了在後屋裡，或者在我的房子裡是有人的。

我想一定是翠姨在屋裡。快去看看她，叫她出來張羅着看紙牌。

我跑進去一看，不單是翠姨，還有哥哥陪着她。

看見了我，翠姨就趕快地站起來說：

「我們去玩吧。」

哥哥也說：

「我們下棋去，下棋去。」

他們出來陪我來玩棋，這次哥哥總是輸。從前是他回回贏我的，我覺得奇怪，但是心裡高興極了。

不久寒假終了，我就回到哈爾濱的學校唸書去了。可是哥哥沒有同來，因為他上半年生了點病，曾在醫院裡休養了一些時候，這次伯父主張他再請兩個月的假，留在家裡。

以後家裡的事情，我就不大知道了。都是由哥哥或母親講給我聽的。我走了以後，翠姨還住在家裡。

後來母親還告訴過，就是在翠姨還沒有訂婚之前，有過這樣一件事情。我的族中有一個小叔叔，和哥哥一般大的年紀，說話口吃，沒有風采，也是和哥哥在一個學校裡讀書。雖然他也到我們家裡來過，但怕翠姨沒有見過。那時外祖母就主張給翠姨提婚。那族中的祖母，一聽就拒絕了，說是寡婦的孩子，命不好，也怕沒有家教，何況父親死了，母親又出嫁了，好女不嫁二夫郎，這種人家的女兒，祖母不要。但是我母親說，輩分合，他家還有錢，翠姨過門是一品當朝的日子，不會受氣的。

這件事情翠姨是曉得的，而今天又見了我的哥哥，她不能不想哥哥大概是那樣看她的。她自覺地覺得自己的命運不會好的。現在翠姨自己已經訂了婚，是一個人的未婚妻；二則她是出了嫁的寡婦的女兒，她自己一天把這個背了不知有多少遍，她記得清清楚楚。

五

翠姨訂婚，轉眼三年了，正這時，翠姨的婆家，通了消息來，張羅要娶。她的母親來接她回去整理嫁妝。

翠姨一聽就得病了。

但沒有幾天，她的母親就帶着她到哈爾濱採辦嫁妝去了。

偏偏那帶着她採辦嫁妝的嚮導又是哥哥給介紹來的他的同學。他們住在哈爾濱的秦家崗上，風景絕佳，是洋人最多的地方。那男學生們的宿舍裡邊，有暖氣、洋床。翠姨帶着哥哥的介紹信，像一個女同學似的被他們招待着。又加上已經學了俄國人的規矩，處處尊重女子，所以翠姨當然受了他們不少的尊敬，請她吃大菜，請她看電影。坐馬車的時候，上車讓她先上；下車的時候，人家扶她下來。她每一動別人都為她服務，外套一脱，就接過去了。她剛一表示要穿外套，就給她穿上了。

不用説，買嫁妝她是不痛快的，但那幾天，她總算一生中最開心的時候。

她覺得到底是讀大學的人好，不野蠻，不會對女人不客氣，絕不能像她的妹夫常常打她的妹妹。

經這到哈爾濱去一買嫁妝，翠姨就更不願意出嫁了。她一想那個又醜又小的男人，她就恐怖。

她回來的時候，母親又接她來到我們家來住着，説她的家裡又黑，又冷，説她太孤單可憐。我們家是一團暖氣的。

到了後來，她的母親發現她對於出嫁太不熱心，該剪裁的衣裳，她不去剪裁；有一些零碎還要去買的，她也不去買。做母親的總是常常要加以督促，後來就要接她回去，接到她的身邊，好隨時提醒她。她的母親以為年青的人必定要隨時提醒的，不然總是貪玩。而況出嫁的日子又不遠了，或者就是二三月。

想不到外祖母來接她的時候，她從心的不肯回去，她竟很勇敢地提出來她要讀書的要求。她說她要唸書，她想不到出嫁。

開初外祖母不肯，到後來，她說若是不讓她讀書，她是不出嫁的。外祖母知道她的心情，而且想起了很多可怕的事情……

外祖母沒有辦法，依了她。給她在家裡請了一位老先生，就在自己家院子的空房子裡邊擺上了書桌，還有幾個鄰居家的姑娘，一齊唸書。

翠姨白天唸書，晚上回到外祖母家。

唸了書，不多日子，人就開始咳嗽，而且整天的悶悶不樂。她的母親問她，有甚麼不如意？陪嫁的東西買得不順心嗎？或者是想到我們家去玩嗎？甚麼事都問到了。

翠姨搖着頭不說甚麼。

過了一些日子，我的母親去看翠姨，帶着我的哥哥。他們一看見她，第一個印象，就覺得她蒼白了不少。而且母親斷言地說，她活不久了。

大家都說是唸書累的，外祖母也說是唸書累的，沒有甚麼要緊的；要出嫁的女兒們，總是先前瘦的，嫁過去就要胖了。

而翠姨自己則點點頭，笑笑，不承認，也不加以否認。還是唸書，也不到我們家來了，母親接了幾次，也不來，回說沒有工夫。

翠姨越來越瘦了，哥哥去到外祖母家看了她兩次，也不過是吃飯、喝酒，應酬了一番。而且說是去看外祖母的。在這裡年青的男子，去拜訪年青的女子，是不可以的。哥哥回來也並不帶回甚麼歡喜或是甚麼新的憂鬱，還是一樣和大家打牌下棋。

翠姨後來支持不了啦，躺下了。她的婆婆聽說她病，就要娶她，因為花了錢，死了不是可惜了嗎？這一種消息，翠姨聽了病就更加嚴重。婆家一聽她病重，立刻要娶她。因為在迷信中有這樣一章，病新娘娶過來一沖，就沖好了。翠姨聽了就只盼望趕快死，拚命地糟蹋自己的身體，想死得越快一點兒越好。

母親記起了翠姨，叫哥哥去看翠姨。是我的母親派哥哥去的，母親拿了一些錢讓哥哥給翠姨去，說是母親送她在病中隨便買點甚麼吃的。母親曉得他們年青人是很拘泥的，或者不好意思去看翠姨，也或者翠姨是很想看他的，他們好久不能看見了。同時翠姨不願出嫁，母親很久的就在心裡邊猜疑着他們了。

男子是不好去專訪一位小姐的，這城裡沒有這樣的風俗。母親給了哥哥一件禮物，哥哥就可去了。

哥哥去的那天，她家裡正沒有人，只是她家的堂妹妹應接着這從未見過的生疏的年青的客人。

那堂妹妹還沒問清客人的來由，就往外跑，說是去找她們的祖父去，請他等一等。大概她想是凡男客就是來會祖父的。

客人只說了自己的名字，那女孩子連聽也沒有聽就跑出去了。

哥哥正想，翠姨在甚麼地方？或者在裡屋嗎？翠姨大概聽出甚麼人來了，她就在裡邊說：

「請進來。」

哥哥進去了，坐在翠姨的枕邊，他要去摸一摸翠姨的前額，是否發熱，他說：

「好了點嗎？」

他剛一伸出手去，翠姨就突然地拉了他的手，而且大聲地哭起來了，好像一顆心也哭出來了似的。哥哥沒有準備，就很害怕，不知道說甚麼，作甚麼。他不知道現在應該是保護翠姨的地位，還是保護自己的地位。同時聽得見外邊已經有人來了，就要開門進來了。一定是翠姨的祖父。

翠姨平靜地向他笑着，說：

「你來得很好，一定是姐姐告訴你來的，我心裡永遠紀念着她。她愛我一場，可惜我不能去看她了……我不能報答她了……不過我總會記起在她家裡的日子的……她待我也許沒有甚麼，但是我覺得已經太好了……我永遠不會忘記的……我現在也不知道為甚麼，心裡只想死得快一點就好，多活一天也是多餘的……人家也許以為我是任性……其實是不對的，不知為甚麼，那家對我也是很好的，我要是過去，他們對我也會是很好的，但是我不願意。我小時候，就不好，我的脾氣總是，不從心的事，我不願意……這個脾氣把我折磨到今天了……可是我怎能從心呢……真是笑話……謝謝姐姐她還惦着我……請你告訴她，我並不像她想的那麼苦呢，我也很快樂……」翠姨苦笑了一笑，「我心裡很安靜，而且我求的我都得到了……」

哥哥茫然地不知道說甚麼。這時祖父進來了。看了翠姨的熱度，又感謝了我的母親，對我哥哥的降臨，感到榮幸。他說請我母親放心吧，翠姨的病馬上就會好的，好了就嫁過去。

哥哥看了翠姨就退出去了，從此再沒有看見她。

哥哥後來提起翠姨常常落淚，他不知翠姨為甚麼死，大家也都心中納悶。

尾聲

等我到春假回來，母親還當我說：

「要是翠姨一定不願意出嫁，那也是可以的，假如他們當我說。」

……

翠姨墳頭的草籽已經發芽了，一掀一掀地和土粘成了一片，墳頭顯出淡淡的青色，常常會有白色的山羊跑過。

這時城裡的街巷，又裝滿了春天。

暖和的太陽，又轉回來了。

街上有提着筐子賣蒲公英的了，也有賣小根蒜的了。更有些孩子們他們按着時節去折了那剛發芽的柳條，正好可以擰成哨子，就含在嘴裡滿街地吹。聲音有高有低，因為那哨子有粗有細。

大街小巷，到處地嗚嗚，嗚嗚嗚。好像春天是從他們的手裡招待回來了似的。

但是這為期甚短。一轉眼，吹哨子的不見了。

接着楊花飛起來了，榆錢飄滿了一地。

在我的家鄉那裡，春天是快的。五天不出屋，樹發芽了，再過五天不看樹，樹長葉了，再過五天，這樹就像綠得使人不認識它了。使人想，這棵樹，就是前天的那棵樹嗎？自己回答自己，當然是的。春天就像跑的那麼快。好像人能夠看見似的。春天從老遠的地方跑來了，跑到這個地方只向人的耳朵吹一句小小的聲音：「我來了呵。」而後很快地就跑過去了。

春，好像它不知道多麼忙迫，好像無論甚麼地方都在招呼它，假若它晚到一刻，陽光會變色的，大地會乾成石頭，尤其是樹木，那真是好像再多一刻工夫也不能忍耐，假若春天稍稍在甚麼地方留連了一下，就會誤了不少的生命。

春天為甚麼它不早一點來，來到我們這城裡多住一些日子，而後再慢慢地到另外的一個城裡去，在另外一個城裡也多住一些日子。

但那是不能的了，春天的命運就是這麼短。

年青的姑娘們，她們三兩成雙，坐着馬車，去選擇衣料去了，因為就要換春裝了。她們熱心地弄着剪刀，打着衣樣，想裝成自己心中想得出的那麼好，她們白天黑夜地忙着，不久春裝換起來了，只是不見載着翠姨的馬車來。

一九四一年

（原載《時代文學》一卷二期，一九四一年七月一日）

福田大佐的幸遇

侶倫

那時候，我和那一群日本軍官混得很熟的事，你當然知道的了。（李小姐這樣開始說她那一回的故事）不是有好幾次在尖沙咀渡海小輪上面，你碰到我卻故意避開了，連招呼也不表示一下的麼？我原諒你是誤會了我，以為我是出賣了人格的一個要不得的人，卻不明瞭我當時是有着需要那麼樣做的責任。

你記得麼？有一次你一踏進「吸煙室」，發見了我，你便假裝望一望那門口上邊「煙房」的銅牌，用一種不抽煙的人底厭惡姿態退了出去。這類可笑的舊話我們姑且擱起它罷，我要提起來是為了使你記起，那一次坐在我身邊的那個三角眼紅鼻頭的傢伙，便是我現在要說起的福田大佐。

福田大佐是那一星期中我的主要對象。我的秘密任務，是要把懷在他身上的一份重要底機密文件設法弄到手來。因此在那一星期中，我盡可能每天不離開他。這使他很高興，但高興也只是高興，他要想獲得我，正如我要想獲得他一樣困難。我們一直在演着微妙的鬥爭的把戲。

你知道日本人是沒有理性的動物，逞起暴力甚麼都可能做出來。但是屬於較高的軍官階級，他們卻又往往維持着相當限度的虛偽尊嚴；如果你也把身份裝得高貴，他們縱然要想滿足自己的獸性，手段也不敢來得太隨便。這一點，正方便了我們的操縱，而延長了他們要達到目的底希望。我們也藉此盡可能保持肉體的尊嚴。你明白罷，在一個負着特殊任務的女人，肉體便是她唯一的資本，除非有了相當的代價而不得不作一次犧牲的時候。

我猜想福田大佐是從他的同僚們之中，知道我是不容易上手的；他曾經在幾個場合中對我露出帶有某種企圖的表示，都給我巧妙地避開了。可是我一方面對他特別的親暱，卻又煽動了他的慾念的火燄。這矛盾的態度很給他一點微妙的苦惱。他更不甘願放棄他的慾望。他竟然和他的同僚們打賭：如果他能夠在我的身上達到目的，他贏五千元軍票，一席表示祝賀的酒。

一個他們之中的內奸，叫做山川少尉的，對我泄露了他們打賭的秘密。這傢伙這樣做完全是出於自私的動機：希望失敗的是福田大佐。不過，我有了這難得的先知，還把自己去供人作遊戲工具，不是蠢透了麼？但困難的是，這正在我要把福田大佐做工作對象的時候，他是贏定了；因為他身上有着我所需要的東西。而我除了準備犧牲肉體這最後一着，似乎沒有希望得到它。比較起來，他底企圖是有把握的，倒是我底冒險卻有點渺茫。

我懷着戰慄的心看着這一場賭博。

就是你在渡海小輪的「吸煙室」裡見我的一天，福田大佐要我伴他到尖沙咀去接一班火車，說是一位新近由東京到了廣東的朋友，趁這一班火車來香港。我是無可無不可地跟了他去。但是到了月台，火車已經在一刻鐘之前到了，他的接車顯然是落了空。他一面怨自己來遲了，一面四處張望。末了，他突然對我說：

「也許他進半島酒店去了，讓我們去查問一下看看。」

在半島酒店裡，費了一番工夫也查不到他所說的那位朋友的蹤跡和名字。於是他轉向我微笑着提議：

「他一定來的，也一定住這個酒店；我老早在信上給他介紹過這個好住所了。也許他趁下一班車來哩。李小姐，反正你沒有事情，讓我們先替他開個房子，也好藉此休息一下。等下一班火車到的時候再去，接到他時就把房間交給他，你說好嗎？」

這只是虛偽的禮貌。憑經驗，在這樣的情形下說個不字，只是多餘的不識趣；結果仍舊是不可避免的服從。於是我也禮貌地跟他踏進升降機。在五樓上開了個房間。

向僕歐要了拔蘭地和三文治，福田大佐便把他身上的裝備解下來：帽子，手套，短劍，手鎗，皮帶，全都放在壁下的梳化椅上面。然後邀我坐到就近的另一張長梳化椅裡去，前面一張茶桌上面，放着僕歐斟在那裡的酒。這一切情形都使我察覺到，展開眼前的全是一種有計劃的行動；一場預先編好的戲；所謂接車，不過是虛設的序幕罷了！

我醒悟得太遲了！我感到一陣在這一刻間所不能避免的惶惑。怎麼辦好呢？第一個念頭便是：設法逃跑。可是浴室和廁所都設在房間裡面，我不能在這些事上找到甚麼藉口。在失望中我記起我的任務，我要鎮靜下來應付我的命運。我不全勝便是全敗！想到這一點，我的意志突然堅定了起來。我有了勇氣。

這傢伙在豪放的態度下隱藏着強迫，不斷的把酒斟進我的杯子裡，要我跟他喝。我只裝模作樣地喝得很少。但是我並不拒絕；為的使他也讓我給他斟酒。雖然這只有更促進他的放恣，可是我有一個想法：也許酒的烈性在他血管裡漲熱起來的時候，他在昏醉中會把外衣脫下來；我的希望會接近一步。我看見汗珠已經在他發紫的額上迸流出來了。可是他只是得意地狂笑着，胡亂地說話；好像故意和我的心理搗鬼似地，只是解開頸項下面的兩顆鈕扣，敞開胸口便停了手。這真使我焦急。

「喝啦，福田大佐，你的酒量真好啊！」我禁不住要弄一點技巧了。

「不算好，不算好。」他搖着醉意的手，一面提起他的杯子向着我：「喝呀，為了你，為了你的美麗，我才喝得這麼高興的！」一口呷乾了酒，狂笑了一下，問着：「你高興嗎，李小姐？」

「我高興的！」我順承着他的意思回答。

「為了甚麼？」

「為了看見你的好酒量！」

「不，不！」他的手向半空一掃，「為了我愛你，我歡喜你，李小姐！」他的頭挨在背靠上面，哈哈地笑着。然後：

「李小姐，為了你，我甚麼都可以忘記，甚至世界，戰爭……」閉上眼皮，一邊伸過手來要想抓我。

我趁勢握住他的手：「是的，你連熱也忘記了，外衣也忘記脱了：看你的汗多利害啊，福田大佐！」説着，我就伸手過去解他的衣鈕。但是卻方便了他，這傢伙似乎不曾全醉，他搖頭叫着：

「我沒有熱！我沒有醉！」捉住我的手，趁勢使勁一拉就把我抱進他的胸前，又自語着：「不，我醉了，不是酒，是你的美麗！你的眼！你的嘴唇！……」

我擔心我做的太着跡了會惹起他的疑心，只好停下手來。我感着這一場賭博已經失敗一半了。在一雙充滿蠻力的手臂的緊抱下，我消失了掙扎的力氣。我用一種幾乎想哭出來的心情忍耐着，讓他的噴着酒味的嘴，在我的臉和頸項瘋狂的啄下來。

也許覺到我沒有反抗的表示，這傢伙卻進一步把我按倒了在梳化椅上，身子壓着我的身子；接着便用了粗野的動作表示了他的要求。一陣濃烈的汗臭氣味把我壓迫得幾乎窒息。我再也耐不住了，我擔心我的最後一半也失敗在這傢伙的手。我拚命的從他的壓力下掙脱出來閃身向梳化椅外跳出去。這傢伙的慾火已經燃燒到了瘋狂的頂點，他不肯放過我。跟着我站立起來的時候，他一手從壁下的一張梳化椅裡抓到了手鎗……

這是危險的時辰！我在他可能有甚麼動作之前立即發出放恣的笑聲，同時站住不動；我指住他向我扳着的手鎗，搖擺着身子劇烈地笑；好像因為笑而柔軟得支持不住的樣子。這傢伙對於我這個突變的態度摸不着頭腦，同時也是經不起我的姿態的媚惑，呆然地望着我，手鎗不期然地垂了下去。

「你笑甚麼？」這樣問着。

「笑你呵，福田大佐，你拿着手鎗做甚麼呢？」

他下意識地看一看手鎗，便又釘住我：「你說，你為甚麼拒絕我？」

我故意再笑了幾聲才答，稍微低了聲音：「我沒有拒絕你啊！」

「但是你為甚麼離開我？說！」眼射着兇光。

「你以為我是因為拒絕你而離開你麼？」

這傢伙緩和地走前幾步，站近我的面前：「那麼，為了甚麼？」

望着他鬆弛的衣領，我已經有了一個答覆的主意了。可是我故意拖延着時間。

「說呀，李小姐，你不歡喜我嗎？」他抓住我的肩膊。

「我歡喜你，可是——」我聳一聳肩：「我不歡喜汗臭。」

這傢伙低下頭去，掀開衣領行了個深呼吸，笑出來，手鎗在茶桌上放了下去。

我皺着鼻子，但是卻懷着勝利的喜悅回到長梳化椅坐下，一邊說着：「我生平最怕這種氣味，它會使我嘔吐。」

這傢伙也跟着我走過來，在我的身邊坐下來，抓住我兩隻臂膀搖着：「我知道，你是假借這理由來拒絕我的，我不相信你的話！」說着又把身子向我壓過來了。

我只是拿手帕掩住鼻子，不表示甚麼抗拒的意思，斜睨着他問：「那麼，一定要我答應你的要求，才相信我是歡喜你麼？」

「自然啦！」

「好，我答應你是容易的，」我點一點他的紅鼻子，「但是為着使我舒服些，你先答應我一個提議好不好？」

「只要我辦得到，李小姐，我甚麼都聽你說。」

「真的？」

「你要我發誓是不是？」

「那麼，我要你先去洗一個澡。」

我的條件是連帶着一個吻提出來的。這傢伙高興得立即鬆開了抓住我的手：「那麼，你休息一會，李小姐。」這麼說着就跳起身來。

我裝出怠倦的神氣，挨在梳化椅的背靠上面，半閉着眼睛。我偷看着那傢伙迅速地脫下外衣和馬褲，一件一件的拋在壁下那張梳化椅裡。

「你好好的休息一會，李小姐，我很快洗完的，真的很快，很快！」重複地這樣叫着，便向浴室跑進去。轟的關上了門。

「汗臭洗乾淨點呵，Darling！」

裝着懶洋洋的聲音應了他，我已經迅速的站立起來。浴室裡傳出來開水管的聲音，「支那之夜」曲子的聲音：這是漲滿了興奮情緒的胸膛裡迸發出來的快樂的叫喊！

我的生命也在叫喊！一秒鐘也不能夠遲疑了。我躡起腳尖走到浴室前面，把門外邊的樞鈕輕輕推攏，把他關在裡邊。然後走回壁下的梳化椅那邊，把那傢伙的衣服翻起來。

我翻遍了裡外的每一個口袋；從外衣的內袋裡，發現了皮面的記事冊和用堅厚的信封套着的文件。我沒有裕餘的時間去察看它們的內容；我知道我不僅獲得我所需要的東西，而且獲得比我所需要的更多的東西。除了軍票，我把所有的文件都塞進我的手提包裡面。

浴室裡的歌聲已經停止了。我急忙躡着腳尖向房門跑去。握着門鈕的時候，我聽到那傢伙打着浴室的門大叫：

「別開玩笑哪，李小姐！」

我沒有應他，輕輕拉開了房門閃身出去。浴室的門打得急起來了，大聲地問：

「你睡着了嗎，李小姐？」

我在門縫中伸進頭去，柔聲地回答一句：「是的，我睡着了，福田大佐！」

把房門輕輕關上。

我全勝哪！

（選自侶倫：《無盡的愛》，香港虹運出版社，一九四七年版）

一個理想碰了壁

茅盾

這是十年前的事了。一向我都不敢寫出來，怕傷了L君的心。幾天前，因為偶然的機緣，對兩個朋友講了個大概，他們就慫恿我寫，並且用了不少鼓動的字句，例如「意義很大」等等。

我不敢斷定這有沒有意義，但覺得也未必有害，而且L君大概也覺得這不是甚麼須要隱諱的，因此寫下來了。

當然，這最好要L君自己來寫的。

那一年從揚子江三角洲到珠江三角洲，出現了兩座「走馬燈」。

上年十一月，日寇連陷上海、蘇州、鎮江、南京，東戰場百萬的「中央軍」倉皇撤退，老百姓這才如夢初醒，知道一個月來報章上天天大吹特吹的甚麼「第二防線」——「蘇嘉路」，原來壓根兒是騙人的。「蘇嘉路」是有這麼一條，可惜甚麼也防不住！

那時候，「空間換取時間」這句話也還有點作用。老百姓一面驚訝於「國軍轉進」之疾於秋風，一面卻也還盲目信仰着統帥部之「自有辦法」，於是在日寇刀鋒之前，「中央軍」往西跑，而在日寇刀鋒與「中央軍」槍托之夾縫，蘇浙皖三省的老百姓，（主要是小商人，職工、學生、知識份子），也往西跑，直到了漢口。不料南京到漢口這樣廣大一塊空間只換得了六個多月的時間，到了秋風乍起的時候，從揚子江三角洲逃難來的老百姓又得逃了，當時就有一個問題擺在他們面前：向西逃呢，還是向南？結果西上的固然不少，南下的卻也相當多。南下的經過了香港又回各自的家鄉去了，——他們的家鄉現在已經是淪陷區了。

這樣：從上海，從沿江各城市，從鐵路線各城市，而後武漢，而後又從粵漢路到廣州，經香港，又回到上海以及沿江沿鐵路線各城市——這是一個大圈子，這是出現於那年秋初的一座「走馬燈」。

再說，當杭州淪陷，南京混亂——其後亦就「主動撤離」之時，隔在所謂「第二防線」——蘇嘉路以東的各城市還有些熱血青年西望着武漢不勝其歆羨，他們想像這塊臨時「抗戰政治中心」一定如何緊張熱烈奮發；於是他們循海而南經香港，到了廣州。一看，廣州也不錯呀，鬧烘烘地在「動員」。那麼，留下罷？有些是留下來了，有些依然設法買車票，終於到了又在嚷着「保衛」又在忙着「轉進」的大武漢。那時候，這北上列車中的江南人如果碰到南下列車中的鄉親，那一番對話敢信其必然精彩。

話休絮煩，那個鬧烘烘在「動員」的廣州，原來也是不經戮的，敵人前哨未至郊外，滿市官吏——黨政軍三方面人兒都「轉」得遠遠的了。苦的卻是一些專誠來趕「抗戰市場」的外江佬知識份子。怎麼辦呢？回老家去罷。一個圈子兜到了廣州灣，再經香港回上海。自然這不過是一部分。

這出現在那年冬季的又一座「走馬燈」。

現在且說，夾在這第二座「走馬燈」上的各色人等之中，有兩位從第一座「走馬燈」上走了一半而停留在廣州市若干時間的，這一天風塵僕僕地進了廣州灣的一家中等旅館。

這兩位，都是江南人士。「保衛大武漢」喊得熱鬧的時候，C君戴着他那法國便帽曾在各種集會中很努過一番力。他是詩人。另外一位L君，也是幹文化工作的。他們的計劃是：回到上海，從頭再幹。武漢和廣州這兩大都市給了他們一些痛苦的經驗：掛着「抗戰」招牌的地方卻沒有從事抗戰工作的自由，倒不如淪陷區。領導抗戰的官兒跑了，抗敵的投敵了，老百姓倒有了抗戰的自由。詩人的C君還夢想着如何去打游擊。

當下他們兩位在那花天酒地的廣州灣做着未來的好夢，卻也不能抹去那最近個把月來撤退途中慘痛的回憶。官吏的貪污無能，統軍將官之又愛錢又怕死，黨官們之吹牛說謊，包而不辦，這原是各處都一樣的；然而在華南第一大都市廣州，還有些特點卻是別處所未有。

詩人C君負手在房中踱着。在構思一首長詩。

「可歌可泣的故事，」他説，「不一定要到前線才見，就是這一次廣州撤退，可歌可泣的事情也多得很呢！看得譬如……」

「譬如政工隊罷？」倚在床上的L君搶着説，「熱情，勇敢，這些青年才是真正代表廣東精神！」

「可是我打算用一首長詩來表現的，還不是政工隊。」

「不是政工隊，那麼，就是壯丁隊？」

「對了，特別是女壯丁隊。題材就是這別處所沒有的女壯丁隊。你看過她們上操麼？神氣得很呢！」

「唉，可惜只是擺擺樣子的！」L君忽然憤激起來了，「民眾的愛國熱情都被那些老爺們利用了，他們的欺騙手段就是表面上做得好看，一旦敵人來了，他們第一個先溜！」

「可是民眾的愛國熱情仍然值得表揚。」

「那麼，你寫出來的，也還是一篇抗戰八股。」

「不見得罷。」C君很悠閒地笑了笑。接着他就説出他那構思中的詩篇的內容。原來廣州市的女壯丁隊有千餘人之多，有茶館酒店的女招待，也有女工和商店的女職員，甚至也有女理髮師：廣州棄守之時，女壯丁隊奉令隨軍撤退，可是到了清遠又把她們解散了，於是這千多人就為「抗戰」而遭遇到慘痛的迫害和蹂躪。

「大部分當然只有回廣州去這一條路。」G君憤激地說，「可是在半路上就被歹人拐騙轉賣為娼妓，或者賣給粵北的小地主或富農當小老婆，這些拐騙販賣她們的，倒有不少就是當初『動員』她們招募她們的人！」

「這簡直是滅絕人性！」L君生氣地叫着，臉紅了。

「還沒有完呢！」C君又說「廣東的小地主和富農會打算盤，他們覺得討一個小老婆比買一條牛上算。平平常常一個富農討兩三房小老婆是極普通的事情。他們的性慾固然發泄了，他們又榨取她們的勞動力！我的長詩的結局就是被賣做小老婆的一個女壯丁不堪虐待，逃跑了又被捉回，她求死，可是那主人怎麼肯打死她呢？要是打死她，豈非損失了一個勞動力。同時也損失了一個泄慾的工具？好在他們有的是處置逃妾的不成文法，挖掉她一個眼睛。……這就是我想寫的女壯丁的故事，這裡有抗戰，然而我相信未必就是八股罷，現在，請說你的意見。」

L君的臉漲得更紅了，他說不出話來。一年多了，他看見的聽到的各種各樣卑鄙無恥，假抗戰，真發財，歷史上從未有過的牛鬼蛇神，都被C君這一番話從記憶中引了起來。他被這一切的醜惡窒息住了，他有甚麼話可說？

「可是，」C君望着L君那漲得很紅的面孔又不慌不忙地說，「我卻怕寫了出來沒有地方發表，檢查官當然不會通過，即使拿到上海去給朋友們辦的地下刊物，也怕他們要考慮：為的這又牽涉統一戰線如何避免刺激對方的問題了。」

「哎哎！難道批評也不應該！」沉默着的L君忽然跳了起來說。這一個問題也是他們兩位一年來感覺到最苦悶的，朋友中間討論得很多，當然意見上也不是沒有偏差的：現在C君和L君無意中又碰到這痛瘡，於是就又熱鬧地搶着發表各自的意見——其中也夾着牢騷。

他們的議論被一件意外的事情打斷。一老一小兩個女的突然推門進來。L君以為她們走錯了房間，剛要發問，卻從那年青女人的衣飾和神情就猜到了她們是幹甚麼的。他像無意中摸到了甚麼不潔之物，很窘而又有點生氣，連連搖手道：「不要，不要，去罷！」

那兩個縮回房外，一邊咕嚕，一邊揶揄地笑着，又去別的房間試探去了。房內那兩位好像受到了侮辱，對看着都不作聲。

一會兒，C君這才找出話來打破了那沉默：「說不定，在這廣州灣市上大小各旅館內串來串去的，就有廣州的女壯丁呢！」

一言未了，房門口又來了那話兒了，先探身進來的卻是個中年的，她一邊挪着腳步，一邊就連珠砲似的說了一大堆，而且頑強地全然不理L君的揮手，竟公然在房中站定了，而且呼叱着叫房外的那個趕快進來。這一個卻很年青，畏畏縮縮，然而又帶點倔強的意味，進來了也不開口，瞧她的衣服和裝飾，都還有幾分土氣，那中年婦人大概是老鴇之類，她斥怪那年青的不懂規矩，不會伺候，又對C君他們誇說，「這一個」還是新從鄉下來的，還是處女。

這一套話也是此業中人勾引客人的老調，C君他們兩位即使未曾親身經歷過，在書本子上大概也早看到了的。雖然眼前這個年青女子似乎證實了那老鴇的話未必全部虛偽，可也引不起兩位的好奇。然而在糾纏一番終於無效，那老鴇帶着那年青女子退出了房門以後，就聽見打罵的聲音，還夾着反抗性的哭聲，這當然是那個可憐的年青女子。

「哎！」房內兩位歎了口氣。

這以後，事情的發展，就帶點兒「傳奇」的味兒了。

從旅館的茶房的嘴裡，知道這一年青女子確實是新從鄉下來，賣她的人就是她的親哥哥：她不願接客，不知捱了多少打罵，可是她倔強得很，老鴇也沒有辦法，現在是只要撈回本錢，巴不得趁早脱手了。

茶房之類，當然最是機伶：看見這兩位客人對那女子起了同情，便一力竄慫為她贖身。那老鴇也來勸誘了，把那女的大大誇獎一番，說她聰明，說她有志氣，倒好像她是唯一愛護她的人；老鴇為了促成這一個「善舉」，甚至寧甘犧牲，身價銀她不堅持撈本。

而最後，那女的自己也找來了。不知怎的她認定了L君是這一齣新傳奇中的主角，她以抗拒老鴇命令她接客，同樣的頑強精神懇求L君救她脫離苦海。

詩人的C君這時也異常起勁。儘管L君再三對他說，「這是我們倆要共同負責的，替她贖了身。這不是事情就此終結，而是開始，她無家可歸，我們得為她找出路，你也要負責的。」然而C君還是自居為第三者奔走說項。

事情就這樣不由人三思。當L君和C君到了香港訪問S君的時候，和他們同去的，就有一位穿了花布旗袍的年青女客。

把經過的大概說了以後，L君和S君商量怎樣安置她。

「人是聰明的，」L君補充說，「沒有讀過書。可是我們在船下教她識字，教過的她都記得。不過她不感興趣，這是要慢慢來的。打算送她進甚麼補習學校。」

他們的上海話，那女的當然不懂，她屢次用廣府話問L君：「你們談些甚麼？」顯然她覺察到人家是在議論她。

「你看她多麼機警！」C君嘴說。「而且多麼勇敢，一點也不怕陌生！真是可造之材。」

現在S君也留神觀察這不認識的女客了。雖說是剛從鄉下出來，倒着實有點都市女郎的風度；長的也頗秀氣，坐在那裡，態度也還自然；眉宇間流露着好奇和滿足的心理。

「有沒有把你的計劃對她說過？」S君問。

「大略的提過一下，」L君回答，忽然有點忸怩起來了。「她好像不大聽得懂。我的蹩腳廣州話也說不明白。不過我相信她一定贊成。」

S君又對那女客看了一眼，不料那女客也正在聚精會神觀察他的臉上的表情。S君立刻覺得這一位鄉下姑娘的頭腦固然不遲鈍，卻也未必單純。

「未見得一定贊成罷。」S君心裡這樣說，可是為了不使L君掃興，便轉口問道：「第一步是讓她進補習學校識幾個字，得到一點常識；第二步呢？怎樣打算？」

「替她找一個工作。我的經濟能力有限，不能長期負擔。她能夠自食其力，還可以自修。」

說這話時，L君的話調雖然當帶遲疑，可是他的態度仍然樂觀，他相信這一切都不難辦到。

就那時的香港一般情形說來，維持一個人讀這麼半年八個月的書，也花不了多少；而為一個不算愚笨的女子找一個工作，當然也並非難事。

談話轉了方向，S君知道C君馬上就要回上海去，而L君呢，則不得不暫時留在香港了，他總得把這女的安置好。

「當初我們辦這件事，」L君看了C君一眼說：「本來說好是共同負責的。可是現在，C完全不管，放在我的肩上了。」

這時候，那女的覺得自己被冷落在一邊，便催着L君回去；S夫人屢次想她談談，可是她不懂S夫人的話，只笑着搖頭。

和L君他們握別的時候，S君笑着對L君說：

「你以為對於她的解放工作已經完成，現在只要做創造工作就得了；可是我的看法和你不同。你還只解放了她的一半——她的肉體，你還得再把她的另一半也解放，然而思想的解放比起來並不那麼容易。我以為她的思想並不是一張白紙。」

那時候，S君正打算離開香港，全家赴遙遠的邊疆。每天看着一些籌備遠行的事務，就沒有去回訪L君，甚至把他那件事也忘記了。

約莫過了一星期，L君忽然一個人來了，神情顯得抑鬱而倦怠，他開頭就說：「C君回上海去了，前天走的。」

S君也記起那鄉下姑娘，就問道：「那位姑娘呢，安置好了罷？」

「還沒有呢！」L君回答，忽為滿臉都漲紅了，遲疑四顧，好像有話要說，而又亂紛紛找不出頭緒。

「找不到相當的學校罷？」S君又問。

突然L君又興奮又窘迫地大聲叫道：「這還談不到！現在發生了新的問題了。」

聽着他這焦急的口氣，又看見他滿臉漲得通紅，S夫婦都怔住了，望着他，等他說下去。L君也鎮靜些了，搔着頭，又像害臊又像不勝煩惱，吞吞吐吐地說：

「她一定要跟住我，她要嫁給我，哎哎，說不明白。」

S夫婦都忍不住出聲笑了。S夫人笑道：「那天我就看出來了，她很愛L先生。」

「怎麼辦呢？」L君似乎在問自己，又似乎在問S他們。

「可是你愛不愛她呢？」S夫人反問着。

「問題不在這裡，」L君着急地說，「根本不是這麼一回事呀。」他很激動好像受了委曲，然而又好像是所欲不遂，十分焦躁。他停了一忽兒，接着他就說明當初是在怎樣的「抱不平」和「鼓勵」的情形下辦了這件事。「那時顧慮到的只是錢夠不夠，誰知道還有另外的問題，話又不大說得通，她似懂非懂。」

「你有沒有跟她說明，家裡還有老婆！」S君問。

「當然說的，可是她並不在乎。她說，廣東人差不多全有這麼一房兩房的老婆。」

S夫婦忍不住苦笑了。

L君又說，那天回去，她就再三追問S君和他講些甚麼，她懷疑那都是於她不利的，人是相當聰明，然而慾望也很高；她已經說過幾次，要買手錶，高跟鞋，又嫌身上的衣服不夠時髦。

「這裡的環境太壞了，」L君歎氣說，「而且她有她自己的觀念。」

「她對於你的第一步計劃——先進學校讀書，贊不贊成呢？」S夫人問。

「她沒有甚麼表示。好像疑心我在騙她，現在她逼得很急的，就是我要不要她——做小老婆，她不放我一個人出來，今天我用了點方法，才偷偷地溜出來。」

S夫婦又忍不住笑了，S夫人說：「她是怕你丟掉她啊。」

「那是她的糊塗了！」L君叫起屈來，「我總得把她安置好，負責就要負到底。」

「這不是她糊塗，這是因為你的做法，非她所能了解，」S君說：「你想她活了十八九歲，天天看見的，男人花錢買一個女人來，無非是當小老婆，你化錢替她贖身，卻不要她做小老婆，還說要給她讀書，她不把你當瘋子，就猜你一定是主意變了，可巧你又是同她到我這裡來過以後再提出你的甚麼計劃的，無怪她要犯疑，要追問我對你說些甚麼話了！她這是為了自衛，所以抓緊你不放，如果你先做了她的丈夫，然後再談讀書甚麼的，也許她就愛聽了。」

L君低頭默不作聲，一會兒以後，他抬頭喃喃地說：「那不成，那怎麼成呢？真是麻煩。都是當初想不到的。」

後來這件事這樣結束：

L君和那女的搬到他的一個做生意朋友的家裡，先用「找好房子就結婚」這一類的話安了女的心，然後乘機溜走，而由那位朋友告訴那女的：L君絕對沒有討她做小老婆的意思，現在到上海去了，不再來了，有兩個辦法讓她自己挑選，一個是進工廠做工，另一個是回廣州灣去。

朋友的太太勸她去做工，然而她願意回廣州灣去。

當L君把這樣的結束告訴了S君的時候，他的心情並不安寧；他有點如釋重負的感覺，而同時也嗒然若有所失。

他對於那女的感情是複雜而矛盾的；他是又可憐他，又恨她，又想念她，又自己對自己說值不得再去想念她，歎一口氣他苦笑着說：「這在她好像做了一場大夢。從廣州灣出來。又回去了。我的朋友派人送她上船，又給了幾塊錢零用，廣州灣是一定到了的，又是……」他咽住了，說不下去。

S夫人說：「還不是再被人家騙去再賣一次！我疑心也許是串通了來放你一次白鴿的。」

「那倒不是！」L君立即為她申辯，臉又紅了。「她的思想太落後，沒有辦法，我那朋友的太太也怕她回去沒有好結果，極力勸她做工，同時進一個夜校讀點書——全天讀書的補習學校沒有跟她相當的，所以只有半工半讀這一着；可是她說：一個女人天生是靠丈夫的！或者我討她做小，或者她甯可回老家，她固執得很，無論如何說不通，沒有辦法。」

「言語的說服力本來是相對的，」S君說，「生活環境的說服力，這才是絕對的！如果你從廣州灣帶她出來，不是到香港，而是到了陝北，那就不同了。退一步說，即使在香港，而在你我這夥知識份子群中，也許又不同了，你的朋友的太太勸她做工，可是她看到你那朋友的太太是穿綢吃肉在家做太太——就是她說的『靠丈夫』，她怎麼聽得進啊！」停了一下，S又說，「可是，你說她好像做了一場大夢，現在她從夢中醒來，你猜她有甚麼感想？」

L君皺着眉苦笑。

「她不會感激你！」S君接着說。「她只覺得她受了一次欺騙，她的真摯的感情受了戲弄和侮辱！你恨她也可憐她的思想落後，但是你敢說她愛你的感情不真摯麼？她一定在恨你的自私。當然，在她看來，你是自私的：你想好了一套怪辦法要她做，而當她不願做的時候你就躲開，給她一個哀的美頓錢，你以仗義始，然而以自私終！你弄的這樣狼狽，都是吃了太主觀的虧呵！」

一九四八、八月、香港。

（原載《小說》第一卷第三期，一九四八年九月一日出版）

情書

秦牧

「寫甚麼呢？」縣城城隍廟側的寫字先生「臥雲居士」側着頭問，他已經架起銅邊眼鏡，在信紙上面寫起「亞榮夫君愛鑒」六個字，現在正等候顧客，寫字攤對面坐着的鄉下婦人陳述這信應寫的內容。「臥雲居士」業務範圍很廣，除了寫信，還兼營「詳解靈籤」，「擇日看命」，「買賣契約」，「婚喪禮帖」。……他，人並沒有名字所表現的悠閒，現在縮處在這鬧市的一角擺攤子，滿嘴黃牙，自然，這是鴉片煙膏的業蹟，從銅邊眼鏡裡他射出一種看透一切，對一切感到淡漠的眼神，挺直身體靠在破籐椅裡，捻着鬍髭，一面等着那婦人開腔，一面煩躁地在心裡想道：「這筆生意又是難做的了。」

榮嫂挑菜進城賣，賣完了！就下了決心私自寄一封信給丈夫，她現在把籮筐扁擔都放在牆角，低頭想着要說的話，那個盤着頭巾，老實，結巴嘴，上顎掉了兩個牙齒，丈夫的影子在她腦裡清晰地出現了，她歎一口氣，說道：「先生，你就這樣寫吧！說自從你跑開以後，家中大小都還平安，就是記掛着你，你來信說，對婆婆要孝順，我又不是沒分寸的人，叫做她年紀老，愛多說話，我就讓她，不過老實講一句哪，亞榮亞榮，你亞媽有時真沒理講，好像前天吧！我在炒菜，她一踏進廚房就罵我「敗家精」，説我一燒燒四條柴出力抽去兩條，你想想，兩條柴怎麼架得起來？隔壁二嬸送糕來，雖説他家二叔過世了；但也已過了百日做了百日忌，給小孩吃一件，她又罵了半天，不過量大福大，我也不去頂她就是了！阿婆腿生瘡，春了幾次扁柏給她貼，現在好點了！就是老毛病，老是發昏，榕樹腳的二先生説是血虛。大仔肚子多毛病，三天兩天拉爛屎，就是濕熱，現在瘦一點了！我已經托人寫了張紅紙條貼到榕樹上，契給榕樹爺。」説着，看見臥雲居士並沒有寫半個字，只把筆在拇指甲上按着，察看那雞狼毫的筆毛，她畏怯地説了一聲：「先生，就這樣寫吧！我不會講哪。」臥雲居士打了一個呵欠，就寫道：「一日不見，如隔三秋，家中大小平安，阿媽大兒雖有小病，尚幸托天之佑，已漸告痊，賤妾自知孝順婆婆，夫君可釋錦念。」寫後，畢剝一聲彈了一下指甲，翹一翹下巴：「怎樣啦？」

榮嫂在他寫時呆呆望着他的筆桿，神往於丈夫現在的行蹤，二個月前那一個黑夜，丈夫背個包袱到香港去了！香港是怎樣一個地方？在她腦子裡這是個花花世界，男男女女都愛裝扮，這似乎是個發光的有香味的城市，亞榮就住在街尾一間棧房歇腳……禁不住臥雲居士一問，她定一定神道：「這樣説吧！日子艱難自然艱難，不過下田的事，你不在，我也可以擔當得起，現在佃李家的那一畝七，就種菠菜，芥菜和黃蘿蔔，只是李家想賣田，要來吊佃，你走後，鄉公所又要錢又要米，本來吃是夠吃的！就是這點艱難，那隻豬，現在也有四十斤！將來賣了還地租，或者也夠的，三月三日大家插秧，我想兩塊田有一塊還是種禾好，我要叫隔壁的七嬸來幫手。現在就是只掛你，唉，我也不知你在外頭怎樣了？人出去三個月，就只接到一封信，你說心焦不心焦，我說啦，阿榮阿榮，甚麼錢都可以省，這寄信的錢省不得，家裡老的老，小的小的一家都牽腸掛肚。」說到這兒，不禁眼眶一熱，立刻用藍布衫的下幅揩着眼睛，又清了一下鼻涕，甩到地面去，心想現在他可不知道怎樣了？是穿得整整齊齊坐在人家舖子裡當夥計呢，還是在做小買賣？他做的湯圓是吃好的，但香港人也愛吃湯圓麼？敢情是變了心？敢情是病了？她眼睛微紅，吞一吞口水，繼續道：「就是牽掛他，叫他在外要小心，『一條蟲有一片葉』，一個人只要不懶，飯總有得吃，不過也不要太拖磨了！出外人，有錢就寄幾個回來，誰家不想要幾個錢，現在雖說我一個人辛辛苦苦，一餐乾一餐濕，有得吃，若然外頭有幾個錢回來幫補，屋頂可以修修，免得下雨天時像個水潭一樣，唉，就不知道你在外頭怎樣，婆婆托人寫信要你回來，你可千萬莫聽她，她老人家，就只想見兒子，那會思前想後，她給你的信說鄉下現在已經平靖了！那裡會平靖呀，又在抽丁，這一次抽得更兇，老二，坤兄，廉叔都拉去了！」頓了一頓想起丈夫也許會因為她規勸他不要回來而懷疑，有一陣極淺的紅暈泛上她那黧黃白的面頰，她說：「一家團圓，有說有笑的，誰不想呀！叫做這種年情，沒辦法，鄉下大家都在說，龍脈走了！天變地變，就希望真是變得成，到時你平平安安回來，我們燒豬還神。」臥雲居士仍在撚着鬍髭，他想起了悅來棧新到了一批煙膏，是正式的雲土，他又想着他妻子究竟一天買菜瞞着他儲蓄了多少錢，並不很注意這位顧客的囉嗦，聽到這兒，卻不禁輕輕點頭，趿起拖鞋，頓頓腳，又振筆疾書，一大段話，在他看來，只不過是簡單的幾句罷了：「耕事賤妾自知打理，在外小心為要，有錢望多寄家用，現下鄉中不靖，夫君仍宜在外奮鬥。」寫完了又向榮嫂道：「講話講簡單點，這不是兩口子在房裡聊天，是信呀！告訴他兩地平安，有錢寄回家來，鄉下家裡有甚麼事，一便一，二便二，說一聲，就得了，明白嗎？」

「我們鄉下人不會講話」，榮嫂歉然地破涕一笑，想起寫字先生指點的話，就沉吟道：「你和他說鄉下就是整天派丁派糧，觀音山出了老虎，自從他出了門以後一連咬死過兩個人，我們割山草現在不敢走得那麼深入啦，有人說，這是上天放下來收拾人的，有人說，四鄉男人走得多了，沒人打獵，虎就來了！山草割得少倒無謂，就是那些中央軍呀，一過境住到你堂屋裡來，看見灶頭沒山草，椅子也破來燒，那隻三腳椅，本來請人配隻腳就好用的，好死不死，給那些保安隊劈去當柴火燒，三更半夜，你又怎敢出房來瞧一瞧呢？那條狗也給紅燒了！他們一來，我把豬都拖在床下底呀，一言難盡就是了！你先生對他說，千萬不可回來，鄉下不成世界啦！」臥雲居士一面聽，一面用手摩着他桌上的龜殼，點點頭，這次不再寫甚麼了，只在已寫好的「現在鄉中不靖，夫君仍宜在外奮鬥，」幾個字旁邊畫上圓圈，榮嫂當他動筆時，心內有一個念頭在起伏着，就不知道說好還是不說好，最後終於歎了一口氣，沮喪地道：「你和他說，他在外頭不可聽信人言呀，也不知道外頭的人把那事說成怎麼樣了。」臥雲居士的眼睛不禁一亮，微笑問道：「甚麼事啦？」榮嫂簡直哭泣的聲音回答道：「鄉公所那個死鬼隊丁老七咯，斬頭鬼，棺材鬼，亞榮出香港不夠二十日，我從田裡做完活路，走過官路，好死不死的，他走出來拉我一把，死不要臉講些不三不四的話，喊了起來，有人趕來他才走開，當時我不喊就好啦，事情就不會傳開。」她的面上有一陣潮熱，又歎息道：「好難講的，你不喊，沒有人來，他又怎肯走開呢？人是清清白白的，但是名聲不好聽啦！我婆婆去向鄉長交涉了幾回，要燒爆仗，賠金花紅綢，但是人家的嘴天生是橫的，他說：『混帳混帳，又沒出事情，賠甚麼金花紅綢。』我們婦人家怎夠他說呀！這事情就這樣壓死了，在鄉下現在倒沒人講甚麼閒話，就是他在外頭，不知道聽人家講成怎樣子？也不知道是不是為了這件事！他來了一封信就沒有第二封，明明去了足三個月呀，去時是十一月二十六，現在三月都開初了！先生，你對他說我不是壞女人，我進了他謝家的門，就不會玷辱他謝家的神主牌。叫他在外頭好的照料自己，不可吃生冷，煙嘿，一枝兩枝無所謂，也不可食太多，一個月喝幾次涼茶，街上沒有涼茶，就買些麥冬，藕節，金銀花來熬水飲，很容易，滾幾滾也就行了！現在就企望他在外頭身子好，萬一他有個三長二短，這個家就不像個家啦！」說到這兒，喉嚨像給甚麼東西塞住，又落下淚來了，臥雲居士歎息道：「別哭咯，香港地，不知道多舒服，你牽掛他做甚麼？還有麼？」榮嫂搖搖頭表示沒有了！臥雲居士就咳了一聲，寫下最後的幾句：「賤妾素知自愛，鄉下強徒雖思非禮，惟賤妾矢志堅貞，恪守婦道，但蜚短流長，夫君萬勿聽信流言，在外一切珍重為要。兩地平安。」最後，側起頭問她姓甚麼，榮嫂囁嚅道：「姓王」，他就寫下「妻王氏斂衽」幾個字。

最後問地址寫信封，榮嫂從腰兜裡掬出一個紙團來，裡面包着一封破舊的信，臥雲居士勉強辨察字跡，發覺那上面寫的是香港一條巷的「翠香茶居」留交，並沒有甚麼直接通訊處。

榮嫂放下錢，拿了信，揣在懷裡，一路問着人家「先生，郵政局在那裡」，挑着空籮筐擠在墟期的人叢中，感到滿懷溫暖。

這封信到了香港的「翠香茶樓」，連同其他許多信擺在台後的架子上，一直放了十多天，仍然沒有人來取，那個每夜在附近街道上鋪四張報紙睡覺，經常給大皮鞋踢醒的咕哩不知道到甚麼地方去了！但也有的咕哩說，亞榮在香港捱不下去，已經回到鄉下，說是思前想後，跟鄉親們上山也好。

（原載《文藝生活》海外版第十三期，一九四九年四月出版）

鯉魚門的霧

舒巷城

「日出東山——啊

雲開霧又散

但你唱歌人仔

幾時還呢？……」

霧喘着氣，在憤懣地吐着一口口煙把自身包圍着……那包圍的網像有目的地又像漫無目的地循着一個大的渾圓體拋開去，擴展着，纏結着，或者來來去去的在低沉的灰色的天空下打滾，一秒一秒鐘地把自身編成一個更大更密的網。偶爾碰上了大浪灣外向上噴射的浪花時，它，霧的網，便會無可奈何似的，稍一迴避，似乎讓開一條路來了，但很快地，等那兀突而來毅然而退的浪花由白色的飽和點——那顆顆向上濺起的水點——隨着一陣嘩啦的哀鳴而敗退下來還原成海的一部分——藍——的時侯，霧，喘着一口口氣的霧，又慢慢地向海的平面處降落，伸出，開展……

從四面八方，霧是重重疊疊地滾來的呀——

從清水灣，從將軍澳，從大浪灣，從柴灣，從九龍的山的那一邊，霧來了；霧集中在鯉魚門海峽上，然後向筲箕灣的海面拋放出它的密密的網——它包圍着每一隻古老的木船，每一隻身經百戰滿身創痕的捕魚船，每一面因沒有出海而已垂下來破舊了幾經補綴但只要扯起來時仍能禦風抗雨的帆；它包圍着每一隻上了年紀而癱瘓在水淺的地方的可憐的小艇，連同那原不屬於筲箕灣海面的僅有的幾隻外來的舢舨……

霧包圍着埗頭。

霧包圍着坐在埗頭邊的一個石級上的梁大貴。

霧也彷彿包圍着這個十五年來生活在海洋上的老海員這時候那份異樣的心境。

載着太重的記憶，現在，他，四十歲的梁大貴底心在向下沉，向下沉……

這是一個三月尾的早晨。四周的魚腥味沒有十五年前（和梁大貴連結在一起的那些歡快或痛苦的往日）那樣濃厚和可愛。那時候，埗頭周年都熱鬧，四季都「熱烘烘」來往着各種各樣的人。那時候，埗頭上的厚石板永遠響着穿着木屐，穿着鞋的，更多的是赤着腳的人底腳步聲。那毫不單調也永不乏味的聲音，混和着小輪行前的汽笛叫鳴，混和着出海的漁船上伙計們起錨扯帆時的呼嚷，混和着埗頭上扛伕們的「杭唷」或吆喝，沖激着，鬥爭着——一任潮水漲，潮水落——它，那份十五年前的埗頭所不能缺少的聲音，此起彼落，是永無休止的……

梁大貴就是那些赤着腳有着壯健的身體的粗漢子中的一個。他工作着，忙碌着，喘着氣，在這埗頭上。這埗頭，他記得，十五年前還有一個熱熱鬧鬧的碼頭。那時候，每天有幾班小輪開出，到海的那邊紅磡去。小輪從這兒帶去了人，大擔小擔的魚，和其他貨物，又從那邊帶回來人，都是熟識，純樸，可親的臉——更帶回來大籮小籮的瓜菜……他大貴，就曾經有過一個時期來來去去的，替別人「帶貨」，上上落落在這樣的渡海小輪上。他記得那時候，小輪是沒有「樓上」「樓下」的：各種不同的人，買着同一票價的船票。沒有誰看不起誰。他記得太和居（茶居）的老闆就常常拍着他大貴的寬闊的肩膀說：「大貴，你有出息的！」說完又常常硬拉着他回到太和居裡，叫他坐下，拿剛出籠的大包給他吃。在這樣的情形下，他總是紅着臉說：「呃，那麼點小事，算得甚麼……」因為他覺得就算有時替他們太和居帶點居家要用的甚麼回來，也不一定要那樣客氣的招待的。還有，船排廠後背那家山貨店的德叔就常常請他帶點貨物來往，給他一點報酬，但他總是拍拍胸膛說：「德叔，我大貴要賺錢，也不賺你德叔的。」德叔也就更看得起他。他就曾經親耳聽過德叔在他身旁對別人說過：「大貴將來一定大富大貴！這小伙子不怕吃虧！」

是的，梁大貴從來吃別人的虧，但都不計較。誰都喜歡有這麼一個伙計。找事做，他一點也不愁。東家不着西家有。憑一副粗大胳膊，氣力大，脾氣好，到那家換不到口飯吃？到那裡，隨便那裡，會掙不到點錢？——是的，那時廿五歲的梁大貴就是那樣有自信心的一條好漢。他想，有一天，有機會出去，一定會掙到大把錢回來。

十五年彷彿很容易，又彷彿很困難的過去，像鯉魚門來來去去的三月早晨的霧。

十五年了，他並沒有大富大貴地回來，還是同樣的梁大貴。在外邊他常常給別人看不起過，人笑他是「蜑家佬」（水上人），連他自己也不知道為甚麼：他的「水上」音調到現在還是改不了。還是同樣的梁大貴，但老了，老得多了，那紫銅色的健康的臉，現在是那樣蒼白，瘦削。

才個把鐘頭前。一輛向東行的電車把他帶到那個像往常一樣的筲箕灣電車總站。他看也沒多看一眼總站旁邊的舖戶，雖然它們有了很大的改變。他擦過還是老樣子的街市，直走進鄉鎮式的又狹又長又古老的東大街去。那街還不是他要停留的街。那街上的洋貨店，金舖，後來不曾在他的記憶裡留下過甚麼。甚至現在他對它們還是陌生的，正如它們十五年前就同他陌生一樣。他從來沒有進去過一次，雖然他從前曾經夢想過進去的——現在他更不會進去了。

當他跑到大貴里的巷口時，很快地，他停下來。他的心不知怎的竟然跳了一下。身子有點哆嗦。他想，他這一回真的到了他闊別十五年的地方了。再走廿來步，他便會看見他所熟識的一切：那有篷沒篷的小艇。在巷的盡頭那處，他將看見他童年和少年時看慣了的那又黃又黑的海水，他將聽到那一份他祖母說過，他母親説過，而現在應該是他的「水上」姐妹們說的「阿佬，叫艇！過海呀。」的熟識的聲音。在巷的盡頭那處，他記得那樣清楚，靠一家醬園屋後的圍牆下，步頭旁的另一邊，污黑的泥灘上，有幾隻再不能下海而被遺棄在陸地上——泥灘上——的破舊不堪的小艇，他的出生的地方。他的家——如果說他也有過家的話——就是在那樣的一隻小艇裡。在巷的盡頭那處——呵，只要他一露面！……他將聽見那些從前是年輕而現在是老了的但仍熟識的聲音。他們將會親切地，或者歎息，或者同情的說——

「大貴！你回來了！……」

可是大貴沒有聽到。在大貴里的盡頭處——可以望見那軟而無力躺在灰白的霧下的又黃又黑的海水的地方——頭的旁邊，他站定了。他回來了。但沒有人向他招呼。生活在大貴里的人們，彷彿沒誰知道，也不認識，他就是和「大貴里」同名的梁大貴。

那些人，從前叫着「大貴，大貴」的人，都去了那兒？常常和他隔着小艇唱鹹水歌的木群呢？她……他梁大貴從前自己的家呢？……哦？也不見了！他家旁邊的別人的家——其他幾隻破舊的陸地上的小艇呢？也都不見了！只有幾個拾荒的野孩子在污泥上彎着身子在尋找甚麼。他記起小孩子時赤着身子和別人一起在泥灘上掘蜆子的事來了；有時為了搶奪一隻蜆子，還和對方扭作一團在污泥潭裡打滾。那泥灘上，現在除了一堆廢料，被棄的空罐子，一些斷木破片外，甚麼也沒有。在那泥灘上（他怎能忘記呢？）

他的守寡的母親在他未出世之前，曾為他安排過一個避風擋雨的家。縱然是那樣一隻破舊，齷齪的小艇，它仍然是他和他媽媽的家呀。聽媽説，他未出世以前，爸是在一隻捕魚船上工作的；有一次，爸出海，才第二天，滿海都是霧，她的心就有點放不下，第三天，鯉魚門山上天文台扯起黑色風球，她慌了，發急了，整個晚上，大風大浪，她眼巴巴盼望天亮，盼望爸爸回來。

但是爸到底消失在大霧中，和颶風一齊離開鯉魚門海峽。

大霧去了會再來。颶風去了會再來。但爸去了不會再回來啦——任憑日日夜夜在埗頭等候。

「我那時候真想死。」媽把這告訴他的時候，他才十歲。

「媽！我將來大了，會大富大貴的！」十歲的他，抱着媽哭了。

「大貴，我沒有死，我不肯死，都因為我還有你。」

十五歲的時候，他的媽到底也死了。

這樣又過了十年。十年，污泥中的日子，他一步步的走過來，又一步步的走過去——直至廿五歲別人説他是個好漢子，直至他離開那永遠看不見「藍」的又黃又黑的海水，離開那永遠沒有海鷗飛繞的埗頭和埗頭下的小艇，直至他坐上一隻大洋船衝破鯉魚門的霧到霧以外的有時藍有時白茫茫一片的更大的海去，直至——

唉！四十歲的人了。現在才回來看望一下。

這埗頭上的太和居已經換了手。剛才問人，人對他說的。山貨店的德叔也不知搬到哪裡去了。

從前，啊，常常稱呼他「貴哥，貴哥」的木群，那個一年到尾梳着一條烏油油的大鬆辮子、十九歲、會搖櫓、會撐船、煮一手香噴噴的飯、又唱得一口好聽的鹹水歌的小姑娘，也不知嫁了人或者，唉，或者……

「木群！」他默默的唸着這兩個字，心裡有點說不出的味道——好似有點點苦澀，好似有點點辛酸，又好似有點點甜……

他記得有一年的大熱天——是他廿四歲那一年吧？他和一個叫牛記的「岸上人」一同租了一隻小艇合夥在晚上做小生意。賣的是「艇仔粥」。那時候，七姊妹（香港北角的舊名）那邊有好幾家游泳棚，熱天晚上，那一帶才熱鬧呢。他和牛記常常把小艇搖到那邊做生意。有一個晚上，差不多十二點鐘了，海面很靜，響着三幾聲的鹹水歌，他們的小艇回到埗頭下時，他看見木群獨個兒坐在石級上，低着頭像在想心事，又像等候誰似的。他向岸上叫了一聲：「木群！」

「咦！你回來啦。」木群馬上跳起來，掠一掠頭髮，高興地說，「貴哥！我等了你個把鐘頭啦！我肚子餓得要命。」

「幹嗎不買點東西吃？——鮮記球記還沒收市呢。」牛記這傢伙！他故意提高嗓子說。

木群怎樣回答呢？她真——呵——她真好！她說：

「我要幫襯貴哥的『艇仔粥』，怎麼樣？鮮記球記的我不高興吃！……」

廿四歲的他——「貴哥」笑了。

四十歲的他——梁大貴現在也笑了。

「那時候……」梁大貴想着，坐在埗頭上。「我……」

他覺得肩膀上給誰輕輕地拍了一下。他抬起頭來。

一個帶着客家口音的老婦人間他：「老哥，去茶果嶺的電船在哪地泊岸的？」

哦？現在這埗頭已經有電船去茶果嶺了麼？——他疑惑地望了望那老婦人：「阿娘，我也不知道哩。我是剛來的……」

「哦？這麼巧！你也是剛來的……」老婦人咕嚕着離開他。

唔，十五年啦！

梁大貴想着，站起米。走了幾步，他開始覺得有點熱烘烘的甚麼貼着身子。

三月尾的暖氣，不知從甚麼時候起，暗暗的在埗頭上流動着。

埗頭上的人開始多了。有幾個挑着生果、菜蔬的小販匆匆地走過。有一個兩個男女挑着擔鮮魚去「趕市」……梁大貴望着他們。他們卻都沒有望他。誰認識他呢？

不遠處的海上，霧漸漸散開了。

一隻兩隻木船開始在他眼前露出個全身。船桅一根，兩根……在晃呀晃的，彷彿在向他招手。陽光懶洋洋地帶着淡淡的一點十五年前的魚腥味投到埗頭下又黃又黑的海水上……他深深的吸了一口氣，人覺得舒服了許多。

但是——梁大貴這時才想起——他要走了。正待他打算離開埗頭的當兒，他意外地聽到一段他以前常常從木群那兒聽到的鹹水歌。那歌也是她母親唱過的。

這一刹那，他彷彿甚麼也忘了——他感到一陣子快樂。他低聲地，但激動地跟着那歌聲唱：

「日出東山——啊

雲開霧又散

但你唱歌人仔

幾時還呢？……」

帶着一點依戀的心情，他又在另一個石級上坐下來。他緊緊的盯着埗頭下邊小艇上那個剛才在唱那段歌的小姑娘。像木群一樣——也是一條烏油油的辮子哩！……

那小姑娘大聲喊道：

「先生過海呀？」

梁大貴彷彿從她的聲音裡聽到十五年前木群的聲音！

他搖搖頭，喃喃道：「我也是水上人！……」

那「水上」的小姑娘怔怔地望着他；忽然眼珠子一轉，把腦袋縮進艇篷裡。

這一下——梁大貴心裡感到失落了甚麼似的站起來。他怏怏地拖着他那雙笨重的皮鞋，一拐一拐地從這埗頭走開去。

還沒走上十來步，突然，他回轉身來——又一次在埗頭上站住。

他把頭抬得高高。他做夢似的望着遠處鯉魚門海峽上那還沒完全散去的霧。

……呵，霧。去了又來，來了又去的——唔，十五年啦。

「嗯。我是剛來的……」他迷惘地自己和自己説。他的嘴唇在微微的顫抖着。

一九五〇年四月十七日海濱。

李柏新夢

曹聚仁

一

金華山——北山——水牛背；我們鄉間，通叫做水牛背；山橫在我們那一鄉的南邊，遠遠看去，就像牯牛的背脊。天氣晴明，牛背暗綠，高高弓在那兒，有時白雲籠罩，鄉農慣常這麼說：「天快下雨了！水牛背帶帽子了！」

談起水牛背來，老年人背得出一連串的傳奇故事：黃大仙（初平）當年就在那兒山洞裡修仙，呼風喚雨；叱石成羊。陳家的姑丈，他搬出列仙傳來對證傳說，那總不會錯的了！不過，金華山有三個山洞：雙龍，朝真，冰壺，都很有名，究竟那一山洞是大仙的仙府？談者不一；有人說，黃大仙叱石成羊，就在龍門崖前，不在水牛背，這就連以淵博著名的陳姑丈也分辨不清了。

鄉間，三、六、九或是二、五、八市集之日，陳姑丈捧着水煙袋，踱來踱去，經常有他的聽眾，他的講壇，落在面對通洲橋那家小茶館裡；館前一株大樟樹，幢幢如蓋，濃蔭數畝，茶桌散落其下；來往過客，小販，貨郎，老闆，夥計，隨心散坐，泡上一碗茶，一開一開，喝到和開水那麼淡，也就把整個下午送過去了。陳姑丈，大家給他一個外號，「白痞」；「白痞」就是車大砲的意思，說他的話折扣太大，不可不信，不可盡信的。他一到，場面就熱鬧了，大家仰着頭，提着耳朵等他的瞎扯。要是有了一張上海報紙，那就話多。那張報紙上的日期，三五個月前也說不定；到了他的嘴裡，就像昨天的那麼新鮮。

聽眾之中，也有紅鼻頭老張，大肚皮義隆老闆，那麼幾位數得上的大老倌；他們，才插得進嘴，跟白痞開開玩笑，逗個趣兒；要是搪膣下李柏，插上了一句嘴，那可要動氣了！「你，你，你懂得甚麼！」搪膣下既是山坳裡一個小村，李柏又是怕老婆出了名，那就沒有他說話的分兒了！

「老李，過來，照照鏡子看！」大家朝他的臉上一看，一道道指甲的痕，一塊塊的青腫；只聽得一堂哄笑：「老李，又吃老婆的生活啦！」那時，他只好摸摸自己的臉龐，悶聲不響，向人堆裡一擠，讓笑聲從頭頂飛了過去。他的阿花，一隻白毛黑點的雄狗，一直跟着他；老李捱打了，它守衛着他，老李受奚落了，它舐舐他的掌背，他在世界上，就只有這麼一個夥伴。

他們一回到了自己的家裡，可真是聞聲顫慄；他的腳步軟了，阿花夾着尾巴挨着牆壁，看一眼，挨一步，倒退似的，斜着踅進牆門去；她一見了他們的影子，就厲聲叱斥：「懶鬼，死鬼，你們這一對，餓死你們，餓不死的鬼！」他們彼此看來看去，嘸嘸口水，頭垂得更低了！

說來，老李也不怎麼偷懶的，別人的事，他可幫得挺起勁；拔草，編籬，打稻，挑水，樣樣都高興去做；替張家送信，幫李家抱孩子，從來不回聲嘴；這樣的男人，也就差不多啦！可是他自己家裡的事，就不知道怎麼做，一做就壞，一動手就糟；他的志氣，一天低似一天；李家嫂子的英威，遠近聞了名，她開了口，就像瀑布狂瀉，瀉不完的惡言毒語；他也就搖搖頭，伸伸舌，聳聳肩膊，偷個機會，帶了阿花溜走便算了！

二

有一天早晨，他家嫂子帶着小李回娘家去了；臨走的時候，遞給他一草包冷飯：「死鬼！上山砍柴去！」回頭又叮囑了一句：「要是不早點回來，打折你的腿！」他似應非應地說了一聲「唔！」

她一出了門，他可自由自在了；一面磨刀，一面找扁擔索子，一面哼山歌；阿花在房子裡跳來跳去，嘤嘤地叫着。那天，太陽很好，中秋天氣，中午還有些燠熱；他脱下了青短衫，綰在扁擔上，大踏步向桃源壠走去。趁着李嫂不在門，偷偷地把那枝獵槍綰在索子上，偷閒想打隻把野雉來玩玩。

從通洲橋到桃源村，就有五里路；再進，都是山路，到龍門橫山塘，又是一個五里路。他跟阿花，過了桃源村，就在小亭的石級上，吃了冷飯；一塊帶骨的腿肉，他自己吃了一大半，就連骨帶筋丟給阿花去咬了。他動手斫柴，一半天才斫起了兩大堆，捆紮起來，重重地一大擔；看看日影西斜，已經未末申初時分了。他把鳥槍的板頭試了幾下，倒是靈活的，靠在柴堆上抽了一筒煙，回頭看看阿花道：「阿花，走！」它是明白的，主人要打鳥了，它就往草叢荊堆裡竄，把野兔子，雛雉兒趕出來，就行了。這一天，大家的興致都很好；它往前儘自竄來竄去，他也就跟着向前走去。四野寂無人聲，槍聲響處，崖谷震動；阿花把那隻受了傷的兔子拖了回來。他剛伸手拾起那隻兔子，忽聽得有人在喊他：「老李！老李！」他立即抬起頭來，四面找尋，只聽得枝頭風嘯，天外飛鷹，沒見一個人影。

「誰呀？」他這麼叫了一聲，遠遠也是一聲「誰呀？」緩緩地響過來，那是他自己的回音。他又低下頭去看那受傷的白兔子，拍拍阿花的頭，用眼色去稱讚牠。忽又聽得有人在喊他：「老李，老李！」他一面找尋，一面連聲問道：「噯，誰呀？誰呀？」這時，他才看見左邊草堆的路旁，一個矮胖子，掮了一罎酒，向他招手。他站了起來，走向前去；仔細看看，他記不起這個矮胖子是誰？怎麼會跟他來招呼？其人冬瓜似的那麼一截，一臉的鬍子，兩隻眼睛，又黑又大。

「老李，幫着我掮了去！」那人好似很相熟似的。

老李，本來是愛做別人的事的，遲疑了一下，便揹了那一罎酒跟着他向前走去了。「嗳，你是誰？到那兒去？」他就這麼問了一句，那人只是笑笑，指着那古木參天的山坳，叫他揹到那邊去。

山路越來越小，草棘蔽途，羊腸曲仄，幾乎伸不得腳步去；那人卻跨得很大很快，替老李開了先路。他也就低着頭這麼跟着走，只聽得阿花在他的腳後喘氣。行行重行行，大約兩頓飯時光，他們已經到了大樹的跟前了。迴峰環抱，一處平坦的山原，從他們面前伸了開去。大樹蔭下，只見四個白髮老頭兒，圍在石桌上玩小石子兒。東首，那瘦瘦的老頭兒，手裡抓了一把白石子；對面一個胖胖的，留着幾綹白鬍子的，抓着一盒黑石子；還有兩邊穿八卦衣的老頭兒，呆呆地在那兒看着。老李心頭可奇怪：「這麼大的年紀了，還要玩小石子？」那幾個老人，也只看了他一眼，別轉頭去，又在擺他們的石子了。

一回兒，那個矮胖子打開了酒罎，斟起了綠油油的老酒，一碗碗端給那幾位老人的手中。他們一面喝酒，一面玩石子；那畫着方格子的石桌面上，散散落落地擺上了一些石子，他們還是很慢很慢地一顆一顆擺下去。那酒香一陣陣刺到他的鼻子來，他只好伸出舌尖來舐舐自己的嘴唇。這時，他繞過了大樹去偷看一下，只見那矮胖子睡在草地上打着鼾；滿滿一碗酒，擱在手邊；酒面上浮着一張小葉子。他就靠着樹根的背面，席地而坐，伸手捧過那碗酒來：骨都，骨都，骨都，一口氣都喝下去了！

其時，落日銜山，林鳥啾啾，老李卻斜依樹身，呼呼入睡，好夢正甜呢！

三

直到老李迷迷朦朦，醒了過來；太陽光撒滿了他的頭上，飛鳥跳躍枝間，嘰嘰地叫着。他一面搓着睡眼，一面驚惶不安：「糟，糟！吃酒誤事，在這兒睡過了一夜了！我家那，不得了！不得了！」這是一件不得了的大事：李家嫂子吩咐他，早早回家，當心打折了你的腿！他連忙站了起來，只是怪得很，渾身骨頭硬了，掙扎了老半天，才站穩了身子。他大聲叫道：「阿花！阿花！」只聽得遠遠幾聲「阿花，阿花，」的回音，阿花也不見了。他四面看看，山原上松叢針立，非復昨日的舊場了。樹根上，一枝鐵鏽的鳥槍靠在那兒，他一想：「這幾個老頭子，這一個矮胖子，都不是好人，把我弄醉了，換了我的鎗，偷了我的阿花走了！」他低頭一看，腳上那雙草鞋，雙成一團灰了！他搔搔頭，摸摸臉，要想弄清楚來，順手摸下去，滿腮都是長鬍子。心中吃了一驚：「這些老頭子，不是好人，專替人家種鬍子；我家老太婆看了，怎麼得了？」他想到這兒，急得幾乎哭出來了！

他擎着那枝鏽槍，從山坡順着溪澗走了下來；他想起了昨天打到的那隻白兔子，斫好的那一擔松柴，一路尋來，也是無影無蹤。他坐在澗石上映着清泉；水裡那個滿臉大鬍子的他，可真走樣得太厲害了！他自言自語：「老李，老李，你到那兒去了！」緩緩地他走了一陣子，隱隱約約還找到了山腳的柴路，沿路北行，低着頭盤算着怎麼向他家妻子撒謊的話頭，這頓生活是吃定了，可是他總覺得交待不了，喃喃自語：

「下回再也不喝酒了！下回再也不喝酒了！」

他一路走來，也不管桃源村的孩子們怎麼笑他說他，獨自出了隴口，看見了掛鐘尖的小廟，通洲橋的樟樹，知道快要到家了。這時，胸口跳動得利害，舌乾唇枯；不知見了自己的妻子，第一句話怎麼說才好！

「站住，你是那裡來的？拿路單來！」一個後生擋住了他的去路。他抬頭一看，已經過了羅塍，快到自己的村子了。

「咦，我叫李柏，就是這個村子裡的！你是誰？」

「這個村子裡？從來沒見過這麼多鬍子的老頭子，也沒聽見這個名字。」

「昨天，我上山砍柴去，幾個老頭子，他們哄哄我，把酒灌醉了，種了這麼多的鬍子！我真是這個村子裡的。」

「你醒了沒有？」

「醒了。」

「醒了，怎麼說的都是醉話？你等着，我去找人來問話！」這小後生到橋上大聲喊了許久，鄰近村舍來了一大群年輕的後生;他們看看他,沒有一個認識他;他看看他們,也沒有一個他所認識的!

「天呀,怎麼我睡了一晚,整個兒世界都變了嗎?你們難道沒聽見搪塍下老李就是我嗎?」

那群小夥子,疑疑惑惑地盯着了他,叫他把槍放下來,問「你槍哪裡來的?你是不是反動派?」

「槍?反動派?」他不懂這句話的意思。「我自己的鳥槍,給那幾個老頭兒偷走了,他們丟這麼一枝爛槍給我!」

「幾個老頭兒,一定是游擊隊,反動派,哼,你是他們派來的第五縱隊!你說!」

「游擊隊,反動派,第五縱隊!甚麼意思!」他想不到村裡人的樣兒變了,連話兒也變了!

「公審,公審,拉到橋頭公審去!」

於是,一群人推着搡着把他拖到通洲橋的南堍,就在他一向盤桓過的樟樹蔭下站着。他找來找去,找不到那位紅鼻頭老張,大肚皮義隆老闆;那家茶店也不見了,牆上貼着一張白紙長條,寫着「通洲區農民協會」字樣。他是越看越不懂,越想越糊塗了。他期期艾艾地說:「你們讓我也問一句:我們那些人到哪裡去了?你們到底從哪裡來的?」不等他說完,一場人都哄然大笑了!

「問他!問他!」許多人在鼓噪。

「老頭子,你要坦白!」

「坦白？」他不自禁地點了一下頭。

「你是國民黨？你是共產黨？」

「沒有聽見過！沒有聽見過！」他搖搖頭。

他們把農會牆上的五星旗指給他看，「你看看，這是甚麼？」他又搖搖頭。

「你說說看，國旗怎麼樣的！」

「紅黃藍白黑，五色旗。」

「五色旗。」全場的人你看看我，我看看你，大家都沒聽到過似的。

四

李柏睜開眼來，仔仔細細，一個一個看過去，沒有一雙眼睛是他所熟知的，也沒有一張臉是他所看見到的，也沒有他所熟悉的聲音。他想：一定是魔鬼把他自己那個世界吃掉了；要末，他還是在做夢。他咬自己的食指，那指頭是痛的。但是，那一綹花白的鬍子，長得古怪，一夜之間，怎麼會這麼長的呢？一定是魔鬼作的法。

正疑疑惑惑間，通洲橋那一頭，一位痀瘻了背的老太婆龍龍鍾鍾地趕着向他走來：快要走近他的身邊，她停步了，站在那兒看他，搓搓她的眼睛，邊看邊說：「老李！正是你；老李，真是你！你這一臉的鬍子，三十年啦！你這三十年在那兒躲？你從那兒來？」

「三十年？」他張大了嘴巴，合不攏來了！一個晚上的事，就是三十年，他無論如何想不明白了。

「三十年！老李，不錯，已經三十年了；我今年六十三，那年三十三；重陽節前三天，你不見了！一直一直沒有一些兒音訊。老李，你知道嗎？你家那女人，死了已經十年了！」

「趙嫂，我家那女人死了？」他的心頭落下了一塊石頭。

「你看他，怕老婆，怕得這個樣子！」她裂着嘴笑了。「你們知道，他是怕老婆出了名的；他家嫂子可真兇，朝一頓，晚一頓，把他跟阿花管得不成樣子！」

「阿花呢？」

「阿花早死了！」

「都死了！」他看看橋塊那些店堂的夥計和客人，「他們都死了嗎？」

「㖿，都死了！就是我跟那陳白痞還活着的。」

「陳家姑丈在哪兒？」

「他癱了，整天睡在床上，爬不起來。他那一肚子陳年老故事，越陳越多了。」

環繞這位老太婆的那些年輕的男女，唧唧喳喳，把三十年這件事弄不清楚；他們都是二十來歲的人，世上倒有人一覺睡了三十年。直到他們把這件事傳到陳白痦的床前去；那位癱瘓在床的老頭兒哼着「山中方七日，世上幾千年」的詩句。他說：「這位怕老婆入山斫柴一去不返的李柏，一定碰到了黃大仙了。不錯，他一定喝了仙酒了！仙桃仙酒，喝了會成仙；陳搏老祖，一睡八百年！他這一覺只睡了三十年；這是地仙，忘不了凡間，要回家來。要是我，餐風飲露，永遠在金華山修仙，再也不回來了！」

這一群年輕男女，在農民會裡討論了老半天，才討論出一個結果來。他們不知道三十年前是怎麼一種社會？大概是封建社會吧？也許是奴隸社會？這長鬍子的，該是怎麼一個身份？地主嗎？他沒有地。自耕農？偏偏不耕種自己的田地。貧農？大概是貧農；那末，不是反動派，讓他自由吧！這枝槍呢？一枝生鏽的鳥槍，封建社會的古物，把它陳列起來。

這麼一來，李柏倒真是自由自在的自由人了。他的那位暴君已經去世了；這個世界的新道理，他一點也不懂，卻也不曾拘束他。就讓他那一絡長鬍子和那一套古裡古怪的夢境，在通洲橋堍吸引了十里方圓的聽眾，到這兒來消磨整個下午的時光。他就代替了東白痦的地位，他的故事也就代替了白毛女的傳說。

五

回家以後的李柏，好似一個瞎了眼的人忽然亮了過來，慢慢地慢慢地才把眼前景物看清楚來。他就坐在陳家姑丈床前，聽他一五一十從頭細説。他告訴他：眼前是共產黨的天下，五年前，還是國民黨的天下；國民黨的蔣介石，坐了二十年江山，中間給東洋鬼子搗亂了七八年。他告訴他：「從前是北洋軍閥時代，你聽慣了的吳佩孚，孫傳芳，張作霖，早都死了！」

他告訴他：「孫中山倡導革命，後來孫中山死了，蔣介石領導國民革命。」

「不，他們説蔣介石是反動派的頭兒，國民黨是反動派！」

「不錯，國民黨是反動派。不過，有一段時期，國民黨跟共產黨要好得很，後來鬧翻了，打了好幾年；現在，蔣介石給共產黨打垮了，變成反動派了。」

「哦，我懂了，打垮了，就是反動派！」

「古話説得好，『成則為王，敗則為寇。』自古以來，英雄好漢，都是如此的！」

「國民黨跟共產黨要好的時候，誰是反動派呢？」

「那我也不懂了！目前的事，我也是不懂的多。不過，不懂也有不懂的好處；我就是這個脾氣不好，樣樣想懂一點兒。」

「你說東洋鬼子，東洋鬼子，又是怎麼一回事呢？」

「這部書，說來話長了！起初，聽說東洋人打來了，在那好遠好遠的地方；他們說，山海關外，冰天雪地裡，打了一陣子，宣統皇帝又登基啦！」

「宣統登基啦！不是真命天子出來了嗎！」

「不是的，東洋鬼子登的基，宣統皇帝是個劉阿斗。」他把旱煙袋裝上了一筒，悠然地抽着。「過了不久，又打進關裡來了！這一打，越打越利害，從甚麼盧溝橋打起，打到了北京，打到了天津，東洋鬼子可真兇，打到上海來了，打到杭州來了！打到我們家門口來了，通洲橋北邊還打了一仗呢！」

「後來呢？」

「汪精衛到了南京了！」

「汪精衛？到南京做甚麼？」

「哦！這一門子的事，你又不知道了！汪精衛本來是國民黨的頭腦兒，他跟共產黨要好過一陣子，後來也鬧翻了，跟蔣介石要好起來了。日本鬼子打來了，他喊抗戰喊得很響，後來他又跟鬼子勾搭起來，從重慶溜出來，回到南京去了。他也掛起了國民政府的招牌，就變成一個大漢奸了！」

「後來呢？」

「後來，東洋鬼子吃敗仗，投降了！」

「又是怎麼一回事呢？」

「這筆賬，三天三晚算不完了！那時候，東洋鬼子貪心不足蛇吞象，打敗了中國，又去打美國人，英國人了！這一來，中，美，英，蘇結成了朋友，一齊去打日本人德國人；開頭日本人可真兇，美國有些吃不消。後來，美國兵反攻了，一顆原子彈，就把鬼子打垮！」

「原子彈？」

「唔，原子彈；他們說，只有蘿蔔頭那麼大，就炸掉了一個鬼子的廣島城，鬼子死了十多萬，你說，兇不兇！」

「好利害！比封神榜裡的法寶還利害！你這麼說，美國人幫我們打贏的了！」

「不錯，那時候，中國跟美國要好得很，美國跟蘇聯也要好得很，中，英，美，蘇，好似結拜兄弟，你幫我，我幫你。」

「那麼，中國打贏了！就好了！」

「中國是打贏了，那知道，過了不久，國民黨跟共產黨又打起來了，一打又是四五年。開頭蔣介石好兇，哪知，他的兵一溜風似的敗下來，兵敗如山倒，他就變成了楚霸王。」
「他在烏江邊上自刎而死了嗎？」
「不，他逃走了，他到台灣去了！」
「台灣？」
「就是那個出糖的地方。」
「這一來，天下太平了！」
「不錯，東方紅，太陽升，中國出了一個毛澤東！我們有救了！不過……」
「還要變嗎？」
「不過，美國跟蘇聯又要翻臉了！美國跟東洋鬼子又要好起來了！」
「哎呀呀！這一賬怎麼算呢？」
「三日風四日雨，世界上的事，就是這麼一筆糊塗賬！我還記得這麼一句：國家和國家，不會有永久的朋友，也不會有永久的冤家；早上是冤家，晚上變成了朋友，也是很尋常的事！」
「這麼一來，我們怎麼辦呢？」
「還是你不錯，一交睡了三十年，世界鬧得天翻地覆，跟你也不相干的！」

「我此刻可已經醒來了！」
「這叫做自討苦吃，到凡間來尋煩惱！」

六

老李懶懶散散地，從這一村莊走到那一村莊，從這一間房子看到那一間房子；有些灰燼是東洋鬼子放的火，有些瓦塊乃是游擊隊惹的禍；東山那幾株楊柳，濃蔭也經遮滿了水塘，上梅壠那兩株柏樹，也高過了烏柏樹；只有通洲橋那株大樟樹，老態依然，連理枝邊，聚散着一隊隊的啾啁着的麻雀。

趙嫂，她找到這樣一位老搭擋，就有陳古千年的老話好說了。她說到她家的趙大，抽壯丁當了兵，在蕭山火線上陣亡了。隔壁的張三爺，鬼子來了，他當維持會長，給游擊隊半夜裡割掉了頭，掛在橋頭示了幾天的眾呢！

她說起了橫山村的倪家，大兒子當了鄉長，小兒子投了共產黨；先前小兒子在山裡打游擊，解放軍一來，大兒子上山打游擊了。倒像是走馬燈似的，轉來轉去，就是這麼一套戲法兒！

老李一向熟悉的大好老，這時候，一個也不見了。趙嫂扳着手指，一個一個數下來：誰是惡霸，誰是匪特，誰是封建餘孽；誰在台上，被鬥爭了幾回；誰的家當，給清算得乾乾淨淨；誰是公審以後斫了頭的，誰又是勞動改造斷了氣。她那一套新名詞，説得順溜得很，他就囫圇吞棗似的一顆一顆吞下去。他知道世界已經變了，好似一隻小雞已經從雞蛋孵出來了，再也不會變成一隻雞蛋了！

只有一線希望，在老李的眼前晃動着。趙嫂打聽得他家的小李，在人民解放軍裡吃糧，立了戰功，已經升了班長了。他找到一個通信地址，托陳家姑丈寫了一封誠誠懇懇的家信去，果然把李小柏找回來了。

這位戰士李小柏，他的袋子裡帶着更多的新名詞：階級意識，封建頭腦，正反合，唯物辯證法，馬恩列斯，毛主席思想體系，進步分子，矛盾中的統一，資本主義的最後階段；這位新的戰士，一心一意要搞通這位長鬍子老人的思想。他要説服趙嫂，陳白痞跟自己的父親。舌敝脣乾，頑石都點頭了；這三位老人，還是你看看我，我看看你，不甚了了！

老李也只是呆呆地聽，呆呆地看；眼前這個小李，就是他自己，他越看越想起自己的老樣子來。他呆呆想：從前的我，已經找到了；這個長鬍子的我，又是誰的呢？小李看他的父親聽得出神，想來一定領會了，下了一個總結：「從前的你是『正』，在山裡酒醉睡覺的你是『反』，我就是你的『合』，懂不懂！」

老李點點頭。他忽地站了起來，到後間茅屋去找了一把鈎刀，一根扁擔，一串索子，穿起草鞋來跨出門口去了。

「爹，你到哪兒去！」

「孩子，我要回山裡去，找黃大仙去！我要再喝一碗酒，再睡三十年！」

「老李，我也去！」

「嘸，再睡三十年，也就差不多了！」陳白痦再點起了他的旱煙筒，悠然地想着。

（附註）李柏大夢，美國大小說家歐文（W.Irving）見聞雜記之一。寫美國建國後社會政治之動態；李柏入山打獵，一醉三十年，頗與我國王子求仙，爛柯山故事相類似。究言之，夢即是真，真即是夢，近三十年之中國，亦一大夢也。

（原載《星島週報》新一卷第十五、十六期，一九五二年二月出版）

喜劇

李維陵

我忽然想到要寫一部電影喜劇。

這理由一方面我寫的悲劇太多了，自己也不忍心看到銀幕上的主角們為我所驅使而作的，那樣哭哭啼啼的扮相；另一方面，因為公司說根據最近的票房紀錄，只有喜劇才能賣座。而我作為一個職業的電影編劇人，靈機一動，配合公司的需要，不妨供給他們一個換換口味的喜劇劇本。

在和公司決定這件任務之先，公司對我相當客氣，他們並沒有指定我怎樣寫，這是說，他們肯給我很大方便，隨我選擇任何我喜歡的題材。而且他們還說不惜動用大導演大明星和大本錢，務使我的喜劇成為一部上乘傑作。

自然，在我這方面，倒落得趁這時機嘗試開闢一個新的寫作領域。在過去，我曾經寫過十多部非常賣錢的悲劇劇本，我幾乎已有了一個定型的「使人落淚」（一如海報宣傳術語所說）的方式，但怎樣使人笑我卻未曾習慣。我假定我的喜劇情節和對白都非常幽默、輕鬆，因此，在決定寫作時，我彷彿隨時隨地都聽到觀眾們震耳欲聾的笑聲。

我為我的喜劇未來的成功所陶醉，我真高興願意讓人們這樣說：某某人的悲劇寫得好極了，但是想不到他的喜劇寫得更好。

於是，當那個寬肩膀的製片主任用他那寬厚有力的大手猛拍我的肩部，預祝我的成功時，我也忍得住疼痛，還一面打笑臉說我一定寫得很好。

回到家裡，我仍是飄飄然地想像滿院哄動的笑聲，我以為這是件輕而易舉的工作。

按照往常的情況，我的編劇工作真的是輕而易舉，因為對於編劇我有一套秘密武器：一、先將掛頭牌的明星們出場機會妥為分配，使他們不致為上鏡頭的次數而爭吵；二、像開列菜單那樣編排好配角和噱頭，務使菜式豐盛；三、然後胡謅出一個故事骨幹，將上述所需要的加上公司和戲院觀眾要求的口味作料，這樣一齣人人滿意、賓主盡歡的大悲劇便順利完成。

然而這一次不曉得怎樣，我卻不預備這樣寫。

這原因當然很難說明白，我私底下可以說明的是我知道我自己已有了聲名，用不着再那樣去討好明星或觀眾的口味；其次，我的確想寫一本比較有點意義和份量的東西，縱然不說較有價值，但當別人談起來而自己不臉紅的時候，我應該有一本比較像樣而且可以使自己暢所欲言的作品。

這是說，我放棄一向寫作的習慣和方式，要認真考慮一下我究竟要寫一部甚麼樣的喜劇。

最先溜進我腦筋的，是我需要決定我的喜劇的主題。

一向，我寫作是很少顧及主題的，現在才曉得我竟然也要研究我的主題了。老實說，雖然我已忝為「名家」之列，但我很清楚我的能力和把握故事的意義實在只到甚麼程度。既往不究，現在既然好好地寫，不妨認真一點。這樣，我有了寫作一本真正喜劇的雄心，我要使我的喜劇不但引入發笑，在笑裡面，我希望觀眾們能夠接受一些我所要說的話，即使我的話根本並沒有甚麼東西。

我決定將我的主題放在活在我們這時代的小人物身上。

我說小人物，並不含有大不敬處，只因為我覺得我對他們似乎還熟識，過去我曾經驗過小人物的遭遇，我以為我懂得他們，倘若我安心下來想想他們生活上某些可堪發笑的事情，對他們開開玩笑，就已經是不壞的喜劇。而且影院的觀眾大部分是他們，不愁不叫座。

開始時我很得意，因為我非常滿意這種驀然而來的靈感。

臥在我的佈置考究的客廳的長沙發椅裡，我頭腦裡回復某些我久已失落的、過往生活的回憶。我想到那個儲來儲去總是用掉結婚費的王老五，想到那個一天到晚只想擴大胸圍的不合格的健身院旁聽生，想到那位嚕囌得五十步外就教人討厭的長舌老姑婆，想到那位用火柴盒盛手錶為了不讓它汗鏽的老道學先生。

總之，我想到各種各樣古怪離奇的性格，他們給我的印象似乎一個個在我腦海中呈現，為我的喜劇提供了基礎穩定的造型。

我安排下一個新穎有趣的故事結構，我將我的故事放進一個普通小市民日常生活最易接觸的環境做背景。按照故事的發展和劇情的需要，喜劇的構成由於背景是一幢有多伙人家合住的舊木樓。居住在木樓裡面的角色們，他們一定有很多不能實現的希望，他們為這渺茫的希望生出交錯的糾紛，我的故事就圍繞住他們的希望與糾紛進行。

為了使背景真實，我又打破了我一向的慣例，竟然決心親自到木樓裡去視察一番。

我為我寫作的認真感到自傲。

通過公司裡一位同事的介紹，我用一個朋友的臨時身份去訪問一個住在一幢破舊木樓裡的標準房客，他事先聲明我的訪問只限於很短時候的談話，他不負責招待，雖然他拿去一些招待費。我當然不介意這些，我的目的只是觀光，倒不在乎他是否慷慨地留我在他那裡當一個真正的朋友那樣看待。

我按址到約定的地方去的時候，發現這幢木樓正是我所要尋找的最理想的典型。牆壁污黑而剝落，樓上騎樓有搖搖欲墜的鏽蝕的鐵欄杆，到處堆掛着節慶日旗幟那樣的破衣服。入門後樓梯好像是建築在洞穴裡似的漆黑朽敗，我上去時真擔心是否會從梯級上摔下來，敲開了三樓的門，我預定要見的人已經外出去了，他的十二歲的大女兒容納我進入她父親和她們所住的房間裡。

我之所以說她們，因為我實在分不清這十多個孩子中有幾多個是她的兄弟姊妹。走到了房間後我才確知她最大，兩個是弟弟，三個是妹妹，其他的都屬於外面居住的其他房客的。這間房在這層樓宇的中間，真正的中間房，用板和鄰室隔開，完全沒有窗，白天跟晚上好像很少有差別，我要很久才習慣得在房裡不用加光而看物。房間裡污穢紊亂得一團糟，孩子們襤褸骯髒，那個女孩子端給我一杯茶，我完全不敢沾一口。

那女孩子告訴我他父親到醫院去了，還沒有回來，她母親在醫院裡已經住了三個月。我告訴她我可以多等一下。當時我心裡想假如我的喜劇是以這間房做背景，那放映出來的準是一張人家以為是走了光的膠片。我很厭煩房間裡的惡臭氣味，終於走出房來看看外面的設置，一邊在盤算應該怎樣安排故事的間架和角色與笑料的誕生，我假定房外的甬道是一條發生糾紛的中心地帶，而甬道旁幾張雙層木架床擠迫的住客，無疑地隨時都可能捲入喜劇線索的糾紛漩渦。

然而很快我便發現我的估計錯了。

住在那裏的人們好像已安份地默默忍受他們的命運，他們謙讓的程度使我想不出為甚麼要對他們加以挖苦。他們並沒有爭執或如一般人以為一定要發生的詈罵，相反地他們自制得很好。而且我原定的計劃是寫他們怎樣可笑地去追逐他們那些永不可能實現的希望，可是就這一點來說我也可悲地失敗了，跟他們談話時我發現他們對生活現實正視的嚴肅淡漠的態度，使我感到我的想法的可恥。他們一點不可笑。籠罩和環繞他們身邊的完全沒有絲毫喜劇味道，如果有一點點的話，那因為是在他們那樣黯淡悒鬱的環境中，居然出現有一位像我這樣衣冠楚楚的整齊「紳士」。

我感到心理上的尷尬和情緒上的狼狽。

我想我實在不能再在那裡耽得久點。

正當我想到要走的時候，我原來預定要訪問的那個房間的主人回來了，他一定是如他的孩子們所說從醫院回來的，因為他臉上的病容好像已夠說明他和醫院的關係，他神色慘澹得可怕，我向他表達訪問來意時他甚至懶得跟我招呼。

我心裡很生氣，想說他即使有甚麼心事也不應該在生客面前表現得這樣明白的，何況我這次的訪問並不是白來的，我曾經付給過他一些雖然微少、但總是一個數目的招待費。

然而對着他我竟不能說些甚麼。

我只是注視他像不理會我似地從甬道走進房裡，我跟着他進去。他頹然地倒坐在床上，兩手分擁着他幾個掛着鼻涕的孩子，長久地沒有做聲，樣子非常困累。那女孩子害怕地站在旁邊，凝視着她父親的臉，她兩隻大眼睛似乎驚慌於會知道甚麼不祥的消息。

這家人那種靜默的圖像使我感動，雖然我寫過不少悲劇，但無論我的主角們怎樣為愛情而悲哀，似乎都沒有他們這家人那種無聲的沉默那樣令人酸澀，我悟到我以前寫的悲劇是太把悲哀的感情誇大了，那太不真實，真實的悲哀出現在那些稚小心靈無知與忍受命運虐待的卑屈。

男人咳嗽了幾聲又勉強忍住。房裡的空氣滯重極了。我忽然敏感地覺得一定是孩子們的母親遭遇到變故，因為從男人的表情看，這已不僅是擔負着隱憂，而是一種空虛的絕望。有着這種絕望表情的臉容，可以說如果不是沾有着死亡的氣息，一定已瀕臨死期不遠。我覺得我自己緊張極了，因為我不知道怎樣忍受聽這男人向他的孩子們報告不幸的訊息。

女孩子忽然走過來按住她父親的手。

我較為習慣了房裡的光線以後已認清這十二歲女孩子的神情，她有着比她年紀大一倍的女孩還多的意志上的早熟。她的害怕只是一陣，過了以後她便彷彿甚麼也可能負載得下來的穩定。她按住她父親的手時使我想到她似乎已以她父親的愛護者自居，那種勇敢與自己知道一切的明慧，使我這陌生的來客目睹到人性上動人的一幕。

她父親遲鈍而緩慢地執起她的手，望着她點點頭。顯明地，我的不幸的估計中了。

消息給她的打擊是猛烈的一瞬，我說一瞬，因為她很快地便無言地接受和平復下來。她引帶孩子們走出房外，所有進行都是那樣沉默和安靜，像沒有發生過甚麼似地，反而那個男人惶亂極了，他嘴唇蠕動着，喃喃地想說些甚麼而又無法說得出口。

對着他們想像得到病榻上那個枯瘦乾黃的屍體，她曾經給他生了這一群孩子，現在她死了，他們的女兒繼續她做母親的長期艱困而辛酸的職責。

那男人伏在床上，兩手掩住了臉孔。

我以為他會哭，可是很久房裡都是靜悄悄的，甚至連房外都一樣寂悄。

我不能再在房裡耽下去了，躡步地走了出來，臨走時我在房間一張桌上容易見到的地方放下我身上所帶的錢。

在最下屋樓梯的梯級上，有人坐在那裡阻着我，看清了我發覺是那女孩子坐在那裡抽搐地嗚咽。

我繞過她，為了讓她好好地用哭泣來消滅她的哀痛。

在路上徘徊了很久的時候才回到家裡，我沒有換衣服便躺在我的長沙發椅裡，頭腦空空洞洞，我知道我深深感染到他們那家人長年積月的悲傷，沒有希望，沒有怨艾，他們這樣地忍耐着苦撐下去。

到我交稿的時候，一進門我便碰到公司裡那個寬肩膊的製片主任，他看我手裡挾着劇本，眉開眼笑地過來又想猛拍我的背部，我讓開了。

你的喜劇寫成了，他瞇着眼睛問我，一手搶過了我的劇本，一面嘮叨說我這次交稿太慢。可是，他看了不到半部便皺起了眉頭，這是喜劇嗎？他蹙着嘴問道。

我寫不出喜劇，我老實說了，我甚至也寫不出以前那些婆婆媽媽的愛情悲劇，我要寫我所看到和知道的事情。

多偉大，他咬牙咧嘴笑着說，然而我知道，在那一刻間，他不是想把我的劇本朝我臉上扔過來，就是想一把揪住我的領子，將我從玻璃窗門外摔下街去。

一九五七年五月

出賣母愛的人

夏易

阿彩把她的「母愛」出賣給林太太，已經有一年多了——我的意思是說阿彩是林太太僱的褓姆。我之所以要用一句那麼麻煩的話來代替「褓姆」兩個字，那是因為，阿彩和林太太之間發生過一種不尋常的關係。

林太太是一位好母親，她對她那個生下來不久的兒子，那種關心的程度，真不知道怎樣形容好。林太太一聽見兒子哭，她的心就會打幾個皺。林太太的兒子躺在搖籃裡，無端端地把小嘴弄得啜啜作響，那麼，林太太的神經就像拉緊了的弦。她會像天文學家靜觀星象那樣聚精會神地看着她的兒子。慢慢，林太太的臉就會發生一種非常細微的變化，變化，變化下去，林太太的表情就會變得和她那樣可愛的兒子一模一樣了。這樣，林太太的心裡就說：「我懂得你了」，這種母子之間的互相了解，真是再透徹不過了。

……啊，這樣說下去還說得完嗎？

問題是這樣，林太太雖然非常愛她的兒子，可又不願把全部時間花在兒子身上，她還想打牌，還想交際，聊天，甚至看看書。

問題是這樣，林太太請來請去都請不到一個合意的褓姆。用她自己的話說就是這樣：「請褓姆真難！老經驗的，聽話的，喜歡小孩子的，都可以請到，可是，你就很難請到人家的『心』！」用她自己的話說就是這樣：「哼，當着你面都是好好的，可是，背着你面的時候，哼，懶死了！」「沒辦法，只好自己管啦！不同的，自己管不同的！」

可是，林太太居然請到阿彩。奇怪！林太太也覺得奇怪，為甚麼阿彩對她的兒子簡直就像「母親」一樣呢？她怎麼可以請到一位「母親」呢？

林太太雖然又感激又奇怪，可是她卻沒有閒情逸致去研究這件事情的秘密。她只是自動加了阿彩十塊錢的工錢。因為，她覺得，「人心換人心嘛」，加十塊錢也非常值得了。

阿彩的工錢，本來是六十塊錢，現在是七十塊錢了，連食用在內，也不外是一百多塊錢。林太太每月花一百多塊錢是非常合算的，因為她逐漸發現，她不但可以把部分的責任交給阿彩，簡直，全部的責任都可以交給阿彩了。

阿彩管得比林太太還好，林太太經驗不夠，常常過分緊張，雖然有愛兒子的心，可未必真懂得如何愛。阿彩呢，你看她一抱便不同的。她的臂彎，是最溫暖最可愛的床。她的聲音，似乎是最適合嬰兒聽的，她的奇怪的語言，也似乎只有嬰兒才聽得懂，才懂得透。嬰兒在阿彩的照護下，就像在陽光下盛開的花朵。嬰兒在阿彩的愛護下，時時刻刻都是快樂的，從皮膚到內臟都是快樂的。撒尿也是快樂的，拉屎也是快樂的，活動活動小腿也是快樂的，看看自己的胖手指也是快樂的。

嬰兒似乎不光是吃奶長大的，還是吃母愛長大的。林太太的兒子，愈長愈可愛了，可愛得簡直親戚鄰里都要羨慕了。林太太非常開心、自滿，覺得自己生出那麼一個兒子，真是天才了。

林太太的兒子愈長愈可愛，可是離開林太太的懷抱的時間卻愈來愈長。當林太太完全無牽無掛地把自己的精神放在麻將牌裡，放在太太與太太之間的交際裡的時候，林太太跟他的兒子，阿彩，這三個人的關係當中，便開始發生一種微妙的變化，這種變化使林太太很不安，有時甚至生氣。

林太太漸漸不喜歡阿彩了。只要她一回家，她就用一種搜查的眼光看阿彩，她發現阿彩有許多不能使她容忍的毛病。

可是，阿彩一點都不知道她的主人發現了她的毛病。老實說，她根本不知道自己有毛病。她很滿意這份工作，對這家的主人也有感情。她也知道主人，一向很滿意她的工作。比較起從前做過工的幾家，她模模糊糊地覺得，她也許可以長久在林家做下去吧！

何況，現在，她已經能夠漸漸忘記她的不幸了。她有很多兒歌可以教林太太的兒子——啤仔唱：「點蟲蟲，蟲蟲飛，飛去荔枝基……」，「排排坐，食粉果，豬拉柴，狗燒火，貓兒擔凳阿婆坐……」這些兒歌從啤仔那又好玩又不聽話的小口中胡唸出來特別逗人笑，這使阿彩可以回想起自己的兒子，又可以使阿彩忘記自己的兒子。有時，她把啤仔親親熱熱地抱着，親親那嫩白中泛着粉紅的小臉蛋，又向啤仔說：「喔唊阿彩啦，喔唊啦！」她的意思是叫啤仔親親她的臉，於是啤仔便「喔」的一聲把小口湊近她那又粗又黃的臉。這種幸福，也是難能可貴的。即使從她那死去的丈夫身上，她又何曾嘗過這種心安理得，純純粹粹的溫暖呢？她丈夫在生的時候，她簡直忙死啦，她忙着燒飯、洗衣，稍有空，還要幫丈夫看賣物攤，還要愁錢愁吃，那有這份享福的心境？後來她丈夫死了，她更沒有享受母子的親情了。她把兒子交給那疾病纏身的婆婆，自己去有錢人家當褓姆。有錢人家的孩子是寶貴的，做褓姆這種工作也是特別困身的，她難得請到兩三小時的假回去看看婆婆，抱抱兒子。

不過，現在阿彩是心滿意足了。她的要求並不多。她有甚麼可求的呢？她的兒子已經死了。因為照顧不周到，傳染上白喉死了。一個月拿幾十塊錢的工錢，除了養婆婆之外就是添補衣服和還債。她清心寡慾，有一種盡忠主人的老實心腸。她有甚麼可求的呢？她是最適合做褓姆的人了。可不是嗎？人家挑傭人都是這樣挑的。最好不要有丈夫有兒女的，這樣就不怕會偷東西往家裡送，不怕會分心想着自己的家。自己曾經有過兒子的呢，一定知冷知熱，懂得愛護小孩。年紀比較大的呢，就不會心花花，老想「拍拖」談戀愛，也不至於東家做做西家做做，毫沒定性，老想往高處爬。而且，也不會打工廠工的主意。這幾個條件，阿彩卻同時具備。加上，她不大喜歡看戲，性情沉靜，很少同鄉姐妹來找她聊天，不至於整天在廚房或是走廊裡吱吱喳喳。總之，主人們喜歡請到一個除了拿工錢之外一切都死心塌地的女傭。而阿彩呢，她是夠死心塌地的。不過，她死心塌地得過份了。

她把她全部的忠心和母愛都放在啤仔身上，因此，她才會愛啤仔愛得那麼過火，愛得不合身份，愛得使林太太看了就覺得不順眼。

又因為，啤仔已經漸漸懂事了。他不但懂得被愛，還懂得表示他自己的喜愛。於是，這十分微妙的問題就來了。

你說這是成人們的私心，還是成人們的幼稚，還是成人與成人之間，太缺乏純真的愛，所以，有些成人們才那麼認真地去跟小孩子計較感情呢？

那時候，啤仔還沒會講多少句話，不過，他正像一切小孩子一樣，本能地會辨別每個人對他的愛的份量，分辨得非常精細。他的心情是裸露的，你一眼看過去，你是只看見一個天真無知的小孩子，可是，同時，你也看見他那絲毫不苟的愛惡。他不分關係的親疏，也絕不敷衍大人的面子。

阿彩盡着母親的辛勞，因此，一個母親所能夠從兒子身上取得的快樂，似乎統統都歸了她佔有了。

每當阿彩把啤仔抱在她膝蓋之上，教着兒歌的時候，一種融洽無間的快樂從啤仔身上流進阿彩的心，又從阿彩的身上流進啤仔的心。有時阿彩意識到自己的地位。她會忽然叫一聲「少爺」，然後又教啤仔應一聲「嚇」。有時，她又會偷偷地教啤仔叫她一兩聲「契媽」，教完又趕快注意一下旁邊有沒有人看見她。這兩個字泄露出阿彩的心情的秘密。她是希望長久佔有這種快樂的。

至於在林太太那一方面呢，她有一種莫名其妙的委曲。近來，她回家之後，不大敢立刻就去抱他的兒子。她怕被她的兒子拒絕，她似乎又怕在阿彩面前丢面子。偶然她又想指揮一下阿彩，好平一平她心中的悶氣。可是，她的命令常常發生錯誤，因為阿彩比她更了解她的兒子。

近來，林太太從外面回來的時候，常常要預先買好一些玩具，好像哄別的母親手中的孩子一樣，把自己的兒子哄過來。兒子是哄過來了，可是，她總搶不了她的兒子對阿彩的愛。林太太嘗到一種意味深長的寂寞。她忽然覺得自己的生活又空虛，又無聊，整天打牌幹甚麼呢？丈夫的溫存似乎也不夠實在。

她開始發嚕囌了。有次，她向丈夫埋怨：「哎，你回來就纏住我。我要看看啤仔嘛！」

她丈夫說：「哎，你整天看還看不夠嗎？喂喂……我有話跟你說呀？」

她的丈夫一面「喂」，她卻一面跑去看她的兒子。

「他好好的嘛，你看甚麼呢？」他丈夫又叫着說。她丈夫實在不了解她看甚麼。她看着阿彩抱着她的兒子，她看着兒子睡覺。這有甚麼好看呢？

林太太不但跟她的丈夫鬧彆扭，還對阿彩諸多挑剔。她覺得阿彩不外是一個傭人，她怎能這樣對待她的兒子呢？可是所謂「這樣」，又是怎樣呢？她可說不出來。有時，她在心裡罵阿彩：「又不是你生的，你用不着這樣愛他！」「簡直把自己當作林家的人一樣。真是沒分寸！」有時，她看見阿彩叫啤仔拿東西。她就罵她：「你自己去拿呀，怎麼叫他替你拿呢！」她覺得她是一個傭人，怎能叫「少爺」拿東西呢？

林太太像許多母親一樣，她極端需要享受母子的親情和快樂。你說這是偉大的情操也好，你說這是自私的情操也好，反正，許多母親都非常認真去較量兒女對自己的感情。她們之中，有些人或許不了解丈夫，不了解家庭，不了解教育，可是，她們了解一兩歲的小孩子的感情。她們得到了這些感情之後，便以為一生都有了着落。

有一天，林太太下了決心了。她溫習着她的舊感想：「沒辦法，只好自己管啦！不同的，自己管不同的！」

她算了算賬。「下個月是年底，應該給她雙工的。不如這個月辭掉她合算！」

她把阿彩叫來，她誠懇地跟她說：「近來，我們舖子裡的生意不大好。家裡不想用那麼多傭人了。我多給你一個月的工錢。你去找份新工吧！」

阿彩眼圈都紅了。她說：「您一向待我那麼好，就像自家人一樣。現在您錢緊暫時不要給我工錢好了。我就捨不得啤仔。我替你看看他，也省得您操心。」

「你瘋了！」林太太又在心裡罵起阿彩來了，「哪裡有人做褓姆做得那麼癡情的？」於是她冷淡而平靜地對阿彩說：「現在啤仔大了，我自己看看也成了。用不着僱人看了。現在晚了，你用不着立刻走。明天再收拾東西吧！」

阿彩真是瘋了，這晚上，她整整哭了一晚。她真是捨不得啤仔。

從前，她跟同鄉姐妹聊起天來的時候，她常向她們誇說她這個主人很好，不發脾氣，不亂罵人。如果同鄉姐妹們唉聲歎氣，說，「打工仔，真是難做呀！真是受氣呀！」的時候，她總勸她們說：「不是的！你好人好，人好你好。你把心肝給人，人也不會待虧你的。人心換人心呀！」

現在，阿彩可不曉得她的好主人為甚麼要辭掉她了。她不知道她自己做了甚麼錯事。

阿彩做了甚麼錯事呢？她做了一件大錯事。她不應該那麼動感情。她應該知道，她並不是「母親」，而是個出賣「母愛」的人，她只可以取得每月百塊錢價值的報酬，其他甚麼都不能要了。她可以愛護別人的兒子，可不能享受一種母子的親情，不能享受別人的兒子對她的愛。如果她那麼貪戀這種無形無影的精神上的享受，她便是太不安份，太不知足了。

可是，這真是太微妙的事情，這種愛應該怎麼劃分呢？也難怪阿彩不懂的。

阿彩哭哭啼啼地離開林家，啤仔哭哭啼啼地搶着要跟阿彩。阿啤的哭哭啼啼是容易叫人了解的。阿彩的哭哭啼啼卻有誰能了解呢？

一九五七年作

（原載《文匯報．文藝》）

釵頭鳳

葉靈鳳

一

「姑惡！姑惡」！

大約是受了甚麼驚擾，宿在湖邊蘆草叢裡的一隻姑惡鳥，忽然這樣一連的叫了幾聲，拍着翅膀飛向遠處去了。在這悄靜的春夜，它的幽怨的鳴聲，聽了使人份外覺得悽惻。

坐在燈下的老年的陸放翁，聽了姑惡鳥的叫聲，不禁悠悠的歎了一口氣，自言自語的說：

「姑惡姑惡！不要叫了罷。子為父諱，婦為姑諱，世上只有不孝婦和忤逆的媳婦，從來沒有不好的家姑的。不要叫了罷，叫又有甚麼用呢？」

像是對窗外遠處湖田裡的姑惡鳥說，又像是對自己說，陸放翁這麼低低的說了幾句，搖一搖頭，又再深深的歎了一口氣。

夜已經很深了，今天又進城去走了一次，體力有點疲倦，放翁本來早應該睡了，可是就因為今天進城去，又趁便到城南禹跡寺的高岡上去眺望了一會，對着寺南的日就荒蕪的沈家花園，不覺又鉤起了往事，想到已經去世的前室唐氏夫人，想到四十年前彼此已經仳離以後，在這沈園偶然相逢的那一幕，不禁萬感交集，老懷悽愴，覺得這是自己生平最大的一件憾事。當時為了順承母意，格於大義，不得不出了唐氏夫人，可是自己實在很愛她，而且她根本在婦道上也沒有任何過失，只是為了姑媳間的感情不能調協，不得不忍痛委屈了她，實在太狠心了。因此幾十年以來，雖然早已下世，自己也已經老邁，但是只要一想起這事，他就覺得心裡難過，迴腸盪氣，無法遣排。窗外再加上遠處那隻姑惡鳥的淒涼叫聲，想到鄉下人所說的這是一個被惡姑磨折而死的苦媳婦所化，覺得那聲音簡直是向自己叫的，就愈加覺得難受。

本來已經很昏化的老眼，這時就顯得更加矇矓而且有點潤濕起來。放翁知道今夜一定一時無法安枕了，而且根本也沒有睡意，他就率性挑亮了油燈，攤開了紙，自己低聲吟哦了幾句，就伸筆蘸墨在紙上嗖嗖的寫下了一首七絕：

「夢斷香銷四十年，沈園柳老不飛綿；此身行作稽山土，猶弔遺蹤一泫然！」

寫完擱下筆讀了兩遍，熱淚已經無聲的流到了鬍鬚上。他抹了一下，自己覺得意猶未盡，提起筆來又繼續寫了一首：

「城上斜陽畫角哀，沈園無復舊池台，傷心橋下春波綠，曾見驚鴻照影來。」

再次擱下筆時，放翁的老淚已經無法再忍，一直滴到了詩稿上。

二

這是他的習慣，晚年住到鑑湖三山以後，每逢進城去，放翁總忍不住要到禹跡寺去看看。禹跡寺在城南，他為了不想觸動舊情，有時故意想繞道避開這一條路，可是雙腳好像不由自己作主似的，結果總是仍向這個方向走去。禹跡寺的住持是認識他的，也知道這位大詩人的心事，因此每逢放翁來了，從來不敢用無謂的寒暄去打擾他，總是任他一人悄悄的登上寺中的高閣，去憑窗眺望那一角雉堞和附近人家的園林景物。

沈家花園就在附近，這正是放翁要眺望的目標之一。這座原來佈置很有邱壑的小園，幾十年以來，因了朝中同金人講了和，雖然勉強可以偏安，可是為了每年定期要獻納的鉅額金帛，早已搜刮得民窮財盡了。所以即使是這樣的一座小園、在這幾十年中也一再換過了主人，而且新的主人似乎也無意經營，任它荒廢着，因此從禹跡寺的高閣上望過去，園裡舊日的一些亭台樓閣早已顯出一派荒涼景象，只有從那參天的垂柳底下露出來的一曲小河，仍是春水盈盈，傳來一片蛙聲，好像還充滿了生意。可是當年橫跨河上的那一道朱欄的小紅橋，卻已經頹敗不堪了。

對着這一道小橋和橋下的河水，放翁眏一眏自己的老花眼睛，他本想看得清楚一點，可是愈眏愈覺得眼睛濕潤潤的模糊起來。

「傷心橋下春波綠，曾見驚鴻照影來」！

放翁唸了幾遍自己所作的詩句的斷句，四十幾年前的一幕又重行映到他的眼前。

那還是紹興乙亥年春天的事情，趁了風日晴和，放翁雜在傾城的士女裡面，到城南禹跡寺一帶去作春遊。會稽本是大禹巡狩逝世的地方，禹王的遺跡最多，城外有禹陵，山上還有禹穴。因此這座禹跡寺也成為名勝，附近還有許多私人園林，所以這一帶正是紹興人的春遊勝地。

這一天，放翁一人帶了小僮，攜着酒榼，來到禹跡寺附近的沈家花園，準備找一個地方坐下來對酒賞花，搜尋詩料。不想才走到這小橋上，就在人群中劈面遇見了自己的前妻唐氏夫人。這時他們夫妻已經仳離了幾年，唐氏也已經改嫁同郡宗室趙士程，這一天正偕了新夫婿也來遊春，不想在橋上驀地相逢，大家都來不及迴避，只好彼此勉強招呼了一下，就匆匆走開了。

趙士程本來不認識陸放翁，看了他們兩人匆匆一面的招呼和那種尷尬的表情，心裡好生詫異，便詢問了一下，這才知道原來就是自己新夫人的前夫，那位家家團扇畫放翁的有名大詩人，不覺在感歎之外也動了憐才之念，便向唐氏夫人安慰了幾句，免得她羞澀不好意思。因為她和放翁的分離，完全是由於姑媳不相能，放翁為了承歡堂上，只好忍令自己的愛妻大歸，所以唐氏並非犯了七出罪名的棄婦可比。她改嫁趙士程，也是為了既然無法獲得舅姑的諒解，又不便長住母家，不如及時改嫁，使得自己有一個歸宿，同時也可以斷絕放翁的一縷癡情。然而她的心到底是淒苦的，因為她知道放翁始終未能忘情於她。就是今天的出遊，也是為了夫婿一再相勸，不忍過份拂他的高興，這才強顏歡笑的。想不到冤家路狹，竟在這樣的地方兩人驀地相逢。

趙士程是當朝宗室，身為貴胄，他為了要慰藉夫人的愁緒，又為了想表示自己的胸襟和對詩人的景仰，便吩咐小婢從帶來準備野宴的酒餚中，分了一壺酒，揀了兩樣下酒的小菜，叫丫鬟用托盤捧了送過去，送給詩人去賞春。

這時放翁正在橋畔附近的疏影樓下倚欄出神，咀嚼着剛才所遭逢的一幕，心頭一片酸甜苦辣，簡直分不出究竟是甚麼滋味，忽然聽説趙學士和唐氏夫人遣人來致意，而且送來酒餚，更是感慨萬分。當時就命小僮在樓下打開酒榼，對花獨酌起來。

放翁的意思，本來想藉酒澆愁，哪知愈澆愈愁。想到好好的一對恩愛夫妻，為了堂上有言，要盡孝道就顧不得兒女私情，只好忍痛將她出了。起初還捨不得真的同她斷絕夫婦關係，偷偷的在外面佈置了一間別館，那知連這一點也不能獲得老母的諒解，竟暗中跟蹤去揭發這秘密，雖然事先得到風聲，使唐氏避開了，可是在老母的嚴辭詰責下，放翁無話可說，只好正式寫了休書，令唐氏大歸，從此蕭郎陌路，斷絕了夫婦名份。放翁覺得母親固然不諒，自己當時也未免太懦弱了，可是唐氏始終沒有一句怨言，這就越發覺得自己太對不起她。想到適才那匆匆的一面，唐氏在驚鴻一瞥之下，似乎有滿懷說不出的幽怨。而這樣的大錯，卻是由自己一手鑄成的，自己未免太薄情了。

喝了幾杯酒，放翁覺得眼前景物，處處令人傷心，怎樣也抑止不住自己的情懷激盪，便命小僮取出筆硯，磨了墨，自己就歪歪斜斜的在疏影樓的素壁上這麼寫了起來：

「紅酥手，黃藤酒，滿城春色宮牆柳；東風惡，歡情薄，一懷愁緒，幾年離索。錯錯錯！春如舊，人空瘦，淚痕紅浥鮫綃透；桃花落，閑池閣，山盟雖在，錦書難托。莫莫莫！」

放翁本來已經有了幾分酒意，題完了這闋「釵頭鳳」，自己反覆讀了幾遍，一時舊恨新愁，湧上心頭，覺得眼前一切景物，無不是傷心資料，便意興蕭索，不再有閒情賞春，就吩咐小童收拾了杯盤，匆匆離開了沈園。一路上頭也不敢抬，生怕遇見了熟人，更怕再湊巧又碰見了唐氏一家人。

後來沈園的主人，見了疏影樓牆上題的這首「釵頭鳳」，知道是當代大詩人的傷春感情之作，又知道他和唐氏夫人一對好鴛鴦生生被拆散了的故事，便將牆上的字跡用碧紗籠罩起來，鄭重保存，不輕易給人觀賞。好事的更傳遍了這首詞，到處傳誦，後來更傳到唐氏耳裡，她讀了之後，讀到那一連串的三個「錯」字和三個「莫」字，眼淚早已忍不住簌簌落了下來，知道放翁實在未能忘情於自己，可是大錯已經鑄成，一錯再錯，已經回天乏術。因此越發悶悶不樂，於是就像一朵被人移植到性質不合的土壤裡的嬌花一樣，因了水土不合，生機盡失，不久就憔悴凋謝了。

唐氏去世後，放翁心裡更難過，覺得她的早死，完全應該由自己負責，心裡愈加覺得對不起她。因此晚年住到城外以後，每逢春秋佳日進城，像是要藉這機會懺悔一下一般，總要到禹跡寺去眺望一下，或是到沈園去徘徊一番，重溫一下那些無可奈何的舊夢。

沈家花園雖然一再換了園主，從姓沈的賣給姓許的，後來又賣給汪之道，但是幾十年以來，雖然園裡的池台久已失修，但是不論新舊主人，對於放翁題在牆上的那首「釵頭鳳」，總是鄭重的珍惜保存着，不讓它受到甚麼損害。因此一直到紹熙壬子年秋天，這時距紹興乙亥已經將近四十年了，放翁重遊沈園，仍在疏影樓的牆上讀到當年自己所題的那首小詞，他忍不住又寫下了一首這樣的七律：

「楓葉初丹槲葉黃，河陽愁鬢怯新霜，林亭感舊空回首，泉路憑誰說斷腸？壞壁醉題塵漠漠，斷雲幽夢事茫茫，年來妄念消除盡，回向禪龕一柱香。」

他覺得人生有限，此恨無窮，雖然唐氏的墓木已拱，自己的去世也在早晚之間，但是當年的遭遇，回想起來仍如在目前。回家後便在這首詩的前面，又寫了幾句，當作一篇小序：

「禹跡寺南有沈氏小園，四十年前嘗題小詞一闋壁間，偶復一到，而園已三易主，讀之悵然！」

三

開禧乙丑年歲暮，這時距離放翁上次重遊沈園，再題那首詩的時間，已經相隔又是十多年了。這十年來，國家多故，金人貪得無厭，一步一步的向南蠶食，眼看臨安小朝廷已經岌岌可危，更那裡談得上恢復中原。雖然韓侂胄用事，有伐金之議，並且追封岳武穆為鄂王，但也不過是好大喜功，為自己造地位，並非真的為國家大計着想，因此時局前途並不很樂觀。陸放翁在燈下想到歲聿云暮，風雪勞人，自己以龍鍾老邁的病軀，已經不能為國家任馳驅之勞，眼看驅逐胡虜，犂庭掃穴的盛舉，自己怕已經沒有機會可以目睹了，只有將希望寄托在兒孫身上，希望自己死後，他們將來家祭的時候，有甚麼好消息趁早向自己的木主默告一番，自己在九泉之下也可以瞑目了……

放翁想到這裡，意興蕭然，對燈獨坐，不覺昏昏然睡去，一瞬間彷彿自己已經年輕了許多，又置身在一生念念不忘的沈家花園裡，時間彷彿又是春天，園裡的遊春士女，往來像穿花的蝴蝶，自己也正是其中的一個，正匆匆的向那座小紅橋走去，因為他知道唐氏夫人正在那裡等他。

在一株梅花樹下，他果然見到自己從前曾經海誓山盟的前妻，他上前去握住她的纖手，一開口就說：

「夫人，總是我累了你了，想不到我們租賃的別館，已經給母親知道了，她日內就會前來搜索，看來你只好真的回母家去住一些時候再說罷。且待堂上的怒氣平息了，或許會有回轉的餘地也說不定。她到底是你的姑母，不會真的同你有甚麼過不去的……」

「夫子，我知道了，一切都是我自己薄命，不能怪別人。你本來就不應再來看我，因為這樣給堂上知道了。更要說我蠱惑你，增加我的罪愆。我看還是讓我了結這殘生，免得你牽掛。若是三生石上還有宿緣未盡，且待來世再重結夫妻罷……」

唐氏夫人說到這裡，忽然用一隻衣袖遮住了臉，縱身向池裡就跳。放翁趕着要去拖住她，可是就在這時，忽然鄰家一陣辭歲的爆竹聲，將他從夢中驚醒了。

睜開眼來，案上的殘燈熒然，放翁覺得夢中的情景還在眼前，早已嚇得一身冷汗，不禁深深的歎了一口氣。

他知道自己老了，不要說唐氏夫人下世已經多年，就是自己也怕沒有幾多機會可以舊地重遊了，這一夢倒是值得玩味的，便剔亮了殘燈，用顫巍巍的手寫下了這樣的「紀夢」兩首絕句：

「路近城南已怕行，沈家園裡更傷情，香穿客袖梅花在，綠蘸寺橋春水生。

城南小陌又逢春，只見梅花不見人，玉骨久成泉下土，墨痕猶鎖壁間塵」。

（原載《文藝世紀》第二十九期，一九五九年十月出版）

第三任太太

平可

韓敬之只結過一次婚，但他的太太算是第三任太太了。這件事情有法律和事實兩方面。在法律方面說，他是第一次結婚，在事實方面說，他以前已經做過兩個女人的丈夫。

五年前他第一次做丈夫。太太是一位舞女。沒有向婚姻註冊署登註，也沒有舉行結婚儀式。在法律的眼中，他們是同居關係，人家都稱那位女人為韓太太。至於他，所盡的是丈夫的義務，所享受的是丈夫的權利。但這種夫婦關係只維持了兩年，那位太太終於帶了他的錢一去不回。

他的第二任太太跟他有過山盟海誓的秘密儀式，當他們的關係公開後，人家也稱那位女人為韓太太。他當然也盡丈夫的義務和享受丈夫的權利。過了兩年的光陰，海還未枯，石亦未爛，那位女人卻含淚把自己的身世告訴他，還請求他的原諒，據她說，她本來是有丈夫的，且已有兒女，從前是跟丈夫和兒女失了聯絡，現在他們都已來了香港，也已找到她了。她覺得自己不配做韓太太，只好求去。她說依然愛他，還答應了來世必以身相報，跟他正式結為夫妻。

韓敬之是個達觀的人，經過兩度的人財兩空，還未完全喪失他的冒險精神。但有人並不像他那樣樂觀，那個人是他的爸爸。

在韓敬之看來，失去了兩個女人不算得甚麼一回事，世界上還有幾億女人，光是香港，也還有幾十萬女人。至於錢，那更無所謂。對，他曾在那兩個女人身上化了六七萬元，但錢是用來化的。而且，化了六七萬元就佔有兩個女人，而每個女人都貢獻了兩年的青春給他，在他來說，還說不值得嗎？值得！值得！當然值得。

如果說韓敬之真的達觀到可以完全忘懷過去，卻也不對。他有時也很苦悶。不過，他有遣愁的方法，那就是做算術。是甚麼算術呢？例如：

習題：一個女人的黃金時代是由十八歲到三十四歲，問兩年的光陰是佔這個黃金時代的百份之幾。

答案：百份之十二點五。

習題：結婚時太太是十八歲，須供養她至六十歲，每月費用七百元，共用去三十五萬二千八百元。但她的黃金時代只有十六年，若以三十五萬二千八百元的代價去換取一個女人的黃金時代，問四年該付多少代價。

答案：八萬八千元。

習題：某人有付出八萬八千二百元的義務，但只付出了七萬元，便算義務已盡，問此人節省了多少金錢。

答案：一萬八千二百元。

韓敬之夜裡不能入睡的時候就溫習算術。

韓敬之的父親是一位美洲華僑，這位老人也常在做算術，但他的習題卻簡單得多：某華僑克勤克儉，每月的積蓄伸港幣五百元，問須多少年才積蓄得六七萬元。答案是：十年至十二年。

韓敬之跟他的父親見過三次面，合計起來不到兩年的時間，第一次見面時，他才三歲，在他看來，這一次是不算的。第二次是他母親逝世的那年，他十五歲。第三次是十年前，他二十歲。

韓敬之跟他的父親之間曾因互不了解而存在着敬意。那老人當時所不了解的是兒子的學業，他本人只讀過兩年私塾而兒子卻讀至中學。韓敬之所不了解的是父親的賺錢方法，他憑着一張高中二的離校證明書仍找不到一份月薪二百元以上的職業，父親卻有整千整萬的錢匯給他。

可是年紀是越來越大的，世界是越來越小的。那位老華僑終於曉得自己兒子的最大成就是玩女人，而這位闊少爺終於曉得父親的唯一特長是洗衣服。

韓敬之的第二任太太下堂後，他發覺自己禍不單行，父親的匯款不再來，在從前，他只須寫信給父親說胃部不舒適或大便不暢通，不久就會收到一張一兩千元的匯票。現在呢？任他說百病纏身，甚至說恐不久於人世，郵局仍缺乏合作精神，不把附有匯票的信交給他。

假如他還是往日的脾氣，他大可不認那位在外國當洗衣工人的父親，事實上，他跟那老頭兒並無感情，甚至不大記得他的樣子。

可是他無意於斷送自己的錦繡前程，更不願自絕於千千萬萬的多情少女。他之認為自己有前程，是因自己還年輕，又長得俊俏瀟灑。至於他之不願自絕於世界上的少女，是由於一種責任感。他自問得天獨厚，不應該在情場息影過早。

他有意向父親低頭。但他是有自尊心的，所以他一再遲疑，直至袋裡只有當票而無鈔票時才下最後決心。

他的行動比他的決心更遲。在一個晚上，他因為已經整天沒有吃東西，這才厚着臉皮去見一位堂叔。這位堂叔跟他父親的感情很好，對他過去的行動也很留意。他一向怕這位堂叔，也一向討厭這位堂叔。他覺得這位堂叔有世界上最難看的面孔。他疑心這位堂叔一向是靠做奸細過活的。他有理由相信：他父母之不再理會他，是由於這位堂叔所打的秘密報告。

他見了堂叔。才坐下，還沒有開言，堂叔就義正辭嚴的指斥他，說他是韓家的不肖子侄。他越聽越難過，越聽越激動，突然站起來，打了兩個嘴巴。

這兩個嘴巴打得好，因為這兩個嘴巴就是全部故事的轉捩點，而他之能得到那位第三任太太也由這兩個嘴巴而起。

他並非打了堂叔兩個嘴巴，是打了自己嘴巴。他用力太猛了，把涕淚都打出來。

堂叔不是研究涕淚的專家，那些涕淚又沒有來源證，所以堂叔不辨真偽，見他似還要再打，便說：「算了吧！算了吧！浪子回頭金不換。你只要肯改過自新，是依然有前程的。」堂叔所用的「前程」一辭跟他所用的「前程」一辭是定義不同的，他們兩人一向用不同的字典。

堂叔用手指指壁上的對聯。他看時，上聯是：「創業艱難，父祖備嘗辛苦」，下聯是：「守成不易，子孫宜戒奢華」。

堂叔於是向他敘述他父親的創業艱難。他父親十歲就被「賣豬仔」到外國，二十五歲回國在鄉下結婚，不到半年就因用光了錢再到外國去謀生，三年後回國，跟老婆兒子團聚了半年，又到外國去，十年後第三次回國，老婆已經死了。兩人做了十多年夫妻，團聚的時間合計起來還不夠一年。在其餘的時間，女方是有丈夫的寡婦，男方已有妻房的鰥夫。

韓敬之聽了，只覺心中難受。回想自己，年未三十就享盡溫柔之福。

堂叔繼續告訴他，在海外賺錢是很不容易的。他父親一向當洗衣工人，收入微薄，在未受工會保障之前，曾有很長的時期每天工作十六小時，現在年紀老了，也略有積蓄了，依然天天對着骯髒的衣服，每日往往只以幾片麵包充飢，甚麼娛樂都沒有，睡的是木板床，穿的是多年前買來的舊衣服。

韓敬之此時有小說家的那種想像力。他覺得自己在舞場所聽到的「蓬、蓬，拆」是父親洗擦衣服的聲音；自己跳快狐步時的足部動作是跟父親洗衣服時的手部動作競快；自己喝香檳酒時，酒面浮起的泡沫是由父親所用的肥皂造成的。

他再度流淚。但此時的眼淚跟剛才自打嘴巴時所流的眼淚不同，剛才的眼淚是生理的產品，現在的眼淚是心理的產品。

他從衣袋裡掏出手帕來揩眼睛，堂叔吃了一驚，連忙勸止，但已遲了一點。他看時，手裡所拿的不是手帕，而是一束當票。可憐的當票！已差不多完全濕透了。

韓敬之的眼淚沒有白流，正如他第一二任太太的眼淚沒有白流一樣。眼淚是一種用途甚廣的物質，它可以代替炸藥，從前孟姜女曾用以摧毀城牆；它也可用以誘致金錢，韓敬之的眼淚是一個例子。

韓敬之會晤他的堂叔後不到一個月，他父親的匯款便來了，但這筆匯款和以後的匯款都不直接匯給他，只由他的堂叔轉交。而且，也不是全數交給他。他必須詳述需款的理由，才能夠零零碎碎的支取。這種「制水」辦法甚有效果，韓敬之為了怕麻煩和怕堂叔的臉孔，居然學會積蓄了，比方説，他需用九元，就向堂叔提出充份理由説明非十元不夠用，如果堂叔照付十元，他就貯起一元，如果堂叔認為九元就足用，他支得九元後便竭力撙節，以便貯得一元。但不管怎麼樣，他是有積蓄了。

有好幾次，他去向堂叔支錢時，堂叔扳起臉孔，一味搖頭。最後一次，他十分生氣，聲言以後不再來「乞錢」。

他決心找職業，皇天不負有心人，他在一位同鄉所開設的商店裡找到一份月薪二百元的工作，他為了要爭氣，努力工作，三個月後，店東對他表示滿意，還暗示：只要他的工作效率不減低，他不會被辭退。他十分得意，去見堂叔，打算乘機譏諷堂叔一番，以發泄心中久被壓抑的悶氣，不料話還未入題，就曉得一件內幕，原來他初向那同鄉求職時，那同鄉鑒於他過去生活糊塗，心中決定不用他，後來跟他的堂叔談及此事，堂叔竭力推薦。事情決定後，堂叔暗裡替他付出兩千塊錢的保證。

於是，韓敬之像第七次被擒後的孟獲，不敢再反了。

過了一個時期，韓敬之壯志消沉了。他已無意於在情場稱霸。他雖偶爾上舞場消遣，但已沒有往日的豪情勝慨，更不敢以促進舞小姐們的經濟繁榮為己任。在街上看見漂亮的異性，再也鼓不起勇氣去吸引對方注意，也沒有心情去作義務跟班。他像一位手中無兵無糧的將軍，縱是英雄，也無從用武。他所缺少的是「閒」和「錢」。

有一天晚上，他去見堂叔時，堂叔說他的父親要他結婚，因為他可以不望有兒子，但他的父親不能不望有孫兒。結婚是他的責任。

「我每月只有兩百塊錢的收入，怎麼能夠結婚呢？」他說。

堂叔告訴他：有錢出錢，有力出力。他只須出力。

他還決不定主意。堂叔已提出警告：如果他不要未來的兒子，他的父親就不要現有的兒子。

他想：這並不是娶老婆的問題，只是父親娶兒媳婦的問題。充其量只是自己幫忙父親娶兒媳婦的問題。父親一向幫自己的忙，自己豈可不幫父親的忙？而且，這還不只是禮尚往來的問題呢，如果這件事情不順父親的意，自己再也不用指望父親的遺產了。權衡利害，還是答應吧。

堂叔見他不說話，以為他已默許，便進一步說出他父親所提出的條件。主要的條件有二。第一，這回他的結婚必須是正式的；換言之，必須在婚姻註冊署登記；第二，新娘的人選要由他父親決定，但他不妨於事前提意見。

他點點頭。他懶得去考慮這些條件，因為反正是父親娶兒媳婦，自己只是助手而已。以做生意作比，誰出錢誰就是老闆。現在父親是老闆，自己只是店員。他這幾個月來已懂得店員是沒有發言權的。

他離開堂叔的家裡後，歎了口氣，自言自語：「完了，這一輩子完了。」

他現在的唯一希望是：全香港沒有一個可作新娘的適齡女子。

但他明知這是掩耳盜鈴式的想頭。果然，一個星期後堂叔通知他去跟一位女子見面。地點是市內一家酒家，時間是中午，方式是茶敘。東道是堂叔，陪客是韓敬之的老闆和那女子的父母。

這天韓敬之患頭痛和腹瀉，但他不能不參加那茶敘，他也曉得沒有人會相信他身體真的不舒服。世上的事情是越真確越難令人相信的。

他依時到了酒家。他的頭痛越來越厲害，兩眼一陣陣昏花，以致看不清楚那女子的面目。他不想吃東西，因為他的腸胃採取了鼓勵輸出而限制輸入的政策。他不願在酒家多逗留，因為他所念念不忘的只是廁所。

離開酒家後，堂叔跟他同行。堂叔問他的意見，他說「好」。「好」這個字在他的字典裡是作「隨你便」解，在堂叔的字典裡是作「我滿意」解。

在以後的一個月內，韓敬之不再過問此事，因為他認為自己手續已了，其餘的問題該由「高峰會議」去解決。「高峰」有三：他的父親，他的堂叔，和那女子的父親。這件事情顯然已成為國際問題。初期形勢頗緊張：隔着重洋函電交馳，開價還價，展開大規模調查。但終於有了結果。

堂叔打電話去把韓敬之找來，吩咐他準備做新郎。韓敬之已忘記了那位女子的姓，要求堂叔告訴他，以便他寫進日記部去，堂叔說：「她姓佘」。隨着還和顏悅色地把韓敬之所未問及的幾項重要情報相告。那姓佘的女子名叫霞卿，今年二十五歲，是初中畢業生。

堂叔還說，他曾請一位八十歲的同鄉做過一番考據工作，那位同鄉已查過佘家的族譜，證實佘霞卿三代前的一位姑婆是嫁給楊家做繼室的，而所「繼」的那位死者是一位華僑的女兒。因此，佘霞卿跟華僑是有淵源的。

韓敬之囁嚅着，似打算有所申述。堂叔的臉色忽然一變，態度十分嚴肅，像法庭裡向囚犯宣佈死刑的法官。眼睛裡還流露一個暗示：大赦是無望了，上訴無益。最後，堂叔格外施恩地問：「你還有甚麼要說呢？」

韓敬之囁嚅了一會，央求道：「你能不能夠代我轉請我爸爸給我五千塊錢揸手？」

「揸手」一語令堂叔怔了一怔。他近來已發覺自己所用的字典跟韓敬之所用的字典不同。根據他自己的字典，「揸手」是陰性字眼，但韓敬之現在是把「揸手」作陽性字眼用。

韓敬之見堂叔還沒有表示，便再央求，並暗示自己不希望大赦，也不準備上訴，只作這一個要求。

堂叔不是語言學家，只是數學家。他雖疑心「揸手」不該作陽性字眼用，但他不打算去討論語言習慣，他覺得數目字較有興趣，他不說話，只在作心算，看五千元港幣等於外幣多少。

韓敬之見堂叔唇部沒有動作，頭部卻有動作，最初是搖，後來點了一下，接着又搖，而且搖得很厲害。韓敬之說：「你試把我的要求轉達給我爸爸吧。」

堂叔說：「這令我為難，你爸爸雖叫我替他全權做主，但他已經給我一個原則。依我看，兩千塊錢是不成問題的。我不是替你交了兩千塊錢保證金嗎？這筆保證金其實就是你爸爸的，你就要了那兩千塊錢吧。」

韓敬之馬上作不滿意的表示。他的不滿意是有根據的。他認為：揸在自己手裡的東西才算是「揸手」，揸在別人手裡的東西不能算是「揸手」。而且，兩千跟五千並不是相等的數目。

二人互不讓步。韓敬之臨別露骨表示：他可以接受做新郎的聘書，但必須保留罷工的權利。

在堂叔聽來，韓敬之的話是有濃厚威脅意味的。他自己是導演，韓敬之是男主角，如果男主角鬧彆扭，戲便拍不成了。他於是立即寫一封航空信給在海外的監製人。

一個星期後，韓敬之的父親有一封電報來了，內文只有五個字：「請權宜辦理」。這位老人家所認識的字大概只有這五個，不然，就是他懶得撰擬新電文，因為這幾個月來他的來電是根據同樣的底稿拍發的。

堂叔在接到來電之前已有了權宜處理的辦法。他對於韓敬之的威脅態度本有很大的反感，但他懂得投鼠忌器的道理。他終於想：魔高一尺，道高一丈，我喫鹽比你喫飯多。好，來吧，看我的法寶。

韓敬之的要求被接納了。但堂叔假傳聖旨，提出條件：以後三方面各有揸手，你不能揸我的揸手，我不能揸你的揸手。這三方面就是：韓敬之，余霞卿，韓敬之的父親。

韓敬之曉得條件毒辣，因為這五千元就是賣身錢。他心中十分悲哀，想不到自己昂藏七尺，只值五千塊錢。不過，從前雖不把五千塊錢看在眼裡，現在卻不便自高身價。

「你考慮清楚吧。」堂叔說：

「以後家庭裡的事情我不能夠過問嗎？」韓敬之問。

堂叔哈哈大笑，説：「你要過問甚麼呢？一個家庭的主要事情是金錢的收支，你要過問收呢？還是要過問支？」

韓敬之答不出話來。

堂叔覺得自己已居於上風，便開始談那五千元的交付辦法，先交五百，算作定金，結婚之日交五百，其餘分二十個月交，每月一百。

韓敬之馬上提抗議：「照你這樣説，只有三千呢。」

「那筆保證金也是你的。合計起來不是五千元嗎？」

韓敬之不服氣地說：「但那二千塊錢我是收不到的。」

堂叔微笑說：「你不懂算術。假如你爸爸收回那筆保證金，你不是要由你的『揸手』裡拿出二千塊錢來墊付嗎？好吧，到你不做那份工作的時候就給你二千塊吧，但我要提醒你，現在找職業不容易。」

韓敬之無意辭掉現在所幹的那份事，因為老闆待自己客氣，自己對於份內的工作也熟習了。常言道：「做生不如做熟」。而且，另外找職業的確不易，這幾個月來又已開始曉得自己的謀生技能並不出眾。

堂叔作一提議：「如果我是你，我會跟老闆商量，把保證金改作股本。」

韓敬之點點頭。堂叔乘機說：「我相信你的老闆會同意的，如果他不同意，你來找我好了，我有辦法說服他。」

韓敬之心想：把保證金改為股本，是對自己有利的。以後自己是股東身分了，而且那商店的生意很不錯，連年賺錢。他所不滿意的是那筆分二十個月才全數收足的二千塊錢。他想定主意，便向堂叔要求：這二千塊錢在結婚後半年內交付。

堂叔哈哈大笑，說：「你現在是在商店做事，應該懂得做生意的規矩。你還未交貨就要收足貨款，太沒道理了。你雖然未做過爸爸，但『十月懷胎』這句話總聽過吧？難道你有把握在半年內交貨？」

韓敬之終於表示滿意。

一個月後，韓敬之的父親到香港來了。他覺得那位堂弟所辦的事情十分妥當。他於是用二萬八千元買一層樓，用七千元作兒子的結婚費用，存一萬元在銀行，這筆存款指定由兒媳婦按月提四百元作家用。

韓敬之的父親離開香港時，他的錢只夠旅費之用。他的全部積蓄已支配盡了。他準備到外國再當幾年洗衣工人。這些內情只有他堂弟一人曉得，他曾問堂弟：「依你看，敬之會怎麼樣？」堂弟答：「你放心好了。你的兒媳婦是會有辦法的。」

韓敬之的婚後生活只得平淡兩字。但他不能不守份。所住的那層樓是用父親的名義買的，依他那位堂叔的說法，這層樓算是他父親的「揸手」，太太的首飾和家中的一切用具算是太太的「揸手」。他的「揸手」除二千元股份外，只有結婚前後所收到的一千元和若干個月以來所陸續積貯的幾百元。這千多塊錢的現款是既不足憑以為善，也不足藉以作惡的。

但環境使他有了向善之心。

他曾計算過：自己每月有二百元薪水，父親每月透過堂叔給自己一百元，合計起來，自己每月的總收入起碼三百元，太太按月向銀行支取四百元，如果夫婦二人不分你我，每月便有七百元的總收入，房租不用付，只每月替父親付幾十塊錢的差餉地稅。以這個數目的收人維持一個小家庭，這個小家庭應該是很美滿的。

他有一套令家庭摩登化的計劃，他的計劃不是單憑理想去擬訂的，他對於組織摩登家庭已經有過兩次經驗。

但他的太太對於他的計劃不感興趣。主婦是家庭的行政首腦，行政首腦所不感興趣的計劃是無實現可能的。他失望了。他還逐漸發覺自己的太太並不是主持摩登家庭的適當人選，他還斷定她無可改造。他曾央她相陪去看賽馬，她不去，他教她學跳舞，她說自己笨拙，學不會。她不請傭人，終日操勞家務，把指頭弄鈍了，她還算把所住的那層樓分租一大部份給別人。

韓敬之的向善之心受了打擊，趨惡之心乘時崛興。他曾利用餘暇去研究離婚法例。

他所服務的那家商店因舊址拆卸，新址尚待裝修，暫時無業可營，老闆給他一個月的假期。他稟准太太，到澳門去訪友探親。

到了澳門，他覺身心都獲得釋放。他有機會溫習從前的所學，當然是高興的。

一個星期後，他在舞場裡碰到一位多年不見的朋友，那位朋友向他道賀，說他有一位漂亮的太太。他覺得奇怪，這位朋友是從未見過他的太太的。問起來，才知那朋友曾在香港一個舞會裡看見一位絕色女子，有人相告，那女子是韓太太。韓敬之聽了這話，一笑置之。但數天後他聽到另一位朋友說差不多相同的話，只是地點是馬場。他起了疑心和妒念，請了一個人替他回香港去調查，數天後那人回來告訴他，曾在他門前窺伺了兩天，發覺有一對青年男女經常出入於他的住宅。那女子打扮得很時髦，顯然是在那裡住的，而那住宅裡顯然沒有別的女人。

他憤火中燒，覺得自己受騙了，馬上回香港，到了家中，太太在擦地板。他故作鎮靜，問太太近來曾到那裡去，太太遲疑了一下，答曾回娘家住。

他到律師事務所去找一位當師爺的朋友。在那事務所的門外碰到他的第一位太太，那女人大大方方的說：「敬之，我曉得你已經正式結婚了，恭喜你。上星期我搬到一個地方去住，昨天才曉得房東原來是你，我怕你尷尬，所以馬上搬走了。」

他猛然憶起：他的第一位太太原是舞女，第二任太太是個馬迷。於是他完全明白過來了。

余霞卿才是他的正式太太，在法律方面看固然如此，在事實方面看也是如此。

一九五九年十月

（原載《新中華畫報》）

副刊編輯的白日夢

劉以鬯

現實世界是：
東半球的人這樣站
西半球的人這樣站

掀開夢簾，伸手捧月。月光從指縫間射出，很美。圍個花邊框，標題：「李白的希望」。

你在笑，眼睛瞇成一條線。你站在現實那一邊。

我與你隔着透明的門簾，情形有點像戲台，一邊出將；一邊入相。走出去，是夢境；走進來，是現實。我們常在夢與現實之間走來走去。

現在，我剛進入夢境。寫字枱前的一排玻璃窗，年前抹過一次，此刻灰濛濛的塵埃使窗外的景物有點模糊。維多利亞海峽裡有不少大船，也有不少小船。

你仍在笑，眼睛瞇成一條縫。

——我討厭死氣沉沉的編輯部，我說。我喜歡到沒有日曆的夢境去尋找新奇。

我在夢裡疾步行走。滿版「六號」猶如一窗煙雨。「四號楷書」令人想起瑪哥芳婷的細腰。右邊有一行；左邊也有一行，像張龍；也像趙虎，緊緊夾住怒目而視的包黑頭。

我離你漸遠。

你仍在喊叫：

——回來吧。

我假裝沒有聽見。

走上紫石街，經過武大門口，抬頭觀看，簾子低垂，看不見千嬌百媚的潘金蓮，正感詫異，鄆哥躡手躡足走來，低聲說：

——西門慶與潘金蓮在王婆房內，房門緊閉着，像憤怒人的嘴。

以下的事情只能用「……」代替「下回分解」。

六分三的領域中，D．H．勞倫斯在放聲大笑；但是蘭陵笑笑生笑得更大聲。

這時，我還能聽到你的喚聲。我已進入另外一個境界。喬也思寫思想，不用標點。薩洛揚寫對白，不用引號。奧尼爾將ABCD堆成一座大森林，存心戲弄黑皮膚的瓊斯皇帝，使他迷失方向。……

忽然聽到一陣急促的腳步聲。

定睛一瞧，原來一群作家在照相機前原地踏步。

前面是海。

吳爾芙的浪潮沖不破冬烘的舊夢。湯瑪士·曼乘船渡海，沒有人察覺他把舵時的滿額汗珠。

我已聽不到你的喚聲，不知道你是否仍在遠處喚我。夢是無邊際的，一切都沒有規格。但是，用「七行大」（注一）標出林黛玉的感情，無異將制水時期的淡水傾倒在維多利亞海峽裡；用纖細的花粒裝飾李逵的大斧，猶如夏天穿棉袍。

我在夢中奔走。

借用無聲的號角亂吹，必成「庸俗小說」嘲笑的對象。魔鬼多數愛戴彩印的面具，商品都有美麗的包裝。

鴛鴦仍在戲水。

蝴蝶仍在花叢飛舞。

將文字放在熱鍋裡，加一把鹽之後再加一把，可以成為廉價出售的貨品。

在夢中奔走不會不感到疲勞。夢境並非仙境，遇到絆腳的荊棘，也會流汗流淚。

為甚麼？

這是睜開眼睛做的夢。

白日夢也是夢，與閉着眼睛做的夢不同。它使你發笑。它使你流淚。它使你發笑時流淚。它使你流淚時發笑。

排字房的鈴聲大作，我從夢境回到現實。我走去俯視地板上的方洞，拉起破籃子，取出一張明天見報的大樣。（注二）

大樣是路程的標記。骯髒的油墨裡蘊藏着數不盡的躊躇與驅不散的憂悶。

我拿着大樣回座，好像一個剛做過激烈運動的運動員，疲憊得連光彩奪目的東西也不願看。

我皺眉。

你笑。

——淺水灣頭縱有寂寥的小花搖曳於海風中，也要謹慎遮掩勇氣。且慢歡喜，你說。

抬頭遠望，九龍半島的燈火好像釘在黑絲絨上的珠片閃閃發亮。

現實世界是：

東半球的人看到月亮

西半球的人看到太陽

注一：大鉛字，佔七行地位

注二：排字房拼版師傅將副刊拼好後，打給副刊編輯看的校樣

（原載《香港時報淺水灣》，一九六〇年五月一日）

模糊的背影

皇甫光

老秦是一位業餘作家，最近完成一部十萬字的長篇小說，書名是《模糊的背影》，描寫一個香艷奇情驚險的故事。這本書一再延期出版的原因，不是他缺錢印書，也不是沒有出版商收買這部小說的版權，而是封面裝幀的圖案，一時還不能決定。

「你寫文章等於玩票，」秦太太說：「咱們原不指望這點稿費過日子，非得高興，才客串一齣呢！所以，我主張這本小說的封面，必定要與眾不同；沒有好圖案，咱們寧可暫時不出版。」

「言之有理！」老秦拍一下桌子，表示全部同意。

秦太太雖言之有理，她可沒有設計封面的本事。經她一說，這部長篇鉅著的出版便遙遙無期了。儘管老秦是業餘作家，不靠稿費吃飯，但這部費時三載的精心傑作，老是壓在抽屜裡虛度歲月，心裡總不大好過似的。他曾屢次求他的太太放寬尺度，秦太太無論如何也不肯通融。

「那麼，請把你的意思說給我聽好了。」老秦真的着急了。

「這是一部香艷的、奇情的、驚險的小說，你說是不？」秦太太說：「當然是的。所以，這個封面的設計，一定要能表現這三點特色。」

老秦當然沒有話好說了，就請他的太太來設計封面。她想了好幾天，只想出三點特色中的兩點：畫一男一女熱烈的接吻表示香艷；畫一個拿手槍的男子追着一個女的，表示驚險；還賸下第二點特色的「奇情」，可想不出該畫一個甚麼玩藝了。

老秦聽完他太太的一番高論，差點急得暈過去了。他想假如《模糊的背影》這本書，真的用他太太設計的封面，保證一本也銷不掉的。他只好委婉曲折的說：「我這部小說是純文藝性的，它和一般流行的愛情偵探故事不同。封面宜於淡雅，寧可單調素淨一點，不能畫兩個人腦袋緊貼在一起發膩，甚至肉麻的接吻。」

秦太太有從善如流的美德，不再堅持原來的意見了。

老秦的天分很高，他不但是一位業餘作家，並且是一位出色的業餘攝影家呢！他給太太拍的日常生活照片，數量之多，即或告訴別人，也沒有誰會信以為真的。據老秦自己的記錄，他來香港五年，共計消耗一二零的軟片二千八百八十捲，其中有一千九百七十六捲是給他太太拍照用去的。所以，他給他太太拍的各種姿勢的照片，秦太太自己也記不很清楚。

老秦自己設計的封面是這樣的：封面上的書名是他用毛筆寫的五個東倒西歪的字體，右下角是一張風景人物照片，那上面是一個女人的背影。

「這樣的設計，簡直是空前的！」老秦心裡這樣想着。他決定不讓太太事先知道，等出書的那天，好教他的太太喜出望外，也許會好好的誇獎幾句呢。

老秦把設計好的封面鎖在書桌的抽屜裡，他以為這樣是最安全不過的了，打算明天向公司請半天假，把原稿和設計的封面送到印刷廠去排印。他設想得雖是相當週到，不過他始終沒有發覺他太太也有一把開他書桌抽屜的鑰匙，更不會知道每天當他去上班後，他太太就要打開書桌的抽屜搜查一遍的。

秦太太等她丈夫上班去了，她照例打開老秦的書桌抽屜。東翻西翻的，那張設計好的封面圖樣從一隻封套裡抽出來了。她看到那張女人背影的照片，就像有誰拿針來砭她的眼珠子，又痛又癢的，心裡是酸溜溜的。

「今天給我抓住憑據了吧？」秦太太對着照片上的女人背影咬牙裂眥的罵：「不要臉的東西！野娘們，賤娘們。」

秦太太拿起這張照片，越看越生氣。隨手又翻開《模糊的背影》的原稿，無意間唸到一段對話，那是寫一個洋行的高級職員，不惜拋棄他的太太和兩個孩子去追求一個女同事。正好秦太太是兩個孩子的母親，而老秦又是一間洋行的高級職員。她唸完這段原稿，誤會這個故事就是她未來命運的縮寫，也就是老秦心上的不軌意圖。

「沒有問題！」秦太太十分自信的說：「這照片上的娘們，一定就是小說中的女主角。好！你這個沒有天良的人，不把你這部稿子燒掉，還不知道我的厲害呢！」

化去老秦三年時間寫成的一部長篇小說，二百一十二頁五百字一張的稿紙，不消十分鐘，在燃起的一陣火焰中，全變作灰燼了。《模糊的背影》一厚疊稿子燒去以後，秦太太並不覺得滿足，還要等着丈夫來家論理呢。

老秦下班來家了。

「你的小說哪天送去排印？」秦太太說。

「現在不能決定，還沒有設計好封面呢。」

老秦不想先給太太知道，暫且保守秘密。

「這是誰的照片？」秦太太手裡拿着的就是那張女人背影的照片。她說：「喝，一個賤娘們的背影！」

「咦？」老秦看到這張照片，才知道書桌的抽屜給他太太打開了。他說：「鎖着的抽屜，你怎樣打開來的？」

「秘密給我發現了，你不高興是不？」秦太太說：「你說，這是誰的照片？你要不老實告訴我的話，當心好了，咱們就鬧下去拚到底！」

老秦知道他的太太誤會了，他不想即刻解釋清楚，好給他的太太多着急一會。他只承認那是一位太太的照片，一位滿漂亮的太太的照片。

「還是結過婚的？」秦太太說。

「豈但結婚，還有兩個孩子呢。」老秦說。

「是你的情人？」秦太太說。

「情人倒不是，她是我的太太。」老秦忍不住要笑了。

「咱們打官司去！」秦太太抓起一隻茶杯，向地下摔去，茶杯破成碎片了。她說：「你犯重婚罪！」

「太太，別胡鬧好不？」老秦說：「你再仔細看看那張照片吧，那個背影就是你自己的呀！」

秦太太這才想起這張照片的來歷，還是她初來香港第一次遊淺水灣照的。因為，她的照片拍得太多，這又是一張背影的照片，難怪她要對着照片罵街了。

「明天送去排印，一個月後出書。」老秦說。

「書名不該叫作《模糊的背影》的。」秦太太說：「不如改為《我的太太的背影》。」

「那與情節不合，沒有法子改的。」老秦說。

「這就不能怪我了！」秦太太說：「所以，我把你的原稿全燒掉了。」

老秦給這位要命的太太，他的肺都氣炸了。

（選自《模糊的背影》，香港海天文化服務社，一九六一年四月修訂本）

來高陞路的一個女人

徐訏

一

高陞路是一條斜坡小路，走上這條路就是一條W路，上面都是有錢人的住宅。這條路因為兩面都是高樓大廈，曬不到太陽，所以天熱時很涼快。

這裡路口有三個攤子。一個是皮鞋攤，皮鞋匠金老頭有五十幾歲了，是一個勤快而和氣的人，整天有做不完的工作，他雖是每天低頭縫鞋，但對於附近的一些人家，他多多少少知道一點情形，他很樂觀，又愛一面做工，一面談話。另外一個攤子是鑰匙攤，專為人家配鑰匙，生意有時忙，有時空，主人馬德勝是一個聰明但是好閒的男子，才二十幾歲。也會一點銅匠的工作，有時也被叫去為人做開鎖一類的事情。

另外一個是小小的盆景攤，主人是盛傳福。他最年輕，原是馬德勝的小同鄉，也是小時候在廣州時的小學同學，他來這裡擺攤，完全是馬德勝的關係。馬德勝要是出差去開鎖，盛傳福就為他把攤；馬德勝要是沒有事，兩個人就下下棋。他們同金老頭做了很好的朋友，也時時陪金老頭聊天。

阿香第一次在那裡出現時，她的秀麗的面龐與長長的辮子就引起了盛傳福與馬德勝的注意了。金老頭兒就説出她是對面史家的女傭。後來看盛傳福很注意阿香，有時也就同他開開玩笑。

可是，他們一直沒有機會與阿香談話。

於是有一天，阿香到馬德勝地方來配鑰匙，那時盛傳福正在同馬德勝下棋。馬德勝要阿香隔幾個鐘頭來取，但是阿香説等着就要。她説：

「我把我的大門鑰匙丟了，這是我們太太的鑰匙，她借來配製的。她不想給太太知道，所以要馬上就帶回去。」

馬德勝沒有辦法，只得放下棋子，站起來用軸銼來複製鑰匙。阿香等在旁邊，就同盛傳福談起來，盛傳福説：

「你們太太是不是那個很年輕的自己開車子的那位？」

「是的，就是她。她長得真是好看。是不？」

「你們史先生可比她大得多了。」皮鞋匠金老頭忽然説。

「史先生五十幾歲了。我們太太是他的二太太。以前是台灣的舞女。」

「我早就猜到了，他們前年搬來時候我就看出來了。」金老頭子說。

「他們沒有孩子麼？」

「大太太有兩個孩子，我們先生娶了我們的太太，大太太一生氣，帶了兩個孩子去美國了。」

「他們很有錢？」盛傳福問。

「自然了。要不兩個人就住這麼大房子。」金老頭又說。

「傳福，幾時你發財了也可以這樣學他。」馬德勝踐着銼輪說。

「他們那樣至少也有幾十萬吧，談何容易。」盛傳福說。

「幾十萬？豈止幾十萬？光是太太的首飾也何止幾十萬？」阿香忽然接着說：「就憑她手上那隻鑽戒，少說說也要一萬八千的。」

這時候馬德勝已經製好鑰匙，阿香拿了鑰匙，付了錢，就匆匆的走了。

這以後，盛傳福就有意在阿香出門時到路上等她，假裝着偶然碰到，陪她一起走路。有一次她到中環，他就陪她一起去，回來時兩個人吃了一回茶。他同阿香就這樣的熟稔起來。

二

盛傳福是兩年前從廣州出來的。他在香港只有一個堂叔，在筲箕灣弄了一個花園，專門種一點花，培養一點盆景賣去。盛傳福就住在那面，他對種花外行，也沒有興趣。他在廣州時曾經做過電料行的學徒，所以到香港後也到一個電料店做了一個時期，因為同老闆不睦，就走出來。他一直想自己可以弄了個小攤頭，做點電料上的小生意，如販買點燈泡，修理修理電燈或電線上的小毛病之類的，但一直沒有本錢，也沒有機會。因為同馬德勝是朋友，常常看他，所以就從他堂叔那裡弄了些花木盆景來賣，擺了一個小攤子，因為利子厚，生意雖然清淡，也總算可以弄到一些零化錢。

盛傳福與馬德勝是很好的朋友，他們除了下棋以外，還合作買外圍的狗馬。因為時常贏錢，連隔壁的金老頭兒也偶而參加一點錢，去博博好彩。

生活雖是簡單清苦，但很平靜愉快。但自阿香在他們面前出現以後，開始有了新的變化。

好像很自然的，從那天起，他們三個人的談話無形之中集中在阿香身上。盛傳福同阿香交遊後，把經過的情形告訴馬德勝與金老頭。金老頭與馬德勝就為他出主意。據金老頭看，阿香手上少説説也有四五千港幣的積蓄，如果盛傳福可以把她娶來，就很容易開一個電料攤子——這是盛傳福時常談到與想做的事情。一個電料攤子，賣一點燈泡插鞘以及小枱燈燈罩之類，到附近人家修修電燈，裝裝電氣用具，生意一定會很好的。金老頭因此很注意阿香的行動，看看她出來進去，都要告訴盛傳福。盛傳福往往叫馬德勝照拂他的攤子，陪阿香去買東西，為阿香提菜拿物。阿香有時，也常常過來同他們談一回天，有時也麻煩他們幫一點小忙。

日子一天一天的過去，盛傳福雖是有時約阿香去看看電影，吃吃宵夜；但是始終沒有機會對她表示愛情，而且阿香好像很大方，吃宵夜時總是搶着付錢。阿香是一個很爽朗愉快的女孩子，她很少談她自己的身世，但喜歡談她的女主人，她很喜歡她的女主人，女主人也很喜歡她。女主人是上海人，一九四九年跟家裡到台灣，後來在台灣做舞女，碰見過很多有地位有錢的男人，女主人把這些都同阿香談，阿香聽得津津有味，所以也把這些告訴了盛傳福，盛傳福聽了告訴馬德勝與金老頭。

金老頭兒是有見識的人，很快的就知道盛傳福決不是阿香的理想對象。但是盛傳福自己並不知道，他自以為已經陷入了情網，每天都想能看到阿香，看到了又想約她，可是約她出來，看看戲吃吃宵夜，同阿香在一起並不能訴説甚麼，倒是阿香又自然又大方，談她的女主人，又談她的男主人。她很快活的同盛傳福做朋友，但似乎並沒有注意到盛傳福對她的情感。

盛傳福回來後，第二天就把這些情形告訴了馬德勝與金老頭兒。金老頭兒説：

「我看，阿香是一個很聰明的女孩子，她一定是受了那個上海太太的影響，虛榮心很大，一時恐怕不會嫁人，要嫁人也要嫁個有錢的人的。」馬德勝聽了，覺得這太掃盛傳福的興，他說：

「不過你總要對她表示表示才對。我想她如果真的不喜歡你，也不會同你去看戲吃宵夜了。」

「你有沒有同她……比方說拉拉她的手，或者挽挽她的腰，或者吻吻她的面龐？」

「拉手倒是常事，她很大方，可是如果我用手挽挽她的身子，她就推開了我。有一次我邀她去散散步。她說，她最怕看見小路上一對一對的男女。『鬼鬼祟祟的，真難看。』以後我也不敢再提了。」

「我看你還是索興攤牌吧，正式向她求婚，看她怎麼樣？」

「對，我明天就……我試試她看……如果她不答應，那就算了，我以後也不約她了。」

……

這似乎成了一個決議。

三

於是，在一家咖啡店的卡座中，盛傳福對阿香開口了。

盛傳福先對阿香訴說他對她的愛情，再表示他自己對生活的理想，又說他對於電料的內行，想自己辦一個小小的電料行成家立業，最後表示希望阿香做他終身伴侶。

他認真地說完了，原希望阿香會誠懇地對他有點表示。誰知阿香竟像大人拍小孩一樣的拍拍他的手，她哈哈大笑起來。

「怎麼啦？」他問。

「你想結婚？那麼，你應該找一個有錢的女人。你也窮，我也窮，我們結婚？你比我多吃幾年飯，連這點都沒有想到？」

「你是想嫁有錢人了。」

「我還不想嫁人。」阿香笑着說：「我要嫁人，自然要嫁個有錢人。我投胎到了窮人家，從小沒有穿一件漂亮衣服，沒有住一所乾淨的房子；嫁人，是女人第二次的投胎，我還會去嫁窮光蛋？你真是，你看我的東家，史太太嫁了一個有錢的人，多舒服。」

「又說你的史太太，做一個老頭子的姨太太，有甚麼好？」

「可是她要甚麼有甚麼，想睡就睡，想玩就玩，要做甚麼就做甚麼。我覺得她才是世上最快樂的人。」

「可是我愛你。」盛傳福說。

「我也很喜歡你，但是因為喜歡你，我可不想牽累你；老實說，你養不活我；我呢，還年輕，我想的事情太多，要的東西太多，一切都先需要錢。」

「想不到，阿香，你……」盛傳福沒有說下去，阿香已經搶着說：

「你說我虛榮心也好，說我不懂愛情也好。我都知道。我們是窮人，窮人不能有愛情，窮人也不要講道德，我們窮人，第一就應該找錢，找到錢才免得做窮人。」

「阿香，你說夠了？」盛傳福覺得阿香的話竟是他從來都沒有聽到過的，他不得不用另一個眼光去看阿香了，他說：「阿香，想不到你年紀比我輕，頭腦比我清楚。」

「你知道這個，我們就可以做朋友。不瞞你說，我都是從我東家那裡學來的。她待我很好，把甚麼都講給我聽。我有一個表親，是我未婚夫，從廣東出來，要同我結婚。我同我們太太商量，她叫我給他一點錢，把婚約取消，我照她做了，所以，現在還很自由。我的未婚夫後來娶了一個女的，生了兩個孩子，住在紅磡，兩夫婦做工，苦得要命。你看，我幸虧沒有上當是不？」

「你這樣想法，我想你應該去做舞女才好，可以結識一點有錢的人。」盛傳福帶點譏誚的口吻說。

「我本來也有這個意思，可是我的東家說，一個女人做過舞女，人家永遠會當你是舞女了。她說她慢慢的會介紹一個有錢的人給我的。」阿香說着，自己也得意的笑起來，盛傳福一時覺得他已經沒有甚麼話可說，感到很頹喪。

阿香忽然又說：

「你也不必因此難過，假如你願意，我們可以做一個好朋友，我們都是窮人，應該互相幫助。你現在也年輕，結甚麼婚？害人害己，等到你有十萬八萬，再想娶太太也不遲。」阿香喝了一口茶，她就說：「現在我可要回去了。」

……

四

第二天，盛傳福把他求婚經過告訴了馬德勝與金老頭兒，大家對於阿香都吃了一驚，想不到她是人小志大。

馬德勝分析阿香是受過大陸思想訓練，所以知道窮人翻身的一套道理。金老頭則覺得她是受了她的女東家的改造，所以她知道怎樣去撈世界。

這以後，馬德勝與金老頭對阿香的態度忽然不同了，他們不但沒有再鼓勵盛傳福去追求阿香，也再不用阿香來開盛傳福的玩笑，他們談到阿香好像談到自己家裡的姑娘一樣，一點不用輕薄的字眼，有時阿香過來招呼他們，他們對她的態度也完全同以前不同，又想多同她談談，又像是有點怕她。

盛傳福現在則不但不再約阿香，反而怕看見她。他看見阿香過來，常常借故走開去。可是阿香似乎反比以前多到高陞道來，而且每次來同馬德勝，金老頭兒有說有笑的。

大概是兩個星期以後，金老頭兒忽然病了，沒有出來。金老頭家裡沒有別人，只有一個老伴，她來告訴馬德勝。馬德勝當時就去看金老頭兒，他已經吃了一劑草藥，說不過一點發熱，明天就可以照常出來的。

可是金老頭兒第二天並沒有出來。馬德勝正想下午去看他，恰巧阿香過來了，他知道金老頭兒病了，她說，她的東家有一個常常去看的內科楊醫生，很好。她當時馬上回去一趟，拿了一個地址出來，交給馬德勝，一定要他下午陪金老頭兒去看去。說着，她又從小皮夾裡拿出一張一百元的票子，交給馬德勝，為金老頭兒付醫藥費。

馬德勝當時很感動，下午去看金老頭，把阿香叫他陪去看一個楊醫生，給他一百塊錢的經過告訴金老頭。金老頭怎麼也不肯，他說他休息一二天就會好的。可是馬德勝要金老頭不要辜負阿香的好意。以後報答她機會正多，把病體看好了才要緊。當時馬德勝就陪金老頭去看那位楊醫生，他給金老頭打了一針，還配了一點藥，醫藥費是三十元，楊醫生叫金老頭隔一天再去一次。從醫生那裡出來，金老頭一定要馬德勝把七十塊錢還阿香。他說他自己一定會好的，不要看醫生了。

阿香第二天來看馬德勝，問金老頭兒情形。馬德勝告訴她醫生的話，說金老頭可不想再去看了，馬德勝轉告金老頭兒對阿香的謝意，要把七十塊錢還她，但是阿香怎麼也不接受，她要馬德勝再陪金老頭去看一次醫生。馬德勝沒有辦法，只得照阿香的意思，又陪金老頭去看一次楊醫生，又是打了一針，配一點藥，付了三十塊錢。

金老頭兒的病以後也就好了。他向馬德勝盛傳福湊了一百塊錢，預備等阿香來時還給阿香，但是阿香不肯收。說要金老頭去買一點補藥吃吃。金老頭看她非常誠懇，也就接受下來。可是有一天他要了阿香的腳樣，他偷偷地為阿香做一雙皮鞋，預備做好了送給阿香。

經過了這件事以後，阿香在金老頭馬德勝盛傳福三個人的心中，起了很大的變化，他們常常關念她，有兩天不見她就很想念。阿香來的時候，也好像有許多話可談，以後，在馬德勝與盛傳福買狗買馬的場合中。阿香有時也參加賭博，而且出手遠比他們豪闊。

每當阿香贏錢時，總是要請他們大家喝喝茶；盛傳福有時輸光了賭本，阿香就替他代出；買中了阿香很自然的把賭本收回去，買不中阿香就不再提。這倒使盛傳福很不好意思；往往隔幾天有了錢時算還給阿香，阿香自己倒記不起來，有時竟説那錢早就還了她，是盛傳福自己弄錯了。

阿香雖是要嫁一個有錢的富翁，但對於窮朋友可一點不勢利。他們三個人大家都覺得她是一個奇蹟。盛傳福把她比作仙女，馬德勝把她比作熱天裡的涼風，金老頭兒看過白雪公主，他説阿香是他的白雪公主。

這樣大概隔了幾個月，有一天阿香拿了一封信來，要盛傳福送到九龍一家旅館，她給盛傳福十元錢，盛傳福不收她的錢，但是她説這是她的東家給的，沒有不收的道理。盛傳福把信送去了。收信的人是一個菲律賓的華僑，他要盛傳福等一回，寫了一封回信交給盛傳福，又給他十塊錢。

盛傳福把信帶回來，阿香就來拿回信，第二天又有信交傳福送去，又帶回來一封回信。

接着，大概是三天以後早晨八點半鐘的時候，盛傳福馬德勝那時都沒有出來擺攤，阿香忽然出現了。她要金老頭幫她去搬兩個箱子。金老頭兒過去，幫阿香把兩隻手提箱拿到街口。阿香叫了街車。

「怎麼，你們東家要出門麼？」

「我也不知道，她叫我送到一個地方去。」

金老頭兒幫阿香搬上汽車，阿香上了車，謝謝金老頭兒就走了。

五

起初金老頭兒沒有注意，可是一天兩天都沒有看到阿香出現。大家都關心阿香的時候，他就把那天早晨送她上汽車的事情告訴了馬德勝與盛傳福。

當時三個人都起了不同的猜想。

盛傳福說：

「一定是那個菲律賓的華僑，她跟他跑了。先是我替他們送信，後來她就帶着行李去了。」

「從來沒有聽說她有朋友是菲律賓的華僑的。」馬德勝說：「而且那信，不像是她寫的。」

「就憑那天的行李說，也不像是阿香的，完全是西式的皮箱，所以我就問她是不是她東家要出門；她說是她東家叫她把行李送到一個地方去。」

「那麼她怎麼會不回來。」

「也許回來了，只是沒有來看我們罷了。」

「不會是她病了？」

「病了，也會去看醫生，我們總可以看見她的。」

……

三個人東一句西一句討論了很久，但是沒有可以使三個人都可以相信的結論。起初總以為過了幾天，早晚就會出現，但是又過了兩天，還是沒有消息，最後大家決定再買一點水果糕餅之類的，第二天由盛傳福送去看看她。她要是在，自然沒有問題；要是不在，就說是廣州出來看她的，把東西留下就算了。

盛傳福於第二天早晨到史家去，按了鈴，來開門的是一個六十幾歲但是很健康的老婆婆。問到阿香，她說是她的孫女，前天到澳門結婚去了。盛傳福本想說從廣東出來的，可是那位老婆婆竟說她於前幾天才從廣州出來；他就隨機應變，說是一位金老先生派他送些食物給她。他本想向那個老太太多問幾句，可是那位老太太已經把門關上了。

盛傳福回到高陞路，把他所見所聞的告訴金老頭兒同馬德勝。大家更覺得不懂了。阿香去結婚，當然是同那個菲律賓華僑，可是怎麼她的老祖母倒出來了。後來大家猜想，那一定是阿香結婚後也許要去菲律賓，所以要老祖母出來見一次面，敘幾天。因為東家對她好，就讓她的老祖母住在那裡，這當然是合情合理的事。

阿香既然有了好的歸宿，大家自然高興，只是沒有預先坦白告訴他們，覺得太不把他們當作自己人了。

沒有阿香，大家覺得寂寞一點，不過一切還是照常，金老頭子工作很忙，馬德勝與盛傳福沒有事就下下棋。

這樣過了六天，到了第七天，恰巧馬德勝到正街去買點東西，他看見一輛街車在前面停下來。出來的正是阿香。

阿香已經完全改裝，她穿了一件綠色的西裝，燙了頭髮，腳上是高跟皮鞋，手上戴着鑽戒金錶。

馬德勝起初還不相信，後來看她回頭招呼汽車裡的人，他就看得很清楚，他以為跟着出來的一定是那位菲律賓的華僑了，誰知是史先生，是她以前的男東家史先生。

馬德勝沒有過去招呼，他偷偷的看史先生出來，兩個人一同走進大樓。就很快的趕回來報告給金老頭兒同盛傳福聽。

「你真的沒有看錯？」金老頭兒説。

「我怎麼會看錯，我一直站在那裡看她同她的男東家進去的。」

「就他們兩個人？那個菲律賓的新郎呢？」盛傳福好奇地問。

「只有他們兩個人。」

「我想，一定是這位史先生替他們去證婚去，現在往澳門回來。她送他回來，順便來看她祖母的。」

金老頭肯定地說。

「她既然回來了，我想她就會來看我們的。」馬德勝說。

「要是她不來，我再去看她去。」盛傳福接着說。

「也許她不願我們去看她，我想還是不要急，等幾天再說。」金老頭兒到底想得周到些。

可是，就在他們三個人討論後不到二十小時，第二天早晨，阿香帶了許多食物來看他們。

她說這是送給金老頭兒的，那是送給馬德勝的，其餘的是給盛傳福的。

金老頭兒沒有理阿香送來的禮物，他急忙的問她究竟是怎麼一下子結婚了？

「你的先生呢？是誰呀？」馬德勝搶着問。

「是我的東家末。」

「你的東家？那位史先生？」盛傳福有點詫異了。

「怎麼？他有錢，我喜歡他。有甚麼不對？」阿香很爽氣的說。

「可是，你做他的第三姨太太？」盛傳福總是在為阿香可惜。

「我還不知道，不過我的女東家——那位史太太，她走了。」

「她走了？」

「走了不回來了？」金老頭兒問。

「她跟了個菲律賓的朋友。」

「就是那天你叫我送信去的那個華僑麼？」

「就是他，他是菲律賓的足球選手，前幾年到台北去，同我的女東家就愛上了。這次那個男的到香港來。他們通了幾封信，見了一次面，她就決定跟他了。她怕史先生傷心，叫我照顧史先生，我就嫁給他了。」

「這樣你會幸福麼？」盛傳福說。

「為甚麼不。我現在甚麼都有了。」

「我們還以為你嫁給了那位菲律賓的華僑。」金老頭說。

「你們想得太奇怪了。」阿香愉快地微笑着說。

「我可是不懂了，那位史先生到底有多少錢？」金老頭兒說。

「這個我可不知道，不過我告訴他，我雖然沒有情人，但是有許多窮朋友要照顧，在這裡就有三個。」

阿香說：「他說願意在他九龍新造的樓房下撥三個舖面給你們，叫你們每個人去開一個舖子，也省得你們在這裡每天注意着他。」

「真的？這是怎麼回事呢？」

「這就是我要他幫助一點窮朋友的忙。」阿香說，接着她愉快地笑笑就告辭了。

但是金老頭兒叫住了她，他從攤子角落裡摸出一雙紙包的東西，他說：

「一點小東西，請你不要嫌我做得不好。」阿香打開了紙包，說：

「啊，是一雙鞋子。謝謝你。」

阿香重新把鞋子包好，拿在手裡就回去了。

六

兩星期後，高陞路有了很大的變化。

皮鞋攤還在那裡，但已經換了一個年輕的皮鞋匠，那是金老頭讓給他的。鎖匙攤已經沒有，花卉攤則變成了一個水果攤。

在九龍彌敦道上，一家新落成的大廈開出了一排舖子，其中三家並列在一起的，則正是高陞路搬去的。

一家是：「金氏皮鞋莊」。
一家是：「德勝五金舖」。
還有一家是：「全福電料行。」

一九六五年十月作。

（選自《花神》，台灣黎明文化事業有限公司出版）

拋錨

蕭銅

要說在香港娶媳婦不容易吧，為甚麼常接着大紅帖子呢？要說在香港娶媳婦很容易吧，為甚麼我們哥兒四個，連一個有媳婦的也沒有呢？

我們哥兒四個，都是老大不小的啦，馬大哥四十三，王二哥四十，吳老三三十七，我：三十五。

我們哥兒四個不見面則已，一見面就喝酒，外加常常見面，於是，就常常喝酒，總喝得醉醺醺。

喝完了酒幹嗎呢？喝完了酒不幹別的，繼續喝酒。譬如說：吃飯的時候喝了四兩茅台，吃完了飯，總得來上一瓶啤酒，解解渴，要不然多燒得慌？是不是？

我們一邊喝酒，一邊聊天，喝完酒，還是聊天，雖然常常見面，可話總說不完，我一言，他一語，也不知道哪兒來的這麼些話？別瞧我們話說得多，可就是不大提到女人。

倒不是我們是君子人，而實在是都跟女人沒甚麼交往，也就沒甚麼可談的，如果，萬一，偶而，跟女人有個交往，也像兔子的尾巴：不長，也就沒甚麼可說的了。

別瞧在表面上都穩住了神兒，心裡頭，可都跟着了火似地着了急。有天晚上喝酒，馬大哥先打破了這個悶葫蘆罐兒：

「接着小朱的結婚帖子了嗎？」

「一網打盡！」吳老三回答。

「小朱這小子真有辦法，也不知道在哪兒蒙來個媳婦兒！」王二哥寒着臉，彷彿有氣。

馬大哥喝了口酒，眼珠子在玻璃鏡片後頭衝我們三個轉了轉，說出了當前的嚴重問題：

「我說，咱們哥兒幾個，可也別耗着啦，都該加個緊啦！」

「上哪兒找去？」王二哥仍然寒着臉：「現在可倒好，日久天長的沒有女的，也習慣啦，心裡頭根本就沒有這樁事啦！」

馬大哥似乎吃了窩脖兒，要說甚麼，嘴動了動，沒說。又喝了口酒，轉過臉來對吳老三：

「你呢？」

「我甚麼？」吳老三一笑，彷彿有點心虛似地。

「你的妞兒呢？」

「吹啦！」吳老三說話真叫痛快。

「怎麼又吹啦？別介？」馬大哥很為惋惜：「為甚麼！」

不久以前，吳老三認識了一位個子挺高、眼睛挺大、皮膚挺白的空中小姐，大夥兒都挺高興，叫他多加點兒油，沒想到，不多幾天的工夫，跟以前那幾位一樣下場：又吹啦！

「為甚麼？」馬大哥很關心，追問。

吳老三又笑了笑，彷彿不愛提這檔子事。

「說說，」王二哥的臉色更寒了，酒越喝得多，他的小臉兒越青：「說說有甚麼關係？看看有甚麼法子補救沒有？」

吳老三搖了搖頭：

「沒甚麼可補救的啦！上個禮拜六，我從機場把她接出來，一塊兒吃了飯，又上夜總會玩兒到半夜，後來，送她回酒店，路上，她說：她在日本有個男朋友……」

「大家都是朋友，有甚麼關係？」王二哥非常輕鬆。

吳老三又搖搖頭：

「不這麼簡單，她說：她跟那個男的快訂婚啦！」

大夥兒跟吳老三一樣：悶了，悶悶不樂地各自喝了一口酒，馬大哥又發現了問題：

「她日本那個男的是幹甚麼的？」

「不清楚。」吳老三苦笑着：「沒細問。」

「不用細問，準是個賣白麵兒的！」王二哥為要替吳老三出氣，不加考慮，脫口而出。

「就這麼就完啦？」馬大哥對這檔子事不死心似的。

吳老三有點不好意思，呲牙一樂：

「還有個尾聲……」

「你準是又喝醉了！」馬大哥像諸葛亮似地歎了口氣。

「也沒甚麼，」吳老三輕幽幽地：「下車的時候，我給了她一個大耳括子！」

「那還不吹？！」馬大哥料事如神：「我猜你就是又動手啦。兄弟，往後得改改。」

「打也沒錯兒，」王二哥打算抱獨身主義了，就面色鐵青，另有見地：「反正沒救兒啦，吹啦算啦！反正她得跟那個賣白麵兒的訂婚，留着她幹嗎？還泡甚麼勁兒？」

「我也這麼想，」吳老三聽到了相同論調，心裡窩着的三分抱歉立時化為烏有，就描寫的稍詳細些，口沫橫飛，興高采烈：「我跟她說：再見啦，袅蒂，啪喳！就給了她一個大耳括子！」

「怎麼說我都不贊成！」馬大哥老成持重搖搖頭：「好來好散，怎麼可以打女人呢？總這樣，一輩子找不着媳婦兒。」

「我倒贊成老式！」王二哥的見解素來比較獨特：「父母之命，媒妁之言，雙方不認識，嗚哩哇啦一拜天地，進了洞房，掀開紅蓋頭，一看：喲喝！……」

「喲喝！是個疤瘌眼、大麻子，哈哈！」吳老三樂着接話。

「那也認命了。」王二哥一本正經：「怎麼也比新式的簡單。說老實話，就是認識個妞兒，也沒有那股子泡的勁兒啦，約會、喝茶、看電影、吃飯館兒、上夜總會、送回家……多麻煩，多費事，從二十年前就幹這些個，一個又一個，早膩了。外加，這年頭交女朋友，甚麼開銷？吃個小館子就得二三十塊，兩天見一回面，不上一個月，非破產不可，沒等談到正題呢，就吹燈了，花了不少時間、精神、金錢，弄個不了了之。所以我說，還是老式的好！」

吳老三嚼着炸丸子，樂了！

「早年間都是老式的，婚姻不自由，就都盼着新式的，到現在，都新式，太新啦！就又想老式的了，真有點滑稽！」

「不必廢話了，總而言之，還是我剛才那句話，都該加個緊啦！」馬大哥作完了總結，露出一絲神秘性的微笑，不再說話，小口小口地呡着杯中酒，一望而知：心裡頭窩着點值得高興的機關秘密。酒後要露真言。

「怎麼樣？大哥有好消息了吧？」王二哥確是個機伶人：「說說說說！」

「對，說說！」吳老三也精神一振。

馬大哥臉上的笑意更濃厚了，為了穩重，沒有全笑出來，留着七分在心裡，慢慢地喝了口酒，慢慢地敘述着：

「我這個呢，在老式跟新式之間，真跟一篇小說似的……」

「哦！」我們三個，既驚喜又好奇。眼珠子全瞪着，急於聽下文。

「一個朋友給介紹了一位日本小姐，二十多歲，人在巴黎唸書，我們通信了兩個多月了，她表示要嫁我，我給她寄了飛機票去，明天下午就到香港，一到就結婚。」

「啊！」我們三個差點沒蹦起來，這真像是一篇情節離奇的言情小說。

「大哥！你可真沉得住氣！」吳老三拍案驚奇：「真行！我真佩服！」

「恭喜恭喜！天作之合，天作之合！」王二哥趕緊舉起酒杯來：「來來來，今天是我們最高興的日子，大家乾一杯！」

各自喝了一大口，馬大哥的臉上又增加許多喜氣洋洋：

「不是我沉得住氣，實在是連我也沒想到。」

「千里姻緣一線牽嘛！」王二哥的吉慶話兒，一套一套的，底下本想再說兩句，忽然忘了詞兒，就又舉起酒杯：「來來來，還得喝，還得喝！」

第二天下午，哥兒幾個。整整齊齊，早早的到了機場。馬大哥非常沉得住氣，可到了這會兒，也露出了三分興奮、緊張，時時點他的煙斗，時時悄悄的看錶，我們彷彿全能聽見他心跳的聲響。平常大夥兒見面，話說不完，到了這會兒，話忽然少了，都成零碎的了：「飛機不會誤點吧？」「快啦！」「快到了吧？」「就要到了。」……等等之類。

等呀等的，這班飛機終於到了。來自巴黎的日本小姐，穿着麂皮外衣，提着小箱子，下了飛機。馬大哥迎上去，彷彿老朋友，用日本話一嘀咕，日本小姐露出了笑容，跟馬大哥拉手，辦過手續，馬大哥又用日本話給我們一一介紹，日本小姐就跟我們一一拉手。我瞧她那未加梳理的短頭髮，跟那種雲遊四海的勁頭兒，就猜她是個畫家。

馬大哥陪她去看他跟她的新居。當天晚上，接風宴是涮羊肉，對於一位從巴黎初到香港的日本小姐，這自然別有風味。喝酒的時候，馬大哥對日本小姐指了指酒瓶子，嘀咕了兩句，只見日本小姐微笑着點點頭，大家已經一愣了，又見她喝白蘭地不加冰也不加水，大家可就二愣了，互相悄悄一看，誰也沒說甚麼，也沒有誰，初次見到新嫂子就挑起大姆哥叫「好酒量」的，那不像話！

大家很高興，可是跟日本小姐言語不通，又不便於總讓馬大哥在一旁翻譯，只有一而再，再而三的舉杯，向他們兩位敬酒。日本小姐沒有半點忸怩，舉杯就是一大口，來者不拒，連喝三大杯，面色微紅，不急不喘。也許連馬大哥都吃了一驚，酒反比平日喝得少了，外加還得招呼她，教她怎樣涮羊肉，以及談談巴黎風光，一路辛苦等等；初次宴會，非留點量不可。

見到了日本小姐的酒量，我更確定了：她是畫家，一位在巴黎天天喝酒的女畫家，而且一定是「新潮派」。而今而後，馬大哥再喝酒，可有了伴兒了。

長話短說，到了馬大哥結婚這天：王二哥擔任賬房，吳老三跟我擔任招待，一個個新理的髮，剛洗的澡，由全心到外表，全透着人逢喜事精神爽。所有的朋友全到了，打牌，喝酒，開了五十多桌酒席，嘻嘻哈哈，熱熱鬧鬧，直到半夜新郎跟新娘早回新房了，王二哥、吳老三和我，過海去到大酒店的地窖酒吧喝酒。

「日本太太、洋房、中國菜，馬大哥可算有福之人！」吳老三一面代馬大哥慶幸，一面跟穿紅旗袍的女招待搭訕：「瑪麗，好耐沒見妳，妳好嗎？」

瑪麗端來了三杯酒，又嬌又甜地一笑，說話聲音也很嬌嫩：

「我好，吳先生，你好嗎？」

「我好！」吳老三喝多了酒，跟天下所有喝多了酒的人一樣：話多，動作也比較多；一把拉住了瑪麗的小手，把自己的嘴擱在瑪麗的耳朵旁，用較低的聲音：「收工我請妳去宵夜好嗎？」

瑪麗笑着扭了扭，輕輕盈盈閃開，仍然嬌甜地笑着：

「真對唔住，收工我要返屋企。」

又扭了扭，瑪麗輕輕盈盈走開了。王二哥望着她美妙的背影，寒着臉：

「她怕回去晚了，她媽要打她。」

好朋友結婚，加喝多了酒，兩大興奮、刺激，使得我們三個，混身發脹，彈性十足，都有點沉不住氣。酒吧裡煙霧騰騰，紅幽幽藍幽幽的燈光，像鬼火，又像神燈。彷彿在天亮之前，我們都會有點艷遇似的。看起來，所有的紅旗袍都很美，所有的笑容都很甜，所有的女人，都像老朋友那麼親切、和善；可我們回去的時候，還是三個人，走過冷冷清清的大街，走到碼頭，吳老三一路嘀咕着：

「二哥，你猜得對，裘蒂在日本的那個男朋友，準是個賣白麵兒的！」

王二哥皺了皺眉：

「他們訂婚了沒有？」

「聽説沒訂婚……」

「哦？」王二哥聞言微微一愣。

「他們倆沒訂婚就結婚啦！在東京結的婚，」吳老三餘怒未息：「準是個賣白麵兒的……那小子賣白麵兒……」

「不用嘔氣，接着再找！」王二哥總是比較達觀又兼冷靜：「再找可別找空中小姐啦，這玩藝兒，飛來飛去的，坐飛機的全是闊佬，石油大王，汽車大王，甚麼人物全有，連國王都有。」

「還有那開飛機的，比國王都厲害！」吳老三補充着。

「近水樓台嘛！」王二哥不以為奇。

上了「哇啦哇啦」，吳老三就躺下了，也不過十幾秒鐘，就心安理得地睡着了；彷彿那艘小船就是他的家。

把吳老三送回家，送上床，我跟王二哥一路散步而回。

「得，這以後咱們喝酒三缺一啦！」王二哥帶着點感喟。

「咱們可以請馬大哥跟大嫂出來，也可以上他們家去。」我説。

「那就沒那麼方便啦！」王二哥看看自己的腳尖：「那話也許對，都該加個緊了，這樣晃蕩下去……」

「唔，不是個辦法。」我因為同感，就接了話。

「這大概是喝了點酒的關係，回家一覺睡到明天。就又沒有這檔子事了。要飯三年，給個縣長不當，光棍兒打久了，也是如此，麻木了。得，咱們明天見吧！」

按照香港習慣，各人各忙各的，通電話的多，「串門子」比較少，馬大哥新婚燕爾，誰也不便去打攪他。一個禮拜之後，馬大哥打電話約我在老地方吃晚飯，好久沒碰面了，聚聚。到了飯館，只見到馬大哥、王二哥與吳老三。

「大嫂呢？」我問。

「沒來！」馬大哥的臉上，半絲笑容也沒有。

「怎麼她不來呢？」我很奇怪。

「咱們喝咱們的。」馬大哥心裡似乎有些不痛快地舉起酒杯。

誰也不便於先提問題，同時，也不便於再問候大嫂。喝酒，聊點閒篇兒，等，等都喝得差不多的時候再說。

「昨兒晚上吵了一架……」還是馬大哥打破了悶葫蘆。

「別介！」吳老三連忙勸阻。

「沒想到是這麼個人！……」馬大哥有不知從何說起之感：「沒想到，真……」

「新婚夫婦，別吵呀！為甚麼？」王二哥輕柔地發問。

「結完婚第二天，她就發牢騷，說香港這樣不好，那樣不好，不如日本跟巴黎。」

「喲，這可麻煩！」吳老三吃了一驚。

「還說，還說……」馬大哥喝了一口酒，不說了。

「還說甚麼呀？」二哥莫名其妙。

「還說我的朋友都沒有禮貌！」

「哎呀，咱們可沒有得罪她呀！」吳老三樂了：「要怎麼樣的禮貌呢？」

沒想到，「新潮派」的女畫家如此之不好伺候。我心裡說。

「得了，還是忍着點兒！」王二哥安慰中附帶勸告：「夫妻之間，沒甚麼說不開的，讓着她點兒就得了。」

「我夠忍的啦！」馬大哥忿忿然：「她還說人地生疏，不願意管家，要出去做事，叫我給找個銀行的事情……」

「人地生疏，應該在家待着才好，怎麼反要出去做事呢？」吳老三也莫名其妙了。

「我們這位大嫂，在巴黎是學甚麼的？」王二哥問。

「學經濟的。」馬大哥不屑地回答。

得，我的估計完全錯誤。毛病也許出在我總把巴黎跟繪畫扯在一起。

「那也好，」吳老三點了點頭：「就給她找個銀行的事情做做吧。此刻她人呢？」

馬大哥更加火冒三丈：

「我跟她一塊兒到這兒來，路過電影院，她非要進去看電影不可，我說跟朋友都約好了吃飯，怎麼可以看電影呢？她不聽，非要看不可，給她買了一張票，我就一個人來了。」

「那個片子是不錯，」吳老三笑了：「鐵金剛大戰金手指！」

「其實咱們這個約會取消也無所謂。您應該陪她看電影。」王二哥作魯仲連。

「沒這個道理！」馬大哥的火，遇上魯仲連給加了油，火苗更高：「天下沒這個道理！」

「別生氣，別生氣，」王二哥連忙勸：「咱們趕緊喝，待會兒散場，您上電影院去接她！」

等於魯仲連又加了一杓子油，馬大哥差點沒拍桌子：

「沒這個道理，叫她自己回去！」

「那怎麼可以？大嫂人地生疏，叫她怎麼回去？她可以小孩子脾氣，您不可以！」吳老三說的是正理：

「您平常總勸我們，我們現在勸您。待會兒我們陪您一塊兒去接她。」

「對！」我表示贊成。

毫無閒情逸致地喝完酒吃完飯，我們把馬大哥送到電影院門外，等着，找着，親眼看着馬大哥跟大嫂上車回家，我們三個，才算了了一樁心事。

「都說日本太太好，我看哪……」王二哥感慨一番，沒把下文說明。

「這年頭的日本太太，恐怕不同了吧？」吳老三說：「外加我們這位大嫂，遠走法國唸書，更是不同凡響嘍！」

「要不怎麼通通信，就單槍匹馬來香港結婚，膽量不小哇！」王二哥表示欽佩與懷疑：「不過，我總覺着怪，有點兒怪，說不上來的那麼怪！……」

「唔！」我跟吳老三都憬悟地點點頭：「的確有點兒怪！」

馬大嫂沒到銀行去做事，馬大哥給她在尖沙嘴一家貿易公司裡找了個工作。馬大哥跟馬大嫂每天早出晚歸，一晃兒半個多月沒見，夫妻一定和好，相安無事了吧？……我們都這麼猜。

這天，馬大哥約我們到他家去吃晚飯，進門只見馬大哥獨自在廚房裡忙活着：炸牛排、煎黃魚、燒大蝦、蒸螃蟹、燉雞湯……雖然忙，可是井井有條，一樣一樣，擺在桌上。

「喝呀！」馬大哥擦擦臉上的汗，指指桌上：「我是戒酒了，你們喝！」

「還是等大嫂回來吧。」王二哥很有禮貌地說。

「不用等，你們吃你們的。」

「不不，還是等等……」我跟吳老三的禮貌也不錯。

主客之間，正在謙讓，門開處，馬大嫂回來了。衝着我們，她似乎點了個頭，又似乎沒點。只見她：擱下手提包，脱去外套衣，往餐枱前一坐，抄起酒瓶子來，咚咚咚倒了一大杯，舉起杯來就是一大口，順手抄起一個螃蟹就啃，嘎喳嘎喳，聲響不絕於耳，這一連串動作，非常熟練，非常麻俐，非常快，而且旁若無人，連眼皮都沒抬過半次。除了馬大哥，在場目睹的全愣住了，全都瞪着眼珠子看着她喝酒、吃螃蟹，吃螃蟹、喝酒，間中有空隙，她就抄起筷子來，噹一段大蝦或一塊牛排，「呱嘰呱嘰」地嚼着，臉上甚麼表情都沒有，彷彿這一切菜餚全是木屑，並沒有甚麼滋味，那一大杯白蘭地，不過是白開水。我就納悶：在巴黎學經濟的日本女士，為甚麼連吃帶喝這麼厲害？為甚麼吃螃蟹的手法如此熟練？片刻之間，面前吐出一大堆螃蟹殼與螃蟹腳來，一大杯酒，也剩下四分之一了。

王二哥有點不好意思地掉過臉去，彷彿在欣賞馬大哥的花布窗簾呢。

吳老三看看我，我看看吳老三。

馬大哥似乎見慣不驚，可也有點哭笑不得：

「哥兒幾個，別愣着，坐下，喝呀！」

我們坐下開始喝酒，都沒說話，彷彿做賊心虛似地那麼不安、拘束、小心翼翼，也都忍不住會偷偷瞧一眼馬大嫂。好奇之心，人皆有之。

馬大嫂可絕不瞧我們，拿第三隻螃蟹的時候，我親眼瞧見：她挑了個大的。

三隻螃蟹啃完，又吃了兩塊牛排、一碗飯，喝了一碗雞湯，最後把杯中酒一飲而盡，她，馬大嫂，拿起面前的小白手巾，擦擦嘴，彷彿就沒發現過任何人，拿起手提包與外衣，立時進了臥房，關上房門。這回我準不會猜錯：馬大嫂睡覺一馬斯。

大夥兒始終沒談過話，這時，馬大哥抬眼看了看王二哥，輕言細語地：

「你勸我忍着點兒，瞧見沒有？……」

王二哥、吳老三、我，都沒說話。

悶悶不樂地吃完飯，馬大哥在廚房洗鍋洗碗，可留我們坐在客廳中喝茶，我們悶聲不響喝了茶，實在不忍心，實在坐不住了，就告辭而去。

「我看我們這位大嫂，神經有點問題。」吳老三歎了口氣：「二哥，你說老式的好，瞧這位！隔山買牛，總是不行！」

「認命！」王二哥仰天長歎，像個算命的先生：「千里姻緣一線牽嘛！好歹都是姻緣，這都是命中注定。」

「的確有點兒怪！」我不由得，也歎氣。

相安無事，又一個多月過去了，這天，接到了吳老三的電話：晚上在老地方見面，馬大哥鬧離婚了，心情很壞。

我吃了一驚，又似乎沒吃一驚。

「怎麼回事？怎麼回事？」一見馬大哥的面就趕緊問。

「她走了，今天早上走的！」馬大哥的語調非常平和，用閒話家常的那種語調。

「回日本啦？」吳老三問。

「沒有，」馬大哥呼着煙斗：「她還在香港，另外找了房子」。

「她會不會另外有甚麼問題？……」王二哥很含蓄的提出疑問。

馬大哥搖搖頭，噴出一口煙：

「據我所知，那倒沒有。主要是個性不合，習慣不合。還有個主要原因，我喜歡小孩，希望有個孩子，她不要！……」

馬大哥的語調雖然平靜，可這時眼圈一紅，淚光閃閃：

「這下子馬失前蹄，可閃了我一大板，按照香港的法律，離婚不是件容易的事情，手續很麻煩，拖拖拉拉能拖幾年，我這個歲數，怎麼辦？……」

「我看，還是找她來，大夥兒好好勸勸，再商量商量吧。」王二哥愁眉苦臉地想出這麼個主意。

馬大哥輕輕搖搖頭：

「那都沒用啦！沒有感情，也就沒甚麼好談的。就是勉強在一起，也沒有甚麼意思。家裡那情形，那天晚上你們全瞧見了，不管中國人，外國人，沒見過這種樣兒的人。」

「的確有點兒怪！」我歎了一口氣。

「你說她神經吧，她糟踐別人像神經，對她自己一點也不神經，吃香蕉不吃香蕉皮。說日本女人變了吧，那麼多日本女人，未必有一個是像她這樣的，連醬湯都不會煮，炒雞蛋也不會。說她是留學外洋的吧，在巴黎待了兩年多，一句法文也不會說，英文也沒說俐落，說她……」馬大哥突然頓住，連他對她也分析不上來了：「說她甚麼好呢？總而言之，形容不出來，沒見過這樣兒的人！」

「該怎麼辦呢？大哥！」吳老三着急了。

「沒法兒辦！」

馬大哥歎了一口氣，王二哥、吳老三與我，也都同聲長歎。

馬大哥把離婚的事情交給律師辦，律師似乎也很難辦，拖拖拉拉，相安無事，又半年多了，馬大哥在婚後一度戒酒，現在早開了戒，喝得比從前更多了。可就是喝酒的時候不再提加個緊的話了，也不提馬大嫂的下落。這篇小說，不是情節離奇的言情小說，而是教人看着彆扭的莫名其妙窩囊故事。馬大哥一直悶悶不樂，我們哥兒幾個也一直悶悶不樂。在這段期間，吳老三又「吹」了兩個女朋友，我「吹」過一個，王二哥「吹」過半個——王二哥認識一位年約三十多歲的闊小姐，一個多禮拜才發現：是位三十多歲的闊太太，嚇得他急忙閃躲，所以，這只能算是半個。

茶餘酒後，很難得的，很偶然的，我會說出心中的感慨：

「咱們哥兒幾個，年歲一天一天大了，這樣晃蕩下去，不是一個辦法。……」

馬大哥沒說話，吳老三也沒說話。

王二哥說：

「依我看：這輩子可能就這麼下去了。高不成低不愛，沒甚麼指望了。拿我來說，對這個，也不寄甚麼希望，心裡連想都不想。在愛情和結婚這條道兒上，咱們幾個，全像老爺車，拋錨了！」

王二哥這番話，說得不算錯，可我至今納悶：為甚麼總看見別人——千千萬萬人——結婚，也總不斷接着大紅帖子呢？

也許，只有我們這幾部老爺車吧?!

也許。

（原載《海光文藝》創刊號，一九六六年一月五日出版）

獄吏與死囚

張君默

一

獄吏打開了鎖，走進死囚房間去。

剛吃罷盛餐的唐老虎，正在用拳頭揍着鑲在牆上的軟墊，天南搖搖頭説：

「老唐，還練甚麼身體，練好了也沒用了！」

見唐老虎不作聲，收拾碗碟的時候便又作弄地打趣：「啊哈，胃口倒真少見！」

唐老虎停了下來，坐到床褥上，伸出粗大的手掌去摩挲他那新剃的光頭，笑着回答：「不吃他媽的一頓飽，死了要做餓鬼，你説是不是？」

「對了，不做餓鬼，這才上算！不然每年七月十四鬼門關一開，你要跟那群餓鬼跑出來亂搶一通，那才丟人！」

唐老虎聽得咧開大嘴扮個鬼臉：「在監裡做鬼，怎麼跑得出去？餓了七月十四也不能跑出去搶，那才夠慘！他媽的真沒道理，死了做鬼也得待在這裡！」

獄吏天南收拾完畢，站在門邊遞一根香煙給他，照例的跟他閒扯幾句。他幫唐老虎點着了火，啐他一口：「你真笨！做鬼才最自由不過，雖然你的骨頭是丟在監裡的墳地，但誰還管得了你的鬼魂！」

唐老虎一口吸去了半截煙，作怪地笑笑，「那又有甚麼用，落到下面還不是隻窮鬼！窮得沒辦法我便又只好去搶了……」

天南連忙勸住他說：「份屬好朋友我倒要說你一句，做了鬼可得規矩一點，不然再給打下十八層地獄，那就永遠不得超生了！」沉思片刻忽然說：「這樣罷老唐，我給你燒點冥通銀行的大鈔，燒一百萬夠不夠？」

唐老虎給他說得哈哈大笑，往後見他那一臉認真的表情，便故意說：「聽說下面銀水低，一百萬怕不頂用，最好燒夠一千萬，讓我好享享福。」

抽完那根煙，天南站起來，要走了，卻又停下來低了嗓子問唐老虎：「明天早上六點鐘——說實在的，你怕不怕？」

唐老虎嘻嘻一笑說：「有甚麼好怕的？死了到下面去做富翁，去享福——不過你可要記住你說過的給我燒一千萬，不然我會晚晚來向你要！」

天南走出去，啷噹一聲把鐵門關上，在鐵柵外他跟唐老虎講一宗交易：「老唐，說真的，如果你保佑我，讓我發一筆財，我會每年燒一千萬給你。」

「呵呵，哈哈……這很好！我們就一言為定！」

二

唐老虎給吊死後，就葬在監獄附近的墳場裡。唐老虎下葬的第二天，墳頭上剛安上了一塊簡陋的碑石，天南便真的去燒了一千萬冥通銀行的大鈔，另外加上一些紙錢和元寶。這樣只花費了一塊錢還不到，想想總不會沒有一點好處。

這樣過去了幾個月，一直到了秋天，天南的運氣照舊壞極，無論賭狗、賭馬、賭牌九、賭十三張……賭甚麼輸甚麼，小搖彩和大馬票又沒得中，他在心裡暗罵：「該死的唐老虎，看他做了鬼也要入十八層地獄！」同時在心裡發誓，永遠也不再給那些吊死鬼燒紙錢。

天南除了愛賭上面的種種外，從在鄉間起便養成了一種打蟀的嗜好。每年到了秋天，草叢裡的蟋蟀一叫，他便立刻帶上蟀罩和手電筒，摸黑到山邊草叢間去捉。

這一晚他在獄裡當值，整座監獄都浸在如水般的秋月裡。他逡巡了一回，便坐在一塊石頭上摸出香煙來，邊抽邊想起日間那副地降保子輸給關仔的至尊，心裡就是不甘，不是碰上了那副冤家牌，他便可以回本有餘了，不致落得現在兩袋空空，連明天的早茶也成了問題。

此時偌大的一座監獄靜悄悄的，只是四圍響起了一片唧唧的秋蟲聲，聽來叫得挺熱鬧。他無聊地抽完一根煙，正要接上第二根，驀地把動作都停在半路裡，側耳細聽，不禁心中砰然一跳。原來在那一片秋聲之中，獨有一串洪亮的聲音脱穎而出，雖然離得很遠，但他還是分辨得出來，霎時精神為之抖擻起來，便起身循着叫聲尋去。

打開了通往外圍的門鎖，門一開，那陣洪宏的叫聲彷彿奪門而入，直衝他的耳鼓，使他心頭震駭不已。那種叫聲好像是在一個金屬器皿裡發出來一樣，另的叫得若斷若續，獨有牠一刻也不歇息。

這種金屬也似的叫聲，記得在七八年前曾聽到過一次。那次他隨他叔叔到澳門去。他叔叔攜去的一頭是蟀中上品，麻黃色的頭閃着油亮亮的光，頸項十分壯碩，兩根觸鬚毫無猶豫地向前探出去，走路時台風篤定，振翅一鳴，那串洪亮飽滿的叫聲使人相信牠定是個強者。落鬥盆時對手是隻九分蟀，兩方對陣，旗鼓相當，對方的帶草把蟀草向牠一撩，便如磁吸鐵，猛然向蟀草撲上去，同時鼓翅一鳴，人心悸動，銀鈴也似的一串叫聲使人有一種窒息的感覺。當時他的觀感驟變，對於叔叔的「上品」立刻失去了信心，同時他看見叔叔臉色大變，但還強自鎮定。果然甫一埋牙，才那麼兩個回合，叔叔的「上品」便被嚇得沿着盆邊團團的走，對手依舊屹立盆中，鼓翅作勝利者的鳴叫。那種充實飽滿鏗鏘的叫聲現在忽然又記起來了。

事隔七八年，在這萬籟的初秋之夜，忽然又再次聽到了那種叫聲，從墳那邊傳來的那一串串叫，在一片鳴蟲中是那樣的出類拔萃，使他禁不住心中的狂喜。

天南踮着腳尖循聲走過去。他叔叔遺下了一套獵蟀的好本領給他，他捉蟀可以不用蟀罩，甚至沒有手電筒也可以，只要有月色便行了。現在他左手持着電筒，在那些似有秩序又無秩序的墓碑之間匍匐而行。及至近了，那叫聲依舊沒有被驚動而歇止，這證明他的本領還在。此時那叫聲就在他面前數尺遠，直叫得他心靈震駭。

他蹲在那裡歇息一刻，然後一寸一寸地向前移動，那蟋蟀也真機警，當他們僅只距離四呎的時候，竟倏地緘默了。他以為牠只是在換氣，只須過一秒鐘又會叫起來的，但是牠卻一直不曾作聲，一秒，一分，一刻……獄吏天南自然比蟋蟀多點智慧和多點耐性，他就是那樣一動不動地蹲在那裡，屏着呼吸，不亮手電，也不企圖伸手尋覓，只等那叫聲再起，他便可以百分之百地知道牠所在的準確位置。

人和小動物就是這樣地互相堅持了許久，到底那串叫聲又肆無忌憚地起了，此時天南已經覷準了位置，再移近數吋，一亮手電，一圈強光直射在雜亂的草葉上，夜露在強光下閃出晶瑩的水珠子，他稍稍撥開那些草，便發現那隻再度緘默待變的蟋蟀，正伏在一塊岩石上，倘若此時竹罩子在手，那麼一罩下去，牠便無所遁逃的，現在只能加倍地小心了。

他睜大充血的眼睛，認出了這是一隻十年不得一見的青麻頭，腿粗身壯，全身塗了油似地在手電下閃光，烏黑的頭部堅強壯碩，觸鬚有力地向前探伸，恰像那年鬥敗他叔叔的那一頭一般的光景。

他伸出闊大的手掌，覆轉作成拱形，一分一分地向下移動，然後以最快的速度按下去。他這一按也有講究，出手要迅速，但力道不能太猛，甫一着地便不能用力，如此蟋蟀才不會受傷。

可是他這一按沒有結果，那青麻頭比他來得更加靈敏，倏地往旁一躍，足有三四呎遠，天南手電筒那圈光也立刻追上了牠，投射到牠的身上，使牠雖則逃脫，但照舊無所遁形，然後他又慢慢的移過去，此時青麻頭受了驚嚇，倏地又往上一躍，停在一塊石碑的頂上，天南的手電光照舊追了上去。這一趟他乖巧地繞到蟋蟀的面前去，伸出手去在臨近的時候故意一晃，蟋蟀猛然往前一躍，不偏不倚，正好撞在他的手心裡。

至此天南才透出了一口氣，有一份如獲至寶的狂喜在他心頭翻動着。那頭蟋蟀在他的手心掙扎着，但是沒有用了，牠已經為天南所獲得。

他關上了手電筒，四外的月色照舊清晰如畫。

走出數步他驀地似有所發現，猛地回頭亮了手電往剛才那塊碑石照射過去，這才如夢方覺地叫了出來：

「噯，我明白，我明白！老唐，我明白！每年我會給你燒一千萬，君子一諾千金，我天南是會記得的！」

三

在動身之前他先作了多回的試驗，每次都證明他的青麻頭是一員猛將，跟牠交手的同類不是給咬得肚破腿折，就是一聽到牠的叫聲便嚇得躍出鬥盆，要不便是躲在一隅不敢動彈，就算比牠重半分的也只能跟牠交上五個回合。

他很有信心在這個中秋之前，改變他經常囊空如洗的命運。自然，現在他是囊空如洗的，但他已經設了許多辦法籌到了二千塊錢，不惜孤注一擲的去博一次；二千塊錢第一局便能贏個對本，第二局自然是贏四千，第三局贏八千，再贏是萬六，連本便是三萬二千，至此他應該心滿意足了，回來千萬記得給老唐燒上一千萬，自然他會額外多送一座洋房，一部私家車。他天南不是那種忘恩負義的人，誰待過他好他總會記得。

澳門這小地方每年秋天他必到一次，在鬥蟀場中總會輸上五七百，偶然也有贏的，但不是贏在他自己帶去的「良種」，而是在搭注的時候贏的。輸多贏少這是事實，但正如一個嗜賭之人未下注前總抱有一份希望，輸的時候一定不承認在數學上吃了莊家的虧，只是自己運氣不濟，等到運氣一來，比如天南現在，運氣來了，過去輸的，只能算是拋磚引玉，從此他可以吐氣揚眉了。這一趟他一定會使得港澳兩地的蟀獵界大為震驚，因為他天南竟擁有一隻十年不得一見的青麻頭。

踏上碼頭他便去找着他的朋友，這是個有着祖傳技術的鬥蟀帶草人，只因天南每年必到便跟他攀上了交情。此時天南把他拉到酒家去，摸着酒杯眉飛色舞地跟他說：

「老哥，我跟你談一樁事，這次我帶來了一隻八分蟀——」

他還未說完，帶草的便打個哈哈岔進去：「一定又是那些不中用的東西，還是讓我替你估量一下該搭誰的注吧！」

「老哥，你聽我說，我這隻是十年不得一見的良種——」

帶草的喝一口酒，挾一塊肉塞進嘴裡去，說道：「老弟，說句真話，你也輸得太多了，這一趟你跟我落注，贏個五七百盡不成問題，」忽然神秘地壓低了嗓子，「聽說東興盛老闆辦到了一隻好蟀，甚麼名堂可不知道，總之現在他半句也不泄漏，只是我消息靈通，從他小舅那裡打聽到，到時搭他一注，看來有九成把握——」

同樣不讓他說完，天南並不想領情，着急地說：「老哥，你還是聽我說，這趟你務必做我的帶草，先給我去放個盤口，贏來的你佔二成，算是我對老哥的帶挈。」說時目光閃閃生輝，信心堅定，使得帶草的瞪住他有點發怔，認真地細問：

「你真有把握麼？」

天南倒因為他的表情而呵呵大笑。

「那麼，」帶草的問，「你的盤口多少？」

「二十擔。」他爽快的答。此地打蟀依傳統規矩，賭注以餅計算，付的則是現錢。

帶草的眼睛睜得更大了，「二十擔？」

天南微笑回答：「這只這麼一注——可是老哥，你試想想三幾局滾上去是多少？只要贏上四局，就是三百二十擔，你佔二成就是六十四擔，總算是一場朋友！」

帶草的疑信參半地說：「那麼，我倒想見識見識！」

天南照舊微笑，把帶在身邊那一截竹筒揚一揚，「就在裡邊，急甚麼，你總會看見的——老哥，來，我們乾這一杯！」

帶草的被悶在葫蘆裡，遲疑地把杯中的酒喝完，天南揚聲叫伙記拿酒，然後機密地說：

「我先把這頭蟀的來歷給你說一說，但你千萬不要泄漏出去，否則沒人敢來碰！說來話長，我得先從監房說起……」

四

對手就是東興盛的老闆，鬥盆放在酸枝桌的中央，兩個帶草兩個蟀主各踞一方，旁邊圍上十多人。兩頭蟀先由公證人過了秤，同時檢查完畢，東興盛老闆的帶草在盆子裡用蟀草把他們的蟀子撩逗一陣，蟀子當即振翅而鳴，聲如金石，威風八面，在這眾目睽睽之下毫不表現驚慌，圍觀的人嘖嘖稱奇，但在天南眼中看來也不過爾爾，心裡在暗笑。

天南的帶草此時也神氣活現，賣弄技巧地去逗引他們蟀盆裡的青麻頭。青麻頭鼓起褐色而半透明的翅，銅鈴般的一串叫聲立刻震撼人心，圍觀的人都一齊說：「少見，少見！」

在眾人對青麻頭的讚歎聲中，東興盛老闆竟叫出了個三百擔。天南毫不猶豫地押上二百擔，餘下的一百擔便由那群讚歎者爭先恐後的搭夠了，天南心裡暗地可惜自己不曾有三百擔的本錢。

兩頭蟀先後由帶草放入鬥盆，兩蟀當即各踞一方，兩方帶草便用蟀草撩逗帶引，一桌子人都屏息呼吸，空間只有一串串彼起此伏的蟋蟀叫聲。

五

天南踉蹌地奔回監獄，此時他心中滿是絕望和悲憤。那該死的青麻頭只跟對手鬥了一個回合，便給咬去了左腿，悽厲的叫鳴真是慘不忍聞，東興盛老闆那陣格格的大笑更如萬箭穿心，這兩種聲音一直從澳門追隨到香港，老還在耳邊迴響。

天南心裡有一股仇恨之火，跌跌撞撞的跑到墓地所在的小丘上去。此時正是日午，秋陽高照，空氣十分悶熱，他跑得滿身滿臉的汗，及至趕到唐老虎的墓上，破口便罵，同時帶着殺豬也似的哭聲：

「他媽的唐老虎，你死了也要入十八層地獄……你害得我好苦！你死了要上刀山，落油鑊，打入十八層地獄永不得超生……」

他發瘋似地咒罵着，雙手攀住石碑拚命的搖撼，石碑本來只那麼隨便插在泥中，經他一陣亂搖，很容易便被拔了起來，天南把它舉起，嘴裡連唐老虎的奶奶祖宗都罵在裡頭，狠勁地往地上一砸，石碑「卜」的一聲便斷為兩半，一半飛撞在他的腳背上，當即紅腫了一大片，使他痛得眼淚直流，為此醫治了半個月。

至於那斷為兩截的石碑，至今還沒有修好。

（原載《海光文藝》一九六六年八月號）

颱風季

盧因

越過了石壁水塘，就可以看到隱沒在淒風淒雨裡的長洲的倩影了，這是上一回颳大風時得到的印象。我用「倩影」這個字眼來暗喻長洲像一位含情脈脈的少女，那當然是一個稍為誇張的象徵。從高空俯覽全島，它其實像一隻不夠二十磅重的啞鈴才真哩。三天前颳的一場大風，天文台的報告說是從沖繩那邊吹來的。那兒的美國大兵，閒得無聊，居然給颱風起了個好聽的名字：妮絲。風蕩起了，卻躺在澳門七十浬以外的公海上推也推不走。今天，阿根駕着漁船跟颱風賽跑，胡老爹站在船邊，照例口咬水煙槍，曲背抬頭。掛在天際的太陽曬得格外熱烘烘像火爐。老爹的獨子胡根，迎着從內陸吹過來的陣陣乾風，感染絲絲枯燥的鹽味。緊執舵棒子，學着老爹屈膝蹲踮的姿勢，用手擋住陽光朝上望。

「那邊灑分龍雨，二八回南沒那麼早咧，這場風準是颳定了。今年鱸魚淡收，黃花水尾也撈不到。阿根，看看油渣用了幾罐？」

胡根猛然轉身，第一眼就瞥見大肚的老婆，再過兩個月就要臨盆了，家中多一口，肩上加一擔，想起了今後的生活，想起了欠債，不禁歎了一口氣。胡根嫂才十七歲哩，離開大嶼山東涌那年，還在梅窩的漁民夜校讀小學二年級。每年夏天，陳老師放了暑假，喜歡從大澳攀山越嶺趕來梅窩，住在灘邊的一座小房子，當她是自己的妹妹，教她臨帖寫字。阿根嫂沒人養了，哥哥死去，葬在東華義莊，只好跟着嫂子相依為命。大清早下到鹽田趕工，也習慣了，等到太陽出得七七八八，抹抹夾背的汗水，撐起腰肢看對面的洋船。可憐的春天和夏天，都在指縫間擦過了。踏上迂迴曲折的小麻石路，偶然踩着一隻頑皮的田雞，阿根嫂可真膽小如鼠，哎吔哎吔的捺住嫂子的手，才回頭看誰個屁兒幹這好事。後面，除了烈日反影在小石子上的水氣以及一目無垠的白皚皚的鹽粒，一堆一堆積成脆弱的小山蹇在那裡，簡直沒有甚麼值得阿根嫂惦記的。大澳的八月，悶得令人發慌。踏進家門，婆婆睡的姿態頂古怪。跟在嫂嫂背後，阿根嫂聽婆婆說着：

「人家叫你帶金帶銀甚麼的，將來也總該有個落着哪。看你十六歲，顧得一頭家啦。」

嫂嫂只管笑，但內心還是酸溜溜的。她無法分辨家姑的聲音，然而，只要聽到她的說話，討厭和不安的感覺，會突然湧上心頭。嫂嫂不能解釋，這到底是甚麼原因引起的呢？可是，一想起是她鼓勵有娣去梅窩讀夜校，會連帶也想起那句說了又說的話兒：「識字總比不識好。」安慰的滋味也會像一片清涼香口膠，越咀嚼越覺得可口了。還是母親的呼叱把她拖回到現實來，這老婆婆，嚕嚕嚥嚥的：「有娣，你沒爹沒娘咧，找個人跟過世才是辦法啊，觀音娘娘有靈，會照得起你。」

「阿嬸，有娣十六歲嫁甚麼鬼人，再淘多幾盤鹹蝦才說吧。人仔細細，懂甚麼鬼事。」

「唉唉，」婆婆按住木床板爬起來了。七十五歲的乾癟身子，白紙也可以乘得它哩。眼睛瞎了，沒牙沒齒，說話時又上氣不接下氣，行動不方便，長年累月躺在床上。可不要小看她老朽無用，耳朵卻十分機靈，虧她有一副密底算盤的心腸。譬如現在吧，嫂嫂摸準了她小解的時間，拿起痰盂才走過去，婆婆就已經聽出她的腳音，該從那兒踏過來了。「家嫂呀，不是這麼說的呀，你十六歲嫁我個死仔，嫁到現在世界又變了些甚麼，還不是朝出晚歸？黃花斷斤賣，龍躉當爛柴，斤半重的石斑，才值錢嘛。」婆婆仍是密打細算的，嫂嫂想了十年，總算給她想通了。貴哥得霍亂病，可憐那瞎眼的婆婆，偏偏反對看西醫，託人去長洲趁建醮搶飽山那天搶來幾個硬饅頭，在飽面塗些紙灰煲豬肉，還說是醫病的獨步單方。嫂嫂那時就想，不吃死才怪。貴哥有甚麼鬼腦筋，日日夜夜翻白了眼球睡在船艙，每隔十分鐘又疴又嘔，抹完了所有的爛布，連留起的最後一條也差不多不能抹了，浸進海裡洗了又洗，貴哥的病依然沒有半點起色。嫂嫂知道禍難臨頭了。老早就聽人家說，載回長洲去聖約翰醫院住免費診療吧，但，十六歲過門的小妮子能說些甚麼呢。捱到第三天，貴哥的眼睛翻得更白了，終於張大嘴巴死去，眼睛合不攏。婆婆哭得呼天搶地，駛了整整一天，到將近大澳的時候，窮得連四塊爛板也買不起的婆婆，吩咐嫂嫂將拴網用的大石，綁在貴哥的屍身，抛進海底餵大魚。婆婆躲過臉，喃喃的説着些甚麼。十六歲的日子就這樣晃過去了，而且，一晃就晃了二十年。

一九五三年觀音寶誕那天，忽然有人走來向婆婆做媒。來人穿了一套黑膠綢衫褲，套金牙齒，一邊搖扇，一邊扭動着仙骨嶙峋的身子，慢條斯理的走過淩仙橋。橋下，搖送人艇的蘇姐呲牙咧嘴，裝了個唐突的笑容，逗她説「帶娣姐姐可夠俏哪，也替我加炷香吧，娣姐行運了哩。」

村上的人愛把帶娣形容成是一個再世何仙姑的原因，大概和她愛管男婚女嫁的事兒有關。誰都可以這麼侃侃而談的，單眼成去了汕頭擺魚，回來後，照別人講的託人向娣姐關照封利是，説是搵女仔娶就是了。待不到一個禮拜的工夫，阿成的艇竟多了個口兒，當家的這麼想：請伙計起碼百五二百，四起五下還二進一，一一如一，的助得嘞的算了個通宵達旦，直到指頭也給算得倦了，老子才答應：「好吧，船歸你，金淨五両重。」過了幾天，阿成傻頭傻腦的，依着帶娣吩咐拜天拜地，斟茶敬酒，叩頭叫乾媽。帶娣塞進一封利是説：「長長久久，天長地久。」娣姐永遠是這麼一句。當天夜裡，大夥兒蹲在艇頭喝喜酒，金黃色的光線，翻紅了漁家女的臉又湧蕩汪汪的海水。老子不想硬吃穀種，吩咐大家早點睡，養足精神明朝出海。單眼成的妹子送娣姐回去了。九點未過，阿成先鑽進船艙。隔了兩分鐘，新娘用紅手帕遮臉，瞇着眼兒偷看左鄰右里。大澳的夜晚來得特別遲，「水艇」賣水的噪音開始了，一陣白一陣白，鬼靈靈的晃來晃去，然後，叫賣叉燒粉艇仔粥的「鴻利」，朝這邊直駛。駛艇的「牛筋」唱歌似的喊叫「艇仔粥柴魚花生粥」，故意將口裡的「粥」字，拖得又長又響，也很刺耳。靜靜的「水埠」原本不是威尼斯咧，一刹那間風吹雨打的苦命根，彷彿被眼前的「牛筋」拉長了。

阿成攤在木板那裡睡得着，心兒卜卜卜的跳得很厲害。女兒家到底是怎樣的？記起了娣姐那句説話：「要斯斯文文啊，親親熱熱的才不會被人捉話兒。」這一親，可也令他墮進莫名狀的深淵裡了。船艙中間掛上一條粗布，老豆老母住船尾的那邊。時間當然還很早的，要是在平日，阿成會探頭艙外順口搭話：「『牛筋』啊，一個細艇，齋粥跟住。」吃完了，咬咬牙籤，歎歎涼風，輕輕鬆鬆的縮進船旁撒泡黃尿，平淡的晚上，不愁沒法子打發掉。可是呀，紅小飄進艙裡來咧，阿成還會想「牛筋」的細艇、咬牙籤麼？風靜止了，阿成記住明早去汕頭，煞他媽的一頭半月再回大澳。人生難得遇上幾次像今晚這種情景的，倒下去，阿成腦子裡的世界，容得下鵲橋上朵朵雲彩。

一接觸丈夫的視線，阿根嫂馬上想起了以前的一切，即使從她離開嫂嫂走去梅窩，又在梅窩被媒人捉回去嫁了給阿根那個年頭算起，也總有一段不長不短的日子了啊。胡老爹有的是一個守舊的頭腦，叫根嫂睡的時候肚子向上。「那才是貴子托福哪，要仔得仔，要女得女。」胡老爹指指阿根嫂的肚皮笑着。

「爹啊，這場風，會不會現在就颳成？」

「金龍駕風，朱鳳坐雨，流年不利咧。依我看，」胡老爹噴一口濃煙：「會來的，會來的。」

阿根嫂悶聲不響。看風勢，她也相信，這場風可能在未趕回長洲之前就颳來的了。

阿根嫂急忙站起，走上篷頂拉帆。

「幹嗎啦拉帆嚒？你不要命啦！」胡老爹氣得半死。

「衰神，還不躲在船頭曬日光。」胡根幫着老頭子大聲責罵。

「阿根，那是不是黑雲蓋頂？」

胡根拚命點頭。這時的太陽，奪目燦眼，風越來越大了，寂寞的零仃島，呆頭呆腦的放在海心，像家中桌上的大頭佛。阿根嫂想了很多。瞎眼婆婆臨死的時候還咒罵着說：「賤貨賤出蟲啦，你這個賤相賤死了我。」幾個女人把她拖進屋後柴房裡，揍得她半生不死。幾年過去了，麻木的記憶再也記不起甚麼了。「我偏要把妳嫁到臭麻子家做填房喲。」這是阿根嫂唯一還記得清楚的說話。十六歲生辰那天（剛巧是她的生日）過門，乘着花轎，呼啦呼啦的坐進三下莊。透過門縫兒一看，新郎結絲領穿西裝，倒也英俊。後來聽人說，他是三下莊的漁夫，妻子死了又娶，專揀十六七八的吃，四個十六七八的黃花閨女都給他吃死了，獨有阿根嫂命不該絕。三朝回門——說來話長啦，男家遵循俗例，無親無戚的除了向「認頭」的斟酒返三朝之外，還得上墳燒元寶——後三天，霍亂菌趁着海風，飄到大澳來了。麻子擺個頭祭賠了命，阿根嫂又氣又笑，既驚且喜。一個月以後，「認頭」的附耳跟麻子的契親，吱吱針針的密談了大約半個鐘頭。聰明的阿根嫂對這事也頗感奇怪：自己這副處女身保住了啦，莫非麻子不成？原來呢，果然給她猜中了，麻子確是外強中乾的赳赳武夫。樣子挺不錯的，一擔粗鹽挑在肩膊，一墮一垂的急步飛走，在他來說真是輕而易舉，說到生兒育女這宗事兒，不提也罷。阿根嫂雖然十七歲大了肚子，看上去，那老相沒人信，卻總有廿七八了。

「阿根，快點喲。」

胡根回頭看，遠處的天邊忽然黑起了。強風老是撲打帆下阿根嫂的瘦臉，一次又一次的回憶換來些甚麼呢？阿根嫂情不自禁的哭起來了。

「你看啊，阿根，那塊惡雲走得又急又快咧。」

「爹，轉頭上長沙去吧。」

「直去！如果今晚不趕回去應付七爺的欠債，看我們明天還有這條船？」

「不是啊，長洲一定趕不到咧。」

「再說我就砍你個頭。我老子給你討了老婆，還不依我？」胡老爹一生流盡了血汗，任由人家榨取，換得個半生不死的生活，憤恨和苦悶，混合成了這樣粗暴的性情。

「不是這個啊，爹。」

「你敢應嘴！」

阿根嫂同意丈夫這個提議。直去是沒用的，風越吹越大，九個字還不能駛回去。反正山邊近在眼前，拋錨歇歇，比冒濤衝浪好得多咧，逃入山洞躲躲，捱更抵夜好過賠命橫死。

阿根嫂正想站起身，卻被胡根叱退了。

「喂，顧住肚裡的種！」

「阿根，你看，太陽又出來呢。」胡老爹收斂了剛才的憤怒。但在越跑越近的黑雲的背後，狼吞虎噬的陰魂，正閃爍着胡老爹肉眼看不到的片片鬼火，擊鼓鳴鑼而來。

「打乾風我一世人見得不多哇，這次打乾風哪。」胡老爹說話的神氣，彷若讀熟通書的秀才：「光緒那年，墩頭的乾風直打去良田，由良田打去新州，再由新州打去市橋。」

「爹，轉去山邊歇歇嘛。」

「呸，」胡老爹又光火：「七爺的脾氣是不好惹的。」

「你不要命我要命。」

「不准，不准。」

胡老爹跨過阿根嫂，直闖船尾，從獨子的手裡奪過舵棒子。正在這時，浪花湧起了，胡老爹用力過度，阿根的手一鬆，整條船立刻失去控制。船身一側，阿根拐着身子，執住篷頂扯帆用的魚絲繩。如果他不眼明手快，早就掉進水裡去了。阿根嫂顧不得甚麼，腿子好像長了翅膀，朝空一踢翻轉身，倚着篷邊拉住了阿根的手。

阿根一面甩開老婆的手，一面大聲呼叫：「要不是我留了個種，早把妳甩死。」

阿根不敢違反胡老爹。一泡怒氣沒處發，唯有發到老婆身上。

「不躺下去？」

「不，」阿根嫂死也不肯。

風颳得比一分鐘前猛了許多，真的越颳越大了。胡老爹推開了阿根，自顧自掌舵。浪波從後面轟轟隆隆的湧上了，船身顛簸着，像跛子滑足仆倒。打乾雷和打乾風都不會下雨的，所以沒有雨。胡老爹左撞右跌，拉舵棒子拉不牢，戛然一聲斷了兩截。草帽給大風吹掉了。光頭被風打得呼呼作響。

「死仔，拉緊這一邊！」

阿根嫂跟隨丈夫的步伐走上去，扶起了有氣無力的胡老爹，才發覺他的光頭穿了一個小洞。

「艙裡有『黃狗毛』，拿來給我止血。」

阿根嫂匍匐着蜷進內艙。又一個大浪花湧起，這一次，船篷給掀開了，高桅桿搖搖欲墮。當船尾隨着無情的大浪頭急速垂傾，還來不及翹起的時候，跟着的大浪花又接踵湧上。胡老爹淌着鮮血的禿頭，埋在水裡，隨風一揚，暈陀陀的跌進大海裡。正想叫喊，另一個浪頭卻又把他埋沒了。

「爹。」胡根六神無主。

「快，我拋這條繩。」阿根嫂搶着説。

「爹，捉住。」

浪頭再次湧起，足有六層樓那麼高。阿根嫂提起了濕濡濡的手指擦眼睛。呼啦呼啦的乾風再把截了一半的舵木棒子，裂為兩半，讓狂風送上半天，在空間翻跟斗，吹得無影無蹤了。第二個浪頭再由上壓下，桅桿斷了，阿根嫂緊執住船旁的粗木，氣喘如牛，閉上眼睛，甚麼都不想！

「阿根！阿根！」

阿根嫂高聲喊喚丈夫的名字，他不知在甚麼時候失蹤了。天上的黑雲越來越多，也越來越厚。陽光藏起了，雖然沒有連天大雨，長洲仍然看不到。黑雲十足像圖畫上阿根嫂年幼時怕看的那個尖頭突眼的大塊兒魔鬼，她的眼睛疲倦欲死，抵不了大浪的沖擊。忽然，一塊木片拋上船艙，擦傷了她的手臂，痛不可耐，阿根嫂真的甚麼都不想了。

「阿根！阿根！」阿根嫂吃力地大叫，誰會聽到呢？辛辛苦苦撐起腰子，但不知甚麼時候，連腰子也撐不起來了。

阿根嫂用盡了平生的氣力張開口，喝了一口海水，迷迷糊糊的叫：

「阿爹啊！阿爹啊！阿根！阿根！」

船身劇烈震盪，船底穿了一個大洞。浪波白白的，在尖端托住了船的另一半，拋到高空，殘酷的風克制了頑強的胡老爹，一聲不響的捲走了僅有的衰弱氣息。阿根嫂知道，長洲就在眼前，可是，當她的身體，又像剛才的浪頭在尖端托起船的另一半的樣子讓浪頭托起她時，一切都過去了。屬於海的十七歲的甜美回憶，再尋不到了。

人們說，那是一場「龍捲風」。世世代代打魚捕魚的長洲人和大澳人這麼相信：「爺爺告訴我，道光和咸豐那一年，大澳打乾風打死了二千人。還有一年，張保仔也被乾風打得頭穿腳斷哩！」

一九六六年八月廿七日　新蒲崗

（原載《海光文藝》第十二期，一九六六年十二月一日出版）

情敵

沙千夢

我和陳潔是上海時候的老朋友，我們不見面已經有十多年了。我只知道她在台灣，她的丈夫在香港。我和她的丈夫從來沒有見過。好幾年前，陳潔曾在給我的信裡叫我去看看她的丈夫，大家聯絡聯絡。我因為沒有時間，又懶，便一直沒有照她的話去做。等到後來風聞他在香港另外有一個女人，便更不想去沾惹是非了。

不久以前，陳潔又給我來了信，告訴我她正辦手續，很快就可以來香港，跟她的三年沒有回去台灣的丈夫，和一別十年的我這個老朋友見面。她的信充滿了興奮和快樂，但是我卻隱隱為她擔憂。

陳潔和我同過了好幾年學，我深知道她的脾氣。從前在學校裡，她和一個叫做周美文的同學特別好，為了周美文，她不知表演過多少次潑婦行為，周美文有時在別人宿舍裡多坐了一會，便會惹起陳潔發脾氣，把鏡子、玻璃等全往地上摔，定要周美文賠不是收拾地方，她才罷休。她的臉一扳起來就像要殺人，她這副兇相給我的印象很深，我在學校裡着實有些怕她。不單是我所有的女同學都怕她，大家幾乎不敢和周美文說話。而周美文自己呢，恐怕比我們更怕陳潔，不然，她就不會對陳潔那麼馴服了。

有一次，學校裡開籌備會，我和周美文派到負責節目的工作。周美文有一晚等陳潔睡着，跑到我的宿舍來找我商談籌備節目的事。我們兩人談事不到半個鐘頭，陳潔忽然出現，披頭散髮，目露兇光，陰森森的向我們一步一停的衝來，這情景我至今還記得清楚。若不是我語言得當，一開口就表示十足的友善，她真不知會發多大的脾氣呢。

想到陳潔的個性，我就為陳潔的要來香港擔心。擔心報紙的港聞版不知要為她做出甚麼標題來。是殺人呢，還是放火？總而言之，依她的脾氣，是絕不容她丈夫有背棄她的行為的；這件事實在太傷女人的自尊心，一個平時文縐縐慢吞吞的女人都可能做出激烈的行動，何況平時性如烈火而又善於妒忌的陳潔！

我考慮，想先去見見她的丈夫，對他下個警告，以免將來發生慘劇。但是再想想，他和陳潔是夫妻，那有不知陳潔的脾氣之理？他一定早作防備，總不致坐着等她來撞破一切的。香港地方不算小，陳潔又是來小住就要回台灣去的人，逗留至多一兩個月，一切還容易隱瞞和躲避吧！

當我還在考慮不決時，陳潔已在我家門口出現了。

「嗨，你這小鬼！」她大力握我的手，說着國語。

「嗨，儂狄格赤老！」我用上海話回敬她。說完了，我才望見她後面還有一個人，倚着樓梯站着。樓梯口光線不太強，所以我初時沒有看見他。

「來，我來給你們介紹，」陳潔滿臉春風站在我們兩人之間。「我的老同學沙小韻，我的先生周楚寶。」

我和周先生握手，請他們到廳裡坐，仔細地看看陳潔，看看陳潔的先生。陳潔還是老樣子，聲音舉動都沒有變，只是略略胖了些，顯得更雄壯了。她的先生卻是一個瘦小，斯文的男人。在我看來，他多少帶着一些侷促不安，彷彿滿腹心事。他用偵察敵人般的眼光打量我。我知道他在想：假若他和另外一個女人被陳潔發覺破獲，我是不是那種喜歡火上加油的，一定要煽動別人夫妻打個你死我活的女人？

「我怕我的先生把我惡意遺棄了，所以我趕來看看他。」陳潔一開談就扯到了這一個話題了，把我嚇了一跳，我相信她的先生一定比我驚得更利害，我和他都作了個不自然的笑容。

「幸而我的先生還很愛我。他向公司請了三天假來歡迎我呢！」陳潔笑得最自然。「今天是假期的最後一天，我不認識香港的路，所以急着請他陪我來找你。我在輪船上兩三夜的疲勞還沒有恢復呢！」

這一天我請他們看戲，吃飯，算是盡一盡地主之誼。陳潔的先生始終不大出聲，他的老實樣子使我懷疑別人的謠言是不是真的。我相信陳潔卻連這點懷疑都沒有。她口口聲聲嫌丈夫太老實，埋怨他給她往家中寄的錢太少，不夠她母子四個人的開支。原來陳潔嫁她的丈夫後，已生了三個孩子。

這天陳潔還說：「嫁老實男人雖然賺錢不多，但是也有好處，就是不會在女人方面出甚麼花樣。」

她再三講：「一個男人窮了，哪個女人要他？」可見陳潔絕對沒有懷疑她先生甚麼，更可見她的先生人雖老實，但是隱藏的本領卻不小，因為是後來再向旁人打聽他，個個都知道周楚寶非但另有女人，還生了兩個孩子，有的還到過他們的家中呢。

陳潔摸熟了從她住的公寓到我家的路，她時時到我家來消磨時光，我總提醒她早些回台灣。我用堂堂母性的理論來說動她，當然不使她懷疑我別有用意。

但是她卻認為她的孩子留在台灣，她雖然不在那裡，卻一點不用擔心。他們已經托給可靠的人。現在最要緊的是希望她先生多籌一點錢陪她多玩玩，多買些東西回去給孩子，那才不虛此行。她又嚷她到香港來最大的遺憾是沒有過到馬將癮。她說她要她先生找些同事的太太認識，一起搓搓馬將。她先生老不替她找，而我又是一個不打馬將的人。在台灣抑了十年的馬將癮，據說也是促使她到香港來旅遊一次的一大動機呢。

我聽了她的話，想到她的言出必行的個性，知道她遲早終會逼着她的丈夫幫她達到目的，又擔了一下心。萬一陳潔認識了她丈夫同事的太太，萬一她們因搓馬將的關係搞得很熟，萬一有一兩位太太嘴快，慘劇就會發生了。她對她的先生那麼信任，她受得了一朝是到完全相反的結論嗎？她是甚麼脾氣，現在可能比從前更暴烈呢。

「我真摸不透你們香港的廣東人的脾氣。」有一天她又來我家時對我說。

「怎麼呢？」我問她。

「昨晚我和楚寶一起在外邊看電影，遇到一對楚寶認識的夫妻，是廣東人，他們聽見楚寶介紹我的時候簡直連禮貌都不懂，只是露出奇怪的目光死盯着我，我又不是三頭六臂，有甚麼好多瞧的呢？」

「瞧你美啊，皮膚又白，臉色又紅潤，曲線那麼好！」我打趣她。其實我在想那對廣東夫婦一定認識周楚寶的另外一個女人，一聽見陳潔又是他的太太，所以好奇。廣東人爽直，又見慣別人三妻四妹，沒有衝口道出他們的感想，還算大幸呢。

「那對夫妻就住在我住的公寓附近，我有門牌號碼，他們寫給我的。小韻，你陪我去看看那太太，說不定我會弄到馬將搓！」

「我不去，我和他們言語不通。」我故意說。其實我的廣東話儘夠敷衍普通的場面。

「你不去我自己也會去。」陳潔又表現了她的爽朗個性，這爽朗個性使我又擔心，擔心她早晚會自掘墳墓。

接連幾天，陳潔都沒有再到我家，我打一個電話到她那裡問她，知道她是在那對廣東夫妻家搓成了馬將了。

「她們搓的老式馬將不好玩，」她在電話裡告訴我：「明天我們要到另一個朋友家裡去打新馬將，贏了錢，我會找你，請你吃東西。」

「你再搓馬將我要和你絕交了，我天天在家裡等你來。」我故意說。

「唔，我十年難得有一次假期，你讓我玩個痛快吧，回去又做家事，管小孩，燒飯洗衣服，替孩子補功課……」她一連串的唸下去，引得我笑了。我本來無意阻止她遊玩，就是怕她在馬將枱上，得到那個消息。一個女人要是能不知道丈夫有背棄她的行為，就最好能不知道，這是我的理論，也是我沒有通給她消息的原因。夫妻，在原則上應該是兩個自由的人，一個另有戀愛，而能不刺傷另一個，就上上大吉了。

上帝保佑陳潔，在馬將枱上，竟沒有得到壞消息。大概上帝知道陳潔的脾氣太激烈，別的女子忍受不了的事她更忍受不了，為了不忍見發生悲劇，他讓所有和她打馬將的太太都守口如瓶了。

我想得正樂觀，陳潔突然光臨。她的臉上帶了不平常的表情，這個表情我依稀熟悉。我吃了一驚，我想秘密終於被太太們泄露了。

「怎麼，不太高興，是輸了錢嗎？」我故作輕鬆地問她。

她不響，兩眼陰森森的瞧着我，彷彿甚麼在絞着她的心，她把嘴唇連咬了幾下。

「哼，輸了錢也不要這麼緊張呀！」我只能一路裝下去。我在她面前站着，好像一個笨拙的演員。

她還是不響。我看出她的思想在鬥爭。

「你怎麼啦？」我頹然坐下。我想要是能分擔她的痛苦，我真是太願意了。

我們的僵局維持了半天，她才迸出一句話來：

「小韻，麻煩你陪我出去一會。」

「到那裡去？」我一面梳頭一面問。

「快一點，頭髮不要再梳了。」她不耐煩的催促我。

我套上皮鞋，拿起皮包，胡亂的在頭髮上夾上幾個髮夾，乖乖的跟在她後面出了門。

「鑽石山在哪裡，怎麼去？」她冷冷地問我。

「很方便，有巴士可以搭。」我回答她。

她一揮手，在街上招來了一架的士。我瞪瞪她，和她一起坐了進去。看她的行徑知道事情不妙。

「鑽石山是個總名稱，甚麼街甚麼路，你要告訴司機。有的地方車子可以直達，有的地方只能步行去找。」我提醒了陳潔。

陳潔低下頭，嚓的一聲拉開了皮包上的拉鏈，從裡面取出了一張紅帖子。我瞥見帖子上寫着周楚寶先生，夫人的字樣。

「哦，原來有人請你們喝喜酒！」我頓時怪我的疑心病太重，把一路的緊張都鬆弛下來了。

「是的，喝喜酒，但所請的周楚寶太太不是我！」她兇神惡煞似地說，同時用手指狠狠地指着帖子上面的地址：「請你看清楚，我並沒有住在這個地方，這個地方顯然另有別人，是送帖子的人臨時聽人說周楚寶現在在公寓裡住，錯送到公寓裡來。事情很明顯，周楚寶從來沒有告訴我他住過鑽石山。我和他通信，他都說住在男子公寓裡，其中不是有鬼是甚麼！」

「天知道，我愈聽愈糊塗了。」我裝着糊塗說。

「你糊塗，我比你更糊塗，好多跡象早已告訴了我周楚寶出了毛病，偏偏我要自己騙自己，不相信。」

「甚麼跡象？」

「譬如，我第一天到香港時，發現周楚寶腳上穿的襪子破了，有洞，但是補得很好，是一個女子精細的手工。」

「唔，還有呢？」

「還有，他給我往台灣寄的錢越來越少，他又沒有失業，沒有減薪。再說，過去他一年回去一次還嫌時間太長，現在三年沒回去，居然沒說過想家……原來人家有了新家，當然便不想舊家了。你說我是不是糊塗？」

「你講的話，也有可能，你預備怎樣呢？」我說：「有人講過，一個女人要拆穿丈夫的秘密，只有兩條路可走，一條是妥協，一條是離婚，要不，就不要去拆穿它。」

「我是既不妥協，也不離婚，更不拆穿！」陳潔斬釘截鐵地說。

「你有甚麼新花樣？」我問。

「沒有新花樣，打得他們一個落花流水，家破人亡，這是從古到今的老花樣。」

「啊喲，何必呢？」我認真勸她：「你再考慮考慮，這樣做對你有甚麼好處？君子絕交，不出惡言，夫妻也應該如此。不要失風度，還表演學生時代和周美文來的那一套嗎？」

「你不要管我，你送我到那門口，你就走，免得你拉住我不讓我打人，連你一起打進去。」

我真笨，想不出有效的話來勸解她，車子已到鑽石山了。我搶着付了車錢，拉她下車。

「我們慢慢地走去，你不要這麼急！」我真恨那糊塗送帖子的人，他不知將製造出甚麼風波來。說老實話，我也真想逃走，我怕參加陳潔的全武行場面。

我愈是慢吞吞，陳潔愈是着急。她看出我在故意怠工，索性指着帖子上的地址，自己向別人問路。那時倒變了她在引着我又走路了。

我笨笨拙拙說出來的勸她的話，自己聽聽都不夠份量，陳潔根本沒有在聽，她有些瘋狂，恨不得一步走到她要走去的地方。偏偏那地方着實難找，走過泥濘腥臭的街市，還要走許多彎曲的小街小巷。最後照着別人所指的路一路走過去，竟走到了荒野，要走曲折的山徑。

陳潔發現她要找的路名，好半天才找到了她要找的門牌。我們兩人都對那所房子不約而同的呆了一回。她望望我，我望望她。假使那牆上不清清楚楚寫着路名和門牌號碼，我們真會疑心是找錯了地方了。

這是一座又矮小，又破舊的小石屋。從那扇小小的木門和木窗看進去，裡面簡直黯無天日，與陳潔所住的公寓完全不能比了。周楚寶人雖長得老實樣子，但是也是個高級知識份子，身上西裝穿得畢挺，怎麼竟會有這麼一個破敗簡陋的小家呢？我疑心那小木門，陳潔一腳可以把它踢開。那木頭窗門呢，恐怕輕輕一扯就會倒脱了。在這種地方發生了慘劇，非但很難逃命，連事後報警也成問題呢。

「這是甚麼鬼地方！」陳潔對我咕嚕了一句就伸手拍門。門一拍就呀的一聲開了。我還在木窗口瞧時，陳潔已經推門走了進去，我連忙跟進，怕遲了陳潔會門上門不給我入內。

門裡就是一間屋子，因為大門開了，加上那小木窗裡透進點光，使我們看得清楚一切：兩隻大木床，一張破方桌，幾把舊椅子。床上枱上椅上全堆滿雜物。兩個孩子正坐在地上玩着一對布做的玩偶。大的是個女孩子，大約有七八歲了；小的是個男孩子，看樣子只有兩歲左右。他們都赤着腳，穿着骯髒的衣服。小男孩的臉上手上，全是污跡，好像好多天沒有洗臉洗手了。

陳潔看看他們，立刻發現了牆上掛着一張照片，上面赫然是周楚寶的半身像。照片上的眉目顯得比他本人年青。

「這是你們的甚麼人？」陳潔指着照片問那女孩子。

「爸爸。」她瞪大雙眼回答，想不到女孩子竟能說國語。

「好，我猜得沒有錯吧，」陳潔咬牙地對我說：「混蛋的周楚寶！」她恨不得立刻殺了他的孩子。

「你們的媽媽呢？」她又用法官的口吻查問那個女孩子。

「媽媽在醫院裡，生病。」

「甚麼醫院？醫生有沒有說她就要死了？」陳潔惡狠狠地問。

「九龍醫院。醫生說她很危險。」女孩露出憂患的表情。

「這些女人不死才怪！」陳潔罵了一句。

「他甚麼時候來看你們？」她又指指照片上的周楚寶問。

「爸爸早上來過了，給我們送了麵包來，弟弟還有糖。」女孩將哭喪着臉的小男孩圍在懷抱裡，一面回答，一面哄他：「弟弟，不要哭，爸爸一會兒又會送糖來給你了……」

「你媽媽住九龍醫院幾號房間？」陳潔又問。

「大房，十八號床位。」她好像背誦得很熟。

「唔。」陳潔的鼻子哼了一聲。

她好像沒有好再問的，半天沒有再出聲，只是站起來在那間破屋子裡踱來踱去。幸而那裡沒有破玻璃杯，只有幾隻洋磁的小碗，在枱面上，裡面放着一點水。

「我們走吧！」她忽然對我下命令。

「到哪裡去？」我跟在她後面。

「去九龍醫院。」

「那何必呢？」我說：「人家正在害病，而且病得一定不輕，九龍醫院不收小病的病人。」

「我要去，不管她重病輕病，總之要在她沒有死之前，見她一面。」她堅決地說。

「我不陪你去。」我輕聲說。

「我會叫車子去，你回去好了。」

經過先前走過的山路，小巷、小街，腥臭的街市，我們又來到走出鑽石山的大路上。

陳潔一路都很沉默，我想她是在等候發生一場狂風暴雨。剛才那兩個小孩和那個所謂的「新家」，實在太可憐相了，使她發不出雌威，所以她要再去尋找她的情敵去了。

「我還是陪你去走一走吧！」我快快地說：「到那邊去搭巴士！」

我們搭上九號車，在樓上找到座位。陳潔還是一言不發，我也沒有去打擾她。她在思索有關她的重大事情，我不否認，在這種時候，每個女人都會苦苦地思前想後，然後採取一種行動。我只是陪在她的旁邊，在此刻，我對她是一點影響力都不會發生的。

但是我擔心，兩個孩子，一個簡陋的家庭，雖然剛才暫時逃開浩劫，而醫院裡的病人，不像已經綁住在籠中的雞鴨，聽憑陳潔去割頸拉毛嗎？

沉默中的陳潔一臉殺氣，嘴唇緊閉，皮色發青。

車子將要到九龍醫院的時候，我心裡暗暗盤算，是否不要提醒她下車。但是轉念一想，依照陳潔的脾氣，她是不達目的誓不休的，就算我把她騙到尖沙咀，她也會叫的士再回頭，又有甚麼用呢！

無可奈何，我帶她在九龍醫院附近那站下了車。

陳潔走路如飛，使我只能在後面跟住她，連她的臉部表情都無法看到。因為正是親友探訪時間，她領頭很順利地找到了大房十八號床位。

陳潔丈夫新歡的面貌立刻展開在我們的面前了。

真奇怪，她的輪廓長得和陳潔差不多，只是因為生了重病的緣故，她的容顏很憔悴瘦削，凹陷的雙頰，焦枯的嘴唇，蓬亂的頭髮，再加上蠟黃的膚色，使她看上去完全像一個垂死的人。

「哼！」陳潔狠狠地瞧她幾眼，鼻子中輕輕的發出蔑視的一聲。

病人在熟睡中，完全聽不到看不到強敵的光臨。

「你們是來看她的嗎？」旁邊病床上的一個女病人忽然對我們開了口：「為甚麼不叫醒她？她盼望有一個人來看她，已經幾天幾夜了！」她努努嘴。「叫醒她，她會高興的！不過今天她的熱度很高，你們看！」

隨着那女病人的指點，我一眼望過去，看見病人床上有一張記錄單。

單上表示體溫的線條在近三天直線上升，果然，她今天的體溫幾乎已高到了不能更高的程度。

我把它取到手中，放在陳潔眼前，用手指給她看單上的記錄。

「沒有人來看過她嗎？」陳潔狠狠地斜瞪着隔床的女病人問。

「沒有。」隔床的女病人堅決的搖着頭，臉上現出很同情的神色。「她很想吃橙，嘴裡乾！看見別人有人送水菓，她眼淚都流了幾次！」

那女病人大有暗示我們去買一些橙的意思，我懂得，但是我不敢動。

「你們不叫醒她？」女病人看見我們呆立毫無動作，又催促我們。

陳潔對那女病人再瞪一眼，不加回答。扯扯我的衣服，她想要我和她一起離開那裡。

我很慶幸，一場風波又過去了。

誰知我們正要舉步，在熟睡中的病人卻轉動着肢體醒過來了。

她的眼睛半開，嘴唇微動，似乎想開口說話，陳潔立刻立定對住她。

「周太太，有朋友來看你！」隔床的女病人熱心地揚聲叫喚。

「姐姐！姐姐！」醒過來的病人臉上現出可怕的笑容，糊糊塗塗的對陳潔直坐起來。「姐姐！姐姐！你來了？我們十五年沒有見面了！」

病人顯然是在迷糊中，認錯了人。

當她掙扎坐起時，陳潔仍是屹立不動。我無法忍耐，衝過去，用力把她扶住。

「姐姐，媽媽現在在哪裡？別人說她已經死了，這是真的嗎？」她忽然對住我，而且流眼淚。「姐姐，你不知道我吃了多少苦，到近幾年才好了！」她直視着我。「你知道不知道？我生了一對寶貝的兒女，不要使他們失去爸爸媽媽！」她的眼睛瞪得很大。

我悽然對陳潔遞眼色。

「答應我，答應我！沒有爸媽的孩子是太可憐了！」她瞪住我，逼我答應她的要求。

我直視陳潔，我要她的答覆。

我看見陳潔，這時臉上的殺氣全消失了，她有的是非常軟弱的表情。

「答應我，答應我！」病人仍在我的懷中亂抓。

我忍不住流下眼淚，因為我不知道天下的女性為甚麼都這麼癡：她們不憂心自己，只憂心兒女，我自己的媽媽一生就是如此。

在淚眼中，我看見陳潔對我點了一下頭。

「答應她，誰都不拆散她的家庭！」陳潔説完，就轉身走了。

我想叫住陳潔等我，但是我沒有叫出聲。

我撫慰了病人半天，告訴她她的孩子會永遠跟着她和他們的爸爸，病人才含笑又閉上眼睛。

我放好她，替她蓋好被子。

「原來你是她的姐姐！」隔床的女病人很尊敬地又和我説話。

我來不及理她，我要去找看護告訴她病人情形嚴重，又要去追陳潔，怕她會不會有甚麼意外的行動。

「悲劇，悲劇！」我的腦中充滿這樣的結論：「兩個人共一個男人，總有一面是悲劇！」

我衝出下樓的電梯，一個女人正迎面衝入來，我們意外地相撞了一下，撞力不算輕微。

對方大概是趕時間上樓探訪病人的，她手中拿着一大包橙，被我撞落，滾了一地。

我來不及地俯身搶拾滾滿一地的橙。一抬頭，我看見也彎着腰在那裡拾橙的，曾經和我相撞的人。她不是別人，正是陳潔。

（選自香港中國筆會文選編輯組編：《短篇小說選》，一九六八年六月出版）

擊壤山莊

司馬長風

去年春天，我的神經衰弱症已經十分嚴重，醫生勸我最好搬往鄉下療養。恰巧三年來同在一起生活的小張正鬧失戀，急想換個環境來轉變心情，我們就一齊搬到了沙田去。

我們的運氣算不錯，在距西林寺不遠租到一個寬敞的房間。那是一所年久失修的別墅，兩層的樓房，帶着風雨殘痕，四周的亭池苑圃，呈現一片敗落淒涼。門窗的油漆已經斑剝，牆壁已現出龜紋，苑中荒草沒徑，泳池久不啟用，裡面汪着一片污水，石縫長滿綠苔，成了幾隻鴨子的樂園。雖然如此，對我們兩個窮光蛋來說，還依然是人間仙境。群山環抱，小溪淙淙，推開樓窗可以眺望沙田的海灣；清晨、黃昏、月夜，都有誘人的詩情畫意，比擠在十四層大廈的鴿籠裡舒暢多了。只有兩點不方便，一是夜裡蚊子太多，必需製備蚊帳，二是交通稍感費時，每天到公司去上班必須起大早。

大概搬過家後一個月，正趕上復活節假期。我和小張一連兩天沒進城，整天躺在床上看小說或下象棋打發時光。有一天靜極思動，想往深山裡去尋幽探勝，午睡醒來，每個人手裡提了一枝木棍，就飄然出發了。

我們順着一條小溪往上走，踏着卵形的大石塊騰身而上，澄澈見底，湍花飛濺的流水忽左忽右隱現着；小溪兩岸長着密茂的樹木，構成一個幽綠的洞。

最初一個小時，我們還見到溪岸草地上和溪流的石塊上拋着許多空煙盒、罐頭殼、汽水瓶、報紙之類的東西，顯然是遊人扔下的垃圾。走了約一個小時之後，便再見不到這些東西，四周山青水淨，幽寂無聲；恍若進入了另一個世界。

攀上一個山頭，兩人都感到疲乏，便坐在岩石上吸煙歇腳。下望是一個碧綠的山谷，谷底是一條小溪，溪旁山麓上有一座茅屋，茅屋周圍有幾片田壠，靠近茅屋是疏疏落落的菓樹，並有一條羊腸小徑從茅屋前面蜿蜒翻過山去。

「我們是不是走進陶淵明所寫的桃花源來了？」小張敞心開懷笑着說。

「這裡一棵桃樹都看不見，你忘掉桃花源記有『落英繽紛』的話了嗎？」我打趣的回答。

「你看那茅屋前面大門上有一塊匾！」

「噢！是的。好像是甚麼山莊。」我用手遮住光線，凝神的看。

「那第二個字很怪，好像是壞字。」

「對啦，一點不錯，是擊壤山莊！」

「這個名字起得很有意思，它的主人一定是個讀書人。」

「那不可一定，也許是讀書人給他起的。」

我們正在上天下地的瞎聊，忽然頭頂有塊黑壓壓的烏雲遮天蓋日，一股野風呼呼吹起來。

「不好，要挨雨啦！」小張才叫出這一句話，大雨點已拉成萬道斜線從天而降了。

「我們到山莊裡去避避雨罷！」

雨勢愈來愈大，兩人只好抱頭急奔到山莊去。剛進柵欄，迎面撲來一條大黑狗，汪汪向我們狂吠。

「大黑，不許動！」一聲宏亮的叱喝，隨着茅屋的門開了，一個老頭撐開一把傘把我們接了進去。

我們兩個被澆成落湯雞，進得門來也顧不到客氣，脫了襯衣擰乾，擦去臉上的水滴；忙了一陣，才回過身來向那老人家行禮寒暄。

「老先生，可真冒失了！」我一邊鞠躬一邊道謝。

「沒關係，聽口音咱們都是外省人！能到這裡見面，都是前生的緣份哪！」

「請教老先生貴姓？」小張在問。

「好說，我姓何，何正廉。」

我們也各自道了姓名。何老先生以手示意讓我們坐下。只聽他高聲嚷道：

「皖瑩，來了客人，盛兩碗綠豆湯來！」

外面雨聲淅淅，只聽到一個少女回聲：

「知道了，馬上來。」

在這個空檔裡，我才定下神，對這座茅屋和何老先生仔細看了一番。

何老先生長得又瘦又小，但是紅黑色的皮膚，敏捷的動作，宏亮的嗓音，都在證明他的身體強健結實。他剃着光頭，留着花白的山羊鬍鬚，但門牙掉了，說起話來有點籠不住氣，吹得那山羊鬍子直哆嗦。

這是一明兩暗的房間，像大陸舊式農舍的樣子，不過前後都開了窗戶；我們坐在中間的廳裡，我和小張坐在一面八仙桌的兩旁，何老先生坐在對面的木椅上。他背後是一張茶几，上面擺着一隻舊香爐，還有一個天地君親師的紅木牌位。牆上掛着一副對聯，是用白宣紙寫的，但是沒有裱糊。對聯上用草書寫着：

「黃粱夢後方悟道，
心同明月可尋梅。」

上款寫着擊壤老人雅正，下款是觀雲道人謹書。

我和小張看見另一邊牆上，也貼着一幅字畫，那是用魏碑體寫的擊壤歌：「日出而作，日入而息，鑿井而飲，耕田而食，帝力於我何有哉？」落款是擊壤老人自署。我對中國書法是一個外行，但觀賞那崢嶸躍動的墨字，讀着那兩句帶有道家氣味的聯語，不禁興起一種人生的省悟。尤其坐在深山的茅舍中，面對這個典型的中國老人，剎那間我恍如回到歷史裡去。

小張正和老人談話，雨幾乎完全停了。大塊的流雲正匆忙的飄飛。這時候房門呀的一聲開了，只見一個農家打扮的少女，穿了一身黑布唐裝，頭戴大草笠赤着雙腳，挽起褲腿，腿和腳都沾滿雨水，手中捧着一個木盤，三碗綠豆湯冒着熱氣，羞答答的走了進來。先給我和小張一人一碗，才把另一碗捧給老人。之後，她正想快步走回廚房去，老人突然叫住她：

「皖瑩，來，給你引見引見，這位是司馬先生，這位是張先生。」她頭也不抬鞠了兩個躬，轉身就出去了。老人捋着鬍鬚哈哈笑道：

「這是我的小孫女，在安徽老家生的，三歲就來到這裡，咳！」說到這，老人心中翻起了感觸，語聲低沉了。

「她的父母呢？」不懂事的小張偏要問。

「到香港不久，就不服水土相繼故去了。」

三個人不禁默然。沉寂了幾分鐘，只聽老人說道：

「兩位請，喝點綠豆湯，可以去暑氣。」

從後來的談話中，我才知道老人原是安徽蚌埠人，是有名望的鄉紳。大陸變色後，輾轉流離逃到香港。初到香港時手中還有幾個錢，他兒子本是在南京做官的，到了香港無官可做，就拿僅有的錢去做生意，但老人卻堅持在鄉下耕田。兒子拗他不過，就分出一筆錢給他蓋了這所擊壤山莊。結果兒子炒金失敗，在城裡住不下去，夫婦倆就帶着五歲的女兒搬到山莊來和老人同住。但他夫婦兩個人都受不了煎熬相繼逝世了。剩下老人帶着孫女，守在山莊裡打發孤寂的歲月。一轉眼已經十二年了。

這山莊最初只有一小塊菜地，與其說老人依此為生，不如說他藉此來消磨時光、來重溫大陸家園的舊夢。可是自從兒子和媳婦相繼作古之後，他為了把孫女撫育成人，就不能不認真拚老命來經營這山莊，十二年來，他開墾了三畝多菜地，一片木瓜林，養了百十隻雞，祖孫兩人居然活了下來。他今年已七十三歲，可是仍能挑幾十斤菜走十多里路，看來只像五十許人。

老人的生活是單調的，除了隔三差五下山賣菜之外，很少出門，因為孫女年紀小，沒有照看，所以養了一條大黑狗，也成家中一個主要份子。現在孫女長大，可以幫他做許多事情了。

除了孫女和大黑狗外，老人還有兩個朋友，一個是沙田墟裡一間酒舖的老闆，一個就是那個寫字畫的觀雲道人。那酒舖老闆非常信任這位硬朗的老人，無條件賒酒給他喝；觀雲道人的仙觀因為設在九龍鬧市的大廈裡，所以非常羨慕這所擊壤山莊，見了面總是向他開玩笑：「何居士，咱們倆真應該換換地方！」道人和老人都愛下象棋，因為老人很少進城，在每一個月裡，道人總是到山莊裡來和老人見一次高低。

雖說老人身體很結實，孫女皖瑩也很孝順，祖孫二人和一條大黑狗，在這人跡罕至的幽谷裡，看起來無憂無慮，好像畫裡的神仙，他們是人，是人就有煩惱。孫女滿十七歲，應該考慮找個人家了，這件事真使老人有點慌，別看他愛種田，愛這山莊，他可捨不得把孫女嫁給一個莊稼漢。看她那小模樣長得多秀氣，他心目中的孫女婿該是斯文人士。但是孩子從小沒進學校，雖然也教她認了不少字，可是，終年困在山圈子裡，人變得太土氣了。他有時感到懊悔，當初如果不蓋這所山莊，在墟裡開一間小士多，不也一樣可以維持生活？那就可以把皖瑩送進學校去讀書，只要小學畢業就行了。在墟裡可以遇見很多青年人，憑皖瑩這小模樣那還愁嫁不出去？唉，只怪自己打錯了主意，如今祖孫困在這山裡出不去了。

每當老人想起這樁心事，就禁不住要多喝幾盅酒，酒喝得多，日子就更緊。酒醒之後心裡就更不自在。昨夜就多喝了酒，今天正感到惆悵，想不到一陣大雨帶來兩位陌生的同鄉，老人心中的高興，可就不用提了。

老人和小張談得很開心，絮絮不休的盤問小張的年齡、職業、家世等等，使我在旁邊感到有點無聊。

外面早已雨過天晴了，淡淡的斜陽，照着潤濕如黛的群山，清風蕩蕩的吹進屋子，雞群從籠子裡，房簷下鑽出來，在門前的草地上啄食，那個叫皖瑩的少女在洗衣服。我仔細的端詳了她一番，長得可真不俗氣，那一副柔細的身材，不像做粗活的女人；皮膚雖然被太陽曬得有點赤紅，但那兩道彎彎的眉毛，那羞答答的兩隻大眼睛、小鼻子、小嘴放在一張圓圓的小臉蛋上，怎麼看都順眼。現在她擰完了最後一件衣服，搭在竹竿上，把一大木盆污水倒了。她看了一下斜陽，撩一下頭髮，顫顫巍巍走進屋來。

「爺爺，該做飯了。」她的意思說，是不是留這兩位客人吃晚飯。

「噢，張先生和司馬先生如不嫌棄的話，就在這裡吃晚飯好了，殺一隻雞，我這裡還有一瓶酒！」

我和小張馬上站起來道謝告辭，經過三推三讓，才算脱了身。老人把我倆送過山坡，大黑狗也跟在後面，只有皖瑩用手扶着門柱，遠遠的眺望着我們。

老人在山坡上指給我們一條近路，只消卅分鐘就可以到達我們住的地方了。

那天晚上我和小張對擊壤山莊的事都很興奮。對那古風古氣的老人，一致同意送他一個綽號叫「老神仙」，並且商量好改天買酒肉點心去答謝他。

就在次一個星期六的下午，我和小張帶了兩瓶茅台、一斤燒鵝，半斤茶葉，專誠去拜會「老神仙」。

當我們提着東西翻下那個山坡時，他祖孫二人正在汲水澆菜，「老神仙」似乎沒想到我真的會再來看他，因此，當他看見我們的時候就喜出望外，幾乎是手舞足蹈的樣子。皖瑩穿了一身破爛的唐裝，兩足污泥，滿頭是汗，一見我們，就羞得拔腿跑回屋裡去了。那隻大黑狗跑出來吠了幾聲，經主人喝止，就友善的搖着尾巴過來把我和小張嗅了一遍，從這以後它就和我們熟了。

老人陪我們進到屋中坐定，談了一會兒話，才見西屋的竹門簾打開，皖瑩換了一身乾淨衣服，滿面羞紅的走出來，向我和小張低聲招呼：

「司馬先生、張先生。」

「給我們沖壺茶罷！」老人對那羞得發窘的小孫女吩咐着。

飯前我和老人下象棋，小張起初在一旁觀戰，後來不知甚麼時候走出屋子幫皖瑩殺雞去了。

老人的象棋功力比我高多了，我一連敗了三局，後來讓我一馬，才有勝有負。兩個人直殺到天黑，皖瑩擺好了晚飯，點上了煤油燈，才罷戰收兵。

「老神仙」的酒興真好，我和小張都沒有酒量，可是被他的興致鼓舞，也居然開懷暢飲了起來。

「老神仙」一邊勸酒一邊講他的往事，他講到蚌埠鄉下自己那所大宅院，宅前宅後的菓樹，他熱心倡辦的何氏祠堂、義倉、義塾……並且還告訴我們他的想法。堅信可以活到共產黨垮台，他一定會死葬在自己的家鄉！在油燈的微光裡，他興奮的講着，山羊鬍鬚不住的抖動，新剃的禿頭閃着光，整個的人就像活動的浮雕。

酒力把彼此的矜持繳械了。我們三人猜起拳來，繼而吟詩。老人用安徽土腔閉目長吟：

大將南征膽氣豪，腰橫秋水雁翎刀，風吹鼍鼓山河動，電閃旌旗日月高。

那聲音是蒼涼悲壯的。當他高吟「風吹鼍鼓山河動」一句時，他似乎看見了遍地的義旗烽火，感動的渾身顫抖。

這一天，當我和小張蹣跚回到寓所時，已經是午夜了。

從那以後，「擊壤山莊」成了我和小張的一大興趣，每星期總要去一次。下棋、吃酒、談天，固然可樂，「老神仙」和皖瑩也使人可敬可親，那條大黑狗更親切解人意，但是更可繫戀的是那淳樸的農村氣氛，一到那裡就像回到一個夢境。

不久，我發現小張對「擊壤山莊」的興致比我遠為熱烈，平常我們多在每星期六或星期天去一次，現在小張常拉我在其他的日子去。我心裡是雪亮的，原來小張對皖瑩有意思了。每次去的時候，照例是我和老人下棋，他就溜開找皖瑩談天，有時兩個人到莊外散步，直到我們的棋興已盡、談興已淡還不見回來。

最近他常買些識字圖書給皖瑩，有時也買糖果，更有趣的是，他還買了一本菜譜和一本「女服剪裁新編」送給皖瑩；皖瑩也真聰明，按照菜譜做菜，味道越來越好，還自做了一套衣服，白襯衫、藍花裙子，穿起來連自己都不認識自己了。

有一次我和小張開玩笑：「我看你這是在有計劃訓練新娘哇！」他非常不好意思，連忙囑咐我「不要亂說」，可是後來他就不再否認了。

當然，這一切「老神仙」也看在眼裡，心裡已經有數。當他單獨和我談話時，對於小張的來歷出身，早已打聽得清清楚楚。有一次「老神仙」竟單刀直入的問我。

「司馬先生，你看小張對皖瑩究竟怎麼樣？他將來會不會嫌棄皖瑩，她讀書太少呢？」

當時我就不加思索的告訴他：「我看不會，他們倆是佳偶天成。」

「老神仙」聽到這個回答，笑得連眼睛都看不見了。

春風秋雨，轉眼之間，我和小張到鄉下已經一年了。我的神經衰弱症已痊癒大半，本來可以搬回市區去的，因為留戀「擊壤山莊」，又加上小張和皖瑩的愛情就快成熟了，因此就繼續在那荒蕪的別墅住下來。

一年來變化最大的是皖瑩了，在小張的指導之下，她從服飾都煥然一新，有如燦放的一朵花，見了陌生人也不再像以前那樣發窘了，出言吐氣，一舉一動都增添了幾分嬌氣。

現在小張差不多每天都到山莊裡去，有時不去，皖瑩就下山來，到我們的寓所看小張，每個月總有一兩次，逢星期六和星期天，小張就帶她進城去遊玩。

小張和房東已經商量好，明年春天把我們對面的房間新粉刷一下，準備做洞房。

新婚一切都安定平靜了，就像一條船，已經悠悠駛進港灣，只等靠岸下錨了。我好幾次預想到，當小張和皖瑩的花燭之夕，最快樂應是「老神仙」了。但是天有不測風雲，一天夜裡一點多鐘，皖瑩帶着那條大黑狗突然跑來叫門。只見她淚流滿面的哭着說：

「爺爺不省人事了！」

我和小張急忙到墟裡找到一位醫生，直奔山莊裡來。

當我們趕到床前，「老神仙」仍在昏迷狀態，醫生診察後說是心臟病，打了一針強心劑，他才悠悠轉醒。急促的呼吸着，慢慢睜開眼睛，看着我們露出了微笑。他兩隻手在伸動，皖瑩抱住一隻手流淚，小張就握住另一隻手。只聽他用低沉的聲音說道：

「爺爺看不見——你們的——婚禮了。」然後轉過頭來望着我，呼吸更急促起來。

我湊近去，伏在床前，聽他說道：「司馬先生，多照看他們……」

我點點頭，他掙扎着說出最後一句話：「我想不到，沒能活着回大陸……」

大家看着他吐出了最後一口氣，然後是皖瑩的喊叫和哭聲。

（選自香港中國筆會文選編輯組編：《短篇小說選》，一九六八年六月出版）

慧泉茶室

黃思騁

一

潘三婆推開堆積如山的塑膠玩具，伸一伸腰，又用拳搥一搥背，心裡想道：「又是星期六了，要是沒有這一天多好！」

潘三婆今年六十一歲，早在十五年前已經參加長生會，害怕自己的兒子無力埋葬她。可是十五年下來，她所繳的錢早已超過喪事所需，而她卻依然清健。

一個二十年前就做了寡婦，憑一雙手養大一兒一女的婦人，實在應該休息了，但潘三婆卻沒有這種福分。她的女兒剛出嫁的幾年，因為家庭負擔輕，每個月還能接濟她一點。使她不用過分操勞。可是一轉眼，她有了一群外孫，接濟就不再來了。她的兒子阿奎，是一條天生的懶蟲；他雖然是個紅牌車司機，可是一星期至少休息三天，不是進麻雀館就是到茶室去閒坐。到了週末，又忙着賭馬賭狗。所以一年到頭，他總是湊錢還債，口袋裡從來沒有過夜的錢。像這樣的一個兒子，不要說是依靠，就是做祖母都沒有日子。

潘三婆想起兒子快要回家，便將剛領到的工錢收藏在一個鐵罐裡，然後用一塊破椅墊蓋好。

「這點錢哪能給他賭狗，房租早就到期了！」她喃喃地對自己說。

她剛把屋子清理好，準備去慧泉茶室接班洗碗碟，她的兒子就闖了進來。他長得很高大，完全是他父親的模子裡鑄出來的，只是性格完全不像他父親。

「媽，你身上有錢沒有？」

「我那裡來的錢，你連自己顧自己都辦不到嘛。」

「這一向手風不好，麻雀輸，狗輸，馬也輸。」

「我活到這麼大，就沒見過在賭身上贏錢的人。」

「賭窮，不賭也窮，反正是窮！」

「這倒不見得，你揸車可以賺到一千塊錢，都是你自己送給別人的。」

「好啦，好啦，落狗纜的時間到了，你得替我想辦法借五十塊錢。」

「你要我到哪裡去借？」

「膠花廠或者慧泉茶室。」

「我從來不向人借錢的——這麼老了還為你去欠債？」

「我剛才去過膠花廠，知道你領到八十多塊錢。」

「你真沒出息！這錢是給你賭狗的嗎？」

「媽，我問你借，星期三還給你。」

「你有錢就往麻雀館鑽，怎會把錢還給我！」

「媽，你一定要給我，這次的貼士是逸園的一個服務員給的，我會贏大錢。」

「你次次都這麼說，可是次次都輸得乾乾淨淨。」

阿奎急了，說道：「你明明在塑膠廠出了糧，為甚麼不給我？」

「你想想吧，做完一籮塑膠汽車只有五角工錢，還要取貨送貨：我賺八十塊錢，要搬好幾十麻袋的塑膠，這是真正的血汗啊！」

「我知道是血汗，我星期三收了工就還你。」

「你自己去算一算吧，這一年來你從我這裡拿去多少錢了！全都是我的血汗呐！」

阿奎突然看見母親手上的那個湮舊的戒指，相信能當到一百多塊錢，便說道：「媽，你不借錢給我也行，可是得借你的戒指用一用。」

「你休想，這是我的結婚戒指，戴在我手上已經四十年了。」

「我向你借嘛。」

「不行，除非你殺了我！」

「又不借錢，又不借戒指，你叫我怎麼落狗纜呢？」

「我不管，你要賭自己去找賭本。」

阿奎賭狗馬已經很有歷史，據他自己約略估計，至少輸去了六萬塊錢，而他身邊連六元都沒有。因為賭博，使他沒法成家，只能找那些半老的醜女人發泄發泄。但賭博這東西一旦成為生活中的一個環節，成為一種嗜好，要戒也難。他這天上午本來應該去車行租車做生意的，結果因為看狗經的緣故，到車行時遲了一步，車被早到的人租用一空。現在他身上只有一元六角，但狗卻不能不賭。

他坐下來吸一枝煙，眼睛向着房內看來看去。這個跟母親生活三十八年的大孩子，對母親的習性相當清楚。他看見母親進廚房，就在房裡搜索起來。不一會，他在屋角裡掀去那個破座墊，找到了那個鐵罐，八十塊錢就在那裡面。他攫過錢，把鐵罐和座墊放回原處，就匆匆出門去了。

潘三婆從廚房裡出來，見兒子已不在那裡，便疑惑地走到屋角去看看。這一下，她才明白一個月的血汗，又付東流了。

「天，」她拍響着那個空罐說，「兩萬多架塑膠汽車，從工廠裡運來，一架架貼上招紙，又運回廠去，才得到這麼點錢，一到他的手上，不消一兩個鐘頭就到別人衣袋裡了！」

二

八點一到，慧泉茶室裡的座位都坐滿了特種茶客，每個人的手上都拿着一份有狗貼士的報紙，在閣樓上近圍欄的一個卡位裡，阿奎和兩個同好正在燃着煙，討論第一場比賽的貼士。

「家家報紙都是一拖三五，勝出來沒錢分，」阿奎說。

「三檔狗超班，贏梗，」他的朋友阿明說。

「我說可能爆冷，因為阿施有兩隻狗，蠱惑多多。」

茶室裡一片嘈雜，綠邨電台開始提供換狗消息和貼士。茶客明知貼士向來不準，但仍然願意聽聽。

「這一場是跑三百五十碼，一號狗雖然波歐，在彎角有少少斜走，但是快放，又佔檔位上的便宜，值得捧場；三號狗往績優異，近況也相當不錯，又佔班次上的便宜，值得看好。五檔狗久休復出，週一試跑狀態已回，如果沒有擠撞意外，應該可以勝出。所以本台的貼士是一三五。」

電台廣播完畢，就興起一陣嗡嗡的討論之聲。

「我買一拖三五，每條五元。」阿奎說。

「我和電台貼士相反，買五拖三一。」阿明說。

「我看好四檔狗，因為牠不但冷，而且有過一九秒六的佳績，」阿福說。

「這隻狗有傷，怎能跑得出？」阿奎說。

「你怎麼知道有傷？有傷怎能在試跑時十九秒九的成績？」

「別吵啦，各憑心水買就是了。」阿明說。

後面的一張枱子邊有一群人在那裡落注，個個爭先恐後。因為鈴子一響，所有投注都要停止。

電台的比賽號聲響了，場內的氣氛顯得有點緊張。那個廣播員提高了嗓子，正在將比賽的過程報導出來。

「現在開籠了，首先竄出來的是四號，一號，二號，六號……現在過了彎角，四號，一號仍然帶頭，二號佔第三位……」

「是不是，我早就說過四號能贏，」阿福說。

阿奎早就不能說話，他知道三五號狗連影子都沒有，輸定了。

「現在二號狗衝刺了，首先過終點的是四二一……」

一片拍枱和歎息的聲音。

「衰啦，」阿福說，「我應該買四拖二六。」

「這場一定好分，因為三隻熱門狗都死了火，」阿明說。

「現在有派彩了，」廣播員說，「跑出第一名的是四號狗，獨贏派彩十一元六，跑出第二名的是二號，位置派彩四元三，四號搭二號派彩三十九元八……」

「早知這樣，我買四號獨贏就是！」阿福懊喪地說。

「吵甚麼，」阿奎說，「不如研究一下下一場的貼士。」

「今晚爆冷，熱門狗賭唔過，」阿福說。

「阿莫聽說就要回祖家，可能搵回點路費，不妨多注意他的冷狗，」阿明說。

阿奎已經輸去十元，身上只剩下七十元，投注得格外小心，否則可能全軍盡墨。他偷母親的血汗錢來賭，心裡也着實不好過，因此在下注的時候，患得患失的感受也就更深。

廣播員預測第二場的賽果，認為二五六三檔佔盡優勢，尤其是二檔狗，可以說是一枝獨秀。牠最近四賽四勝，力拚強手，今次遇到老弱殘傷，決無不勝之理。

這種預測多麼合乎邏輯，笨蛋才不捧場。於是阿奎以二號狗作膽，拖五六兩檔，每條五元。阿福比較不信邪，偏偏賭他一拖三四。他的理論是熱門狗既無巨額派彩，又多死火狗，不如博冷狗較為合算。

不久，開跑號聲又響了，一號狗一馬當先，三號狗緊緊跟隨；二號狗佔第三檔，而且後勁不繼。到了衝線時，三檔狗臨門衝上獲第一，一檔狗第二。

「得着！」阿福大叫一聲，取出身邊的派彩單。

阿奎眼巴巴望着手上的廢紙，將它撕成兩截，扔到桌子下面去了。這張廢紙，他母親要貼二千八百八十架玩具汽車的招紙才能賺到！

「阿奎，今晚不利熱門狗，看樣子要和電台貼士相反才能贏到錢，」阿明說。

「阿勞的狗死火，買不得。」

電台報告派彩了，三號狗獨贏派彩二十一元三角，一號狗四元四角，三一連贏派彩二十八元一角。

阿福跳起來，高高興興去領彩金了。

「為甚麼不跟他賭？」阿明說，「要不然今晚不會輸了。」

「他也只是撞彩罷了，他連輸三個星期了，」阿奎說。

三

潘三婆在店子後面洗杯碟，一面注意來往的人，看看兒子是不是在這個場子裡投注。

她來慧泉茶室做夜工，從六點幹到十二點，每天只賺七塊錢。別人同她開玩笑，只要她的兒子少賭兩個晚上的狗，她就不必出來洗杯碟。

「我活一天就做一天，這是我前生欠下的苦債，」她說。

阿福領了彩金回座，一面數錢一面對阿奎說：「我看見伯母在水槽邊洗杯碟，她沒有看到我。」

阿奎不說話。

第三場跑出的是正路狗，阿福輸錢，阿明的狗膽死火，阿奎中了五元，派彩三元一角，除去本錢，實得十元零五角。他想起母親就在派彩的地方做工，便對阿明說道：「你代我去領錢吧，我怕見到我母親。」

「你自己去吧，我又沒有買中。」

阿奎無奈，只好自己去領錢。他剛來到後門，他的母親已經看到他了。

「你好，偷我的房租錢到這裡來賭！」

「我說過星期三會還你。」

「鬼才相信！一個月做不到二十天工的人，倒有錢還債。」

「別在這裡吵，你也沒面呀！」

「衰仔，讓狗吃了你！」

這是潘三婆鄉間用來咒罵孩子的土語，意思是説孩子會死在痳痘一類的病上，然後拋到山邊，任由狗去享用。現在將這句咒罵孩子的話用在一個三十八歲的男人身上，依然合適。

阿奎領了彩金回座時，已到第四場投注的時候。

「電台給甚麼貼士？」他問。

「一拖四五，」阿明説。

「這次我採大包圍，不要四六兩檔，」阿奎説。

「那裡來的貼士？」

「報上有人介紹。」

「這樣下注太重皮，而且不見得有錢分，」阿明説。

阿福已經賭了七年的狗，雖然輸了不少錢，但也多少獲得一點經驗，懂得捉狗路。如果同一狗師出兩隻狗，他買較冷的一隻，成敗在所不計。這一場，他買二六兩檔，因為這兩隻狗大冷，但是往績優異。

比賽的結果，二六兩檔狗大勝，派彩七十二元四角。全場的人都在咒罵練狗師蠱惑，只有阿福覺得練狗師有功夫。他去領彩金時，在過道上遇到潘三婆，隨手抽出一張十元鈔票，說道：「伯母，飲茶！」

「哦，阿福，阿奎怎樣了？」

「他輸錢！」

「為甚麼不跟你買？」

「各人有各人的心水嘛！」

每逢週末，要洗的杯碟不多，潘三婆做完工，就坐在牆腳邊聽貼士和看人投注。她過去也曾因一時高興，跟人投注，但每次都輸。她望望手上的十塊錢，心裡想道：「要這十塊錢來何用，我不如向阿全要個貼士吧！」

阿全是慧泉茶室的夥計，也愛好賭狗，一年到頭就替外圍公司工作。不過有一次他贏到二千多塊錢，卻着實轟動了一番。她找到阿全時，他坐在一個角裡，正在那裡剝手皮。

「沒賭本嗎？」

他搖搖頭。

「我這裡有十塊錢，替我找貼士下注，贏了你得二成。」

「我沒有好貼士，你自己去買吧！」

「現在跑到第幾場了？」

「第八。」

「替我下注。」

「你哪裡來的貼士？」

三婆忽然想起她最近得了個外孫，六磅五安士，便隨口說道：「給我買十元五六。」

「你想送錢，」阿全說，「這兩檔的狗怎能跑得出來！」

「你別管，十塊錢反正不夠繳房租。」

「慳返吧，阿婆，我不代你下注。」

潘三婆見他不起身，便獨自走到寫單的地方，說道：「五六單注十元。」

「嘩，阿婆，你也賭狗了，這裡那能不旺！」寫票的人打趣道。

「反正十塊錢救不了我的急，不如博一博。」

潘三婆回到原來的座位上時，她看見狗場裡的人正端着一大盤香蕉在神前舞動，似乎還在祝告。

阿全坐在一邊，很不開心地對三婆說道：「你不如把十塊錢借給我，我明天還你十五元都行。」

「你又不早說，我本來不想賭嘛。」

「算啦，這十塊錢已經輸梗！」

「隨它去，反正跟撿到的一樣。」

電台裡傳出十分緊張的呼叫聲，說是本來出籠脫腳，遠遠掉在後面的五檔狗，居然發揮後勁，在臨門時趕上其他的狗，和六檔狗雙雙衝線。

阿全整個人跳起，叫道：「阿婆，你得着，中了大冷！」

「是嗎？是五六號狗？」

「一點不錯，我替你領錢。」

「不忙，我自己去領。」

這一場的派彩是六十三元五角，按照規定，以五十元為最高限額，三婆的十元中五百元。她去領錢的時候，派彩的人詫異地問道：「阿婆，誰給你的貼士？」

「是我外孫給我的貼士。」

「你外孫在逸園做事嗎？」

「他大前天出生，明天可以出院了。」

「我不知道你在說甚麼。」

四

潘三婆回到牆腳邊，還有點不相信自己贏了錢，拚命去摸口袋裡的那五張百元鈔。

「阿婆，借五十元來，」阿全說。

「你下個月的薪水都借光了，拿甚麼來還我？我只能借給你二十塊錢。」

「二十就二十。」

坐在樓上的阿奎，已經將八十塊錢輸光，正以一種懊喪的神情坐在那裡檢討前幾場的貼士。他的朋友阿福在輸了三場以後，決意歇手，免得將贏到的三百元又輸去。阿明帶來一百元，又剩下了三十元，正想作最後的一擲。

「這一場我有心水，」阿奎說，「二拖三五，有錢分。」

「你已經輸光，我不信你的貼士，」阿明說，「我買三拖五六。」

「借十塊錢給我好不好？」

「我一共只剩下三十塊錢了。」

阿奎歎口氣，捲起了報紙，十分不情願地下樓去。

夥計阿全已輸光了三婆借給他的二十元，正站在櫃枱邊沮喪，忽見阿奎蕩下樓來，眼睛突然為之一亮，叫道：「你阿媽贏錢啦！」

「開甚麼玩笑，她從來不賭的。」

「今天她賭啦，中了第八場的大冷，五百元。」

阿奎忽然想起母親過去也偶爾下注，覺得這話或者不是空穴來風，問道：「你見到她贏錢嗎？」

「我親眼看到的。」

「她哪裡來的貼士？」

「我不知道，她叫我代她買五六兩檔的狗，我以為一定輸錢，沒有替她買。」

阿奎的臉上立刻有了笑容，說道：「快找你們老闆！」

「找老闆幹甚麼？」

「代領她這個月的薪水。」

「那怎麼行，你不如向你母親要錢。」

「我已經拿了她八十塊錢，她一定不肯再給了。」

老闆剛好從裡面踱出來，一見阿奎就笑着說道：「你阿媽好嘢，第八場只有她一個人買中。」

阿奎走到他面前，說道：「這個月她搞定啦；我可以代領她的薪水嗎？」

老闆苦着臉，搖搖頭說：「你上個月領了她半個月的薪水，她鬧了我三天。我看你還是向她要錢吧！」

「她不會給我的。」

「算了吧，阿奎，現在已經跑到第十場，玩過就算了。」

「可是下面的幾場我有心水。」

慧泉茶室的老闆很懂得做人，同街坊的關係也搞得很好，既然三婆贏了五百塊錢，借五十塊錢給她的兒子決不成問題。但阿奎現在有了後盾，開口就要一百。

「好吧，」老闆說，「明天還我一百二。」

五

十二點二十分，最後的一場狗跑完，茶客紛紛散去，只留下大堆的破報紙和垃圾等待潘三婆來打掃。

「三婆，」老闆娘一面關照牌燈一面說，「你哪裡來這麼準的貼士，明天我不如跟你落注。」

「哪有這麼好的事！只因我的兒子沒出息，偷去了我的房租錢，我一時生氣，隨便找個口彩下注罷了。」

「明天再找個口彩好不好？」

「我不會再賭了，我得留點錢替我外孫買點東西。」

「你身上有五百塊錢，過幾天又有工錢可領，你發達啦！」

「發達的是我嗎？你來看看地上的廢票就知道啦！」

潘三婆打掃完畢離去的時候，茶室附近已沒有人影，兩隻覓食的野狗在那裡遊蕩。潘三婆穿過馬路的時候，似乎看到一個人影在對面的巷口閃了一下。但她並不在意，她又不是年輕女子。

她住的地方離茶室有五六條橫街，都是黑黝黝的，一不小心就踏着狗屎和垃圾，不過潘三婆每天來往這個地方，就算閉着眼睛都能摸回家去。

一會，她已來到自己的大門口。就在這時，她又看到一個黑色的人影在進門的地方晃了一下。她定睛看看，那地方甚麼也沒有，或者倒是自己眼花也說不定。如果在平時，這老婆子不要說是黑影，就是鬼也不怕。不過今天晚上她的衣袋裡有五百塊錢，就不能不小心一點。她抬頭望一望二樓的窗口，知道同屋住的莫家還在做夜工，膽子也就壯了起來了。因為萬一有甚麼時，只要叫一聲他們就會聽到。

她向着大門走，那地方黑得連樓梯都看不清。她正要停下來看看有無剪徑賊的時候，她的頸子已被人從後面箍住，她感到一陣強烈的窒息。她用力去抓那隻箍在頸子上的手臂，希望它能放鬆一點，但換來的是更猛烈的窒息。接着，她暈了過去。

她醒來的時候，覺得頸子疼痛，好像斷了一樣。伸手摸摸四周，知道自己在樓梯邊。她想叫喊，但是發不出聲音來。她匍匐着轉個身，慢慢地向着樓梯上爬。

阿奎睡在疊鋪的上層，因為輸錢懊喪，早早就上了床。他正要朦朧入睡之際，忽聽得一陣抓門的聲音，這才想起自己的母親還沒有回家。

他一骨碌起了床，打開大門看看，赫然見到自己的母親爬在地上，有氣無力地揚着她的手，想説甚麼又沒有説出來。

「媽，你怎麼啦？」他慌張地問。

「搶，搶——嘢！」

阿奎往她的口袋裡一摸，裡面一無所有。

潘三婆被扶進房時，神志還有點不清，身子也搖晃不定。

「媽，你身上的錢呢？」

她擺一下手，「拿走啦！」

「你看清那個人沒有？」

「沒有，樓梯很黑。」

「一定是知道你贏錢的人，我會把他找出來！」

「算啦，到那裡去找。」

「這五百塊錢我早就派好了用場，我非找到那個人不可。」

潘三婆在喝下半杯水以後，喉頭稍稍好過了一點。

「從你手上輸去的錢不要說五百，就是五萬也有了，」她說，「我這點錢不被人搶去，也會被你輸去，這又有甚麼兩樣！」

「媽，你不會是裝假，把那五百塊錢藏起來了吧？」

「不錯，我藏起來了，我在湊棺材本！」

「可是你又做長生會。」

「我實在不願長生，可是這個賊又不肯超度我！」

「媽，不瞞你說，我借茶室老闆一百塊錢，我只好拿你的工錢來抵債了！」

「你儘管去抵好了。」

就在這個晚上四點鐘的時候，潘三婆用一條綑麻袋的繩子，懸掛在窗框上自盡了。

六

第二天的早報上，有這樣一則消息：

社會人士建議政府重新檢討賭博政策使外圍狗馬合法化以保障投注人利益。

（原載《耕耘》創刊號，一九七二年七月十五日出版）

李大嬸的袋錶

也斯

辦公室的人都走光了，只有我還留下來抄完那份賬目，電話鈴忽然響起來。我拿起聽筒。

「喂。」

「叫王主任聽電話。」電話那端傳來微微低沉的聲音，帶着命令的語氣。我認出那是誰，幾乎立即口吃起來。

「是，李大嬸嗎？王主任走了。」

「甚麼時候走的？」

「五點鐘，放工的時候。」

「笑話！現在還不到五點鐘！」她猛地把電話摔下，我耳邊立即響起胡胡的聲音來。我的耳朵熱熱的，不曉得是由於捱了罵還是甚麼。我看看錶，我的錶是五時五分。回過頭去，我們壁上的電鐘也是五時五分。王主任一定是照這壁上的時間放工的。他這回可倒楣了。我默默地把腕錶撥回五時；想了想，又再把它撥早一點。我一定要照李大嬸的時間校正才是。

在我們工廠裡，只有李大嬸的時間是最準確的。沒有人知道她在這裡工作了多久，有人說她一開始就在，又有人說她是老闆親戚。不管怎樣，當我們公司還只是一爿小小的中式縫衣舖，只有幾個縫衣女工工作的時候，一直到現在發展成為規模宏大的西式製衣廠，李大嬸一直在這兒。沒有人知道她的職位是甚麼，但如果說我們的工廠是一個大家庭，那麼她就是握有權柄的嚴厲老祖母。總是她頒佈規則、施行賞罰。女工有甚麼投訴、職員有甚麼要求，多半直接謁見她。我們聽到許多美談，說她提拔新人、推行福利。那都是流行的傳說。又有人對她判斷是非的能力推崇備至，但當然那也是傳說。至少我們太年輕，沒有機會目睹她昔日的光榮。我們開始工作的時候，只覺她的權力至高無上，也沒有機會看到她經過考驗。她已經是一個立法和執法的象徵。我們都十分害怕她。不管有甚麼不對勁，她立即打電話來。只要聽見那微微低沉而帶着命令的聲音，我們就知道一定是出了甚麼問題了。

李大嬸的時間觀念正如她的是非觀念一般嚴正不阿。她有一隻永不離身的古老袋錶，據說是由祖父傳下的那些少數在清代傳入中國的奇珍之一。那袋錶的準確是有名的。在我們的幾幢工廠大廈裡，任何時鐘的快慢參差，最後總是以李大嬸的袋錶為依歸；正如人事上的任何是非，都以李大嬸的判斷為標準一樣。李大嬸和她的袋錶，簡直成了我們工廠裡的法則。

所以第二天當我向王主任報告昨天李大嬸來電的時候，他好像嚇了一跳的樣子。儘管他還口裡強硬，說甚麼依照時鐘辦事的話，但他也顯然心虛，對自己和我們辦公室的時鐘失去信心。沒多久他就被傳去見李大嬸，他去了半小時左右，回來的時候，臉色不大好看。我也不敢問他結果怎樣了。

放工的時候，王主任果然沒敢立即離去。他表面裝作沒事，拿文件翻來翻去，我當然也不拆穿他。他一直留到過了五時五分（那是牆上的電鐘的時間，我的錶，照昨天李大嬸的意思改正，則是剛好五時），透了一口氣，再磨多幾分鐘，見沒有甚麼意外，便一溜煙走了。

我到了照我的錶是五時五分（牆上的電鐘則是五時十分）的時候，弄好了東西，也差不多要走了。但電話卻忽然響起來。是大嬸，她要找王主任。

「他五點鐘走了。」我只好老實說。

那邊沒有說話。我害怕起來，問：

「請問……李大嬸，你的錶是甚麼時候？」

「現在才五點鐘！」

我連忙把腕錶校慢五分鐘。我們這些普通手錶實在不能信賴，你看，王主任這一回又碰壁了。

翌日王主任又被傳去李大嬸房中，這一次他在那兒留得更久。我們會計這部門的老馮和老朱議論紛紛，今天他們不再像往日那樣討論我們公司的缺乏福利、升遷的困難和薪酬的微薄，他們轉而談論王主任的遭遇。他們，正如我一樣，雖然覺得這樣對王主任未免過於嚴苛，但既然他誤信了壁上不準確的時鐘，那又有甚麼好說。我們就像其他小職員，只慶幸事情沒有發生在自己身上，心裡盤算着如何為自己職位着想，以後用心留意時間就是了。我們都對李大嬸又敬又怕，也幸而有她作為一種標準，可供我們校正我們的時鐘。我們當然應該遵從她的準則，正如老朱所說，我們做工，就有義務遵從別人的規則呀。談到這裡，王主任回來了，他的臉色比昨天更難看，我們當然就住口了。

王主任整天沉默着，他臉上帶着一種被委屈了的神色。我低下頭不去看他。反正工作已經夠我忙的了。到了下午的時候，修理部的經理（有人說他是李大嬸的親戚）帶着一個技師來到我們的部門。我伏案工作的當兒眼睛突然看到前面一隻黑襪子。原來那位技師正脫了鞋子站到我桌上去校正牆上的電鐘。那位經理撥了內線電話請示李大嬸，然後看看我們牆上的電鐘，就對那技師說，「撥慢十五分鐘才對。」

我看看自己的手錶，雖然昨天才校正，但現在又不對了。我把手錶再撥慢五分鐘，然後警惕自己、以後一定要格外小心，每天看看自己的手錶有沒有違反李大嬸的標準才好。

然後我聽見那經理對電話裡說：「會計部的時鐘校好了，現在我們到廠房去。」

他們走了以後，我看見老馮和老朱一起舉起手腕，對着牆上的電鐘校好自己的手錶。王主任起先遲疑一下，然後也照着做了。在沉默的辦公室裡，只聽見一律的上錶鏈的軋軋的聲音。

從那天起，時間就成為我們辦公室的主要話題。老馮第二天就說出他的內幕消息，說是因為公司接近每年加薪的日子，所以對職員的品行特別嚴格注意；而老朱則另有一個消息：說是因為不景氣的影響，製衣業萎靡不振，公司要裁員，所以特別苛刻云云。我聽了這兩種不同的消息，又喜又懼，不過我們這種小職員，自然是明哲保身為主。往日他們的工作都堆到我頭上，在會計部我的工作最多，也是最遲放工的人。現在的情況好像不同了，到了五時，他們都沒有離去的意思，還乖乖坐在座位上。今天明明是星期三，但愛賭夜馬的老馮居然並沒有趕着離去，反而問：

「你說我們要不要打電話問問李大嬸的時間？」

「對，」老朱不知怎的就趕着撥電話。我聽見他說：

「是李大嬸嗎？我是會計部的朱吉明。請問現在是甚麼時間？」

然後他十分恭順地說：「是四時五十五分？謝謝，謝謝你。」

他一點沒有驚訝的意思。他立即脫鞋爬上我的桌子，把壁上的電鐘校慢五分鐘。

我只好也把手錶校慢五分鐘。唉，又不對了，也幸而老朱打電話去問問。這年頭，你簡直不能相信你戴的腕錶。

在那邊，王主任把手舉起來，又放下去。他不知在遲疑甚麼。然後，他忽然一字一字地說：

「會——不——會——是——李——大——嬸——的——袋——錶——錯——了？」

我驚愕地望着他，我料不到他會這樣說的。而老朱和老馮兩人，不知怎的都低下頭去，好像甚麼也沒聽見。沒人聽見最好，這樣的話傳出去可不是鬧着玩的。而且，有甚麼理由懷疑李大嬸呢？她一直維持道德和風紀，她又正直又嚴苛，是典型的中國傳統精神的再現。她的袋錶，是出了名準確的呀。

王主任說了這句話，也垂下頭去。他看來也不好受。一定是這一陣子他挨了罵，心情不好，才會說出這樣激憤的話來的吧。

第二天王主任也是整天不說一句話。整個辦公室的氣氛好像僵僵的。我很不喜歡這樣，我們過去都是有說有笑的呀。過去，王主任有時會開玩笑地說：我們的工廠是中西合璧的呀，但卻沒有好處，只是兼有中西兩面的壞處；比如沒有甚麼西式的福利花紅等措施，卻有西式的繁瑣制度；沒有中式的人情味，卻有中式的人事關係做成的冗員呀。然後我們就會批評一下薪金的微薄，前途的黯淡等等。儘管說完大家還不是照樣幹下去？但這樣說，心裡頭也好像痛快了一點。而我知道：王主任一向是頗尊重李大嬸的，有時他吐了一頓苦水，又會說：幸而還有李大嬸這樣的人，維持一些公正的原則呀！現在，王主任只是沉默着，他甚麼也沒說，不知他現在怎樣想呢？

我真耐不住這樣的沉默。日子好像特別的長，好不容易才捱到放工時分。大家收拾東西，我舒了一口氣。王主任看看腕錶，又看看牆上的電鐘。五時零一分。他也變得猶豫了。他遲疑了一下，撥了一個電話到外面問時間，終於收拾好東西，下班了。

我那張老爺桌子的抽屜怎也關不起來。我用力去撞它，詛咒它，又埋怨它怎麼不一早退休。正在全力跟桌子鬥爭的時候，電話響起來。

老馮去接。只聽見他說：

「走了。」

我立即知道：這一回王主任糟糕了。

我聽見老馮問時間，然後又爬上去把時鐘校慢五分鐘。所以現在的準確時間，應是四時五十八分，而不是五時三分了。

原來還未到放工的時間。於是我放棄與桌子的掙扎，坐下來，繼續抄寫。

我放工後立即乘車往戲院去。我原來約了女朋友看五點半的電影。不料一去到，只見她轉身就走，我追上去，她不理不睬，最後更把我痛罵一頓。我可不曉得是甚麼一回事。她說我遲到半小時。我看看錶，我的手錶，照公司的電鐘照李大嬸的袋錶校正的，現在是五時三十分；而她的手錶、戲院大堂的時鐘，都是六時，照戲院的守門員說：電影已開場三十分鐘。想不到我終於成為這時間問題的受害者。

但跟王主任的災難比較，我的災難顯然就不算一回事了。

王主任第二天早上回來，立即就被傳去。沒多久他就跑回來，氣憤地收拾東西離去。有人說他被辭退了。大家都沒敢問他甚麼。有人說他懷疑李大嬸的袋錶那句話也是得咎的原因之一。但是不是真的，或到底誰傳出去的，大家也不大清楚。王主任收拾東西，一面撕着沒用的廢紙，冷靜的面容掩不住他的憤慨。整個辦公室裡，寂靜中只傳來刻板的嘶嘶的撕紙的聲音。最後他一言不發地離開了。

他離開以後，我心裡總感覺到好像有點甚麼不對勁似的，但也說不上來那是甚麼。過了一會，我聽見背後傳來絮絮的談笑的聲音，我聽不清楚，但似乎是老馮戲稱老朱為主任，彷彿王主任走了，他的職位就將為老朱所取代似的。

但過了幾天，老朱也失望了。李大嬸帶着一位姓李的先生上場。把他介紹給我們的時候，李大嬸順便說了一番義正詞嚴的道理，說到服從紀律和尊重長輩的重要，特別說到守時是中國人傳統的美德，是我們不可忽視的。我想李大嬸的話很有意義。在一所工業機構裡，紀律是很重要的；王主任的遭遇似乎是過於不幸，但既然事已至此，我們做小職員的，不是見誰上場都照樣做下去嗎？倒是老朱，不知是不是因為覬覦那職位的關係，過後告訴我們說這位李主任原是李大嬸的堂弟。不過我們都不知該不該相信他。

日子照樣過去，不同的是現在每天放工前李主任都會致電問清楚李大嬸的時間，每天都是發覺我們的手錶快五分鐘，連忙照她的時間校正。每天工作完畢，致電李大嬸，校正我們的腕錶、然後再校正牆上的電鐘，便成為我們每日的例行工作，就像等因奉此的公函一樣成為每日工作的一部分，是一闋不可或缺的收場曲。而現在，每日爬到桌上依照李大嬸的準確時間把電鐘校慢五分鐘，已經變成我的責任。而我當然也依照主任的命令，毫不懷疑地做下去，就像每日做任何指定的工作一樣。

開始的時候沒甚麼，一天一天過去，我們工廠逐漸就好像跟外面形成兩個不同的世界了。各部門的同事開始誤了公共汽車和火車的班期、錯過電影的開場和在各種宴會上遲到，大家引起丈夫的懷疑和妻子的抱怨，沒法接兒女放學又趕不上夜校。光是說我吧，我的女朋友由發脾氣而至挺幽默地問我是否按照冬季時間辦事到最後忍無可忍地跟我絕交了。但我能怎樣說呢？起初我只好由李大嬸那個著名的袋錶說起，說到她的嚴正和時間觀念的絕對準確。我舉出許多歷史性的例子，說明從香港淪陷而至抗日戰爭勝利，從一個樸素漁港的生活而至近十多年來工商業興旺的發展，李大嬸的袋錶在我們機構中扮演了一個多麼重要的角色。但是我的女朋友，她只是撇撇嘴，說我們全瘋了，落在真正的時間之後還不自知。我許多同事都有類似的煩惱，他們無法說服外面的人，叫他們相信李大嬸的時間才是絕對正確的時間而外面世界不過是過速發展的幻象。外面的人不在我們的機構中，就無法感到李大嬸的權威與正確性。我們一半時間置身在機構中，另一半時間置身在外面的世界裡，感覺到兩種不同的時間標準，真是苦惱透了。

這樣日子一天一天過去，我們每天依照李大嬸的正確時間放工出來，只見天色一日晚似一日。別人都上班的時候，我們還在家中睡覺；等到我們工廠放工出來，街道上已經靜悄悄地沒有人影。我對外間的夜生活不知有多羡慕，只好抱怨外面世界的時間觀念與李大嬸的標準時間不同。大家心裡都不知如何是好；有人堅持李大嬸正確，唾棄外面世界的現實；有人開始如王主任一樣懷疑起李大嬸來；但這兩者都是少數，大部分人還是照規則辦事，有一天活幹一天，偶然也埋怨一下運氣不佳。

我們放工出來，每天街道上行人越來越少。起先人家以為我們是末班電影散場，後來更晚一點，人家以為是非法集會，差點出動警察來鎮壓示威。當我們在凌晨散向空無一人的街道，回到陋巷和新區，沒有人相信我們剛下班回來。男工經常被警察搜身，更常被匪徒在梯間箍頸搶劫；女工則無日不遇到侵襲。但這些事情發生得多，大家也理所當然地接受下來，彷彿也是例行工作的一部分了。

儘管整所工廠的工作人員依足李大嬸的準確時間上班下班，但整個製衣業的興衰，卻不是可以這樣控制的。在不景氣的影響之下，我們的生意淡了，訂單減少，生產也減量，廠內的謠言越來越多。大家都傳說，美國和日本，甚至蘇聯（唉！）的財團可能入股，我們公司的舊貌不知會不會改觀？我也不曉得該不該相信這樣的流言，直至這一天，李大嬸命我把賬簿拿去她房間，我果然真的看見一個陌生的中年人在那兒跟她談話。她一邊說話，一邊把賬簿翻給他看，我呆在一旁等候，像一個小廝。他翻閱一些數目，又說了許多我聽不明白的話。我在後面倚牆站着，幾乎就要睡過去了。最後只見他看看手中的腕錶，說：「現在快五點鐘了，我們改天再談吧。」

我聽了這話，不禁嚇了一跳。心想這傢伙這趟可要挨罵了。在他背後，壁上的電鐘（無疑是照李大嬸的袋錶每日校正的）現在不過是早上十一時。他的錶，像外面世界的許多時鐘一樣，顯然沒有照李大嬸的標準校正了。

我等候那爆發的怒斥。但卻聽不見甚麼。只見李大嬸和藹又慈祥地跟那人握手，笑着跟他道別，一句指正他的話也沒說。我這就想：會不會是她聽不見？照說應該不會的。但那又是為甚麼呢？她開門送那人出去，回來就坐下，沒有理會我。我站在這後面，盡量發出一些小小的聲音叫她知道我在這兒，但她沒有聽見，只是專心翻着桌上的賬簿。她一定忘記了我站在這兒，在她後面看着。過了一會，她把賬簿合上，然後從口袋裡把那隻袋錶掏出來，打開了，看了看，又放在桌上。她看着前面的空間，過一會，就掩着前額，好像頭痛的樣子，然後就在案上伏下來。我真的不知該怎麼辦，到底應該繼續留在這後面，還是奪門走出去？現在看來，好像我是在後面窺伺別人的秘密了，但我不是有意的，我可以發誓，絕對不是有意的。只是我忍不住看見李大嬸滿頭白髮、她剛才那猶如一個平凡多病的老婦人的神態、顯示她的衰老和脆弱的皺紋，這一切，跟我心中的堅決嚴苛的形象是多麼不相稱呵。

想到剛才的事，我的心就隱隱不安起來。懷疑像一頭蟲那樣輕輕咬着我。剛才她為甚麼不指斥那外面的中年人，像她指斥我們廠裡的人那樣，繼續維持一種正確的時間觀念呢？我真的不明白。是這引起了我的懷疑，使我這一向服從命令的人也開始思索起來。是這使我大着膽子，悄悄走前一步，看看那隻著名的袋錶。

那是我有生以來第一次正視那隻袋錶。它放在李大嬸俯伏的頭顱旁邊，在那脆弱稀疏的白髮掩映之下。跟我想像的樣子差很遠，我只看見一隻打開了蓋的平凡的袋錶，樣子很古老，帶一點油垢的污漬。也許因為時日太久了，錶殼和時針都生了鏽，字體模糊不清；老實説，那指針也不知是否還在動。我只看見，在那錶殼的裂縫中，忽地鑽出一頭不知名的棕色小蟲來……

一九七六年四月

主角之再造

崑南

很匆忙的，但決不是偶然。從天橋走過天橋，下面盡是嘈雜聲，我聽不見，腦海裡盡是合約的細則，我要擊敗保羅。他不可能這樣銅牆鐵壁的，我已計算過，他答允簽字的話，利潤是會很可觀。保羅的臉孔後面隱藏一些甚麼呢？眼簾接觸到康樂大廈的圓窗，保羅的臉孔就是像這樣的玻璃，透明，但，你看不出甚麼東西的。

他擺出一個不設防的姿勢，卻永遠是一個陷阱，你會打破圓窗嗎？打破了又怎樣，你會從高處跳下嗎？

保羅便是如此。

明知他心裡長不出花，你還要送給他一束花？

可是，為甚麼要擊敗他呢？是甚麼時候決定送花給他或打破圓窗？

人生不是送花，便是打破圓窗的了。再沒有第三條路子。

城市再沒有那麼清楚過。

全是數目字指示的。

紅綠燈在深夜仍然堅持着，數目字一直在努力不懈，如果是依計行事，時鐘永遠為我們效勞的。我手上的金錶，一個女人的印記，她是明明，她象徵紅綠燈式的堅持。「我要升學，唸完博士，我便會回來。」她真的唸完博士，她真的回來，對於她，很匆忙的，但決不是偶然。

從天橋走過天橋。

在太子行的餐室內。明明的線條從不含糊的。她像日本料理的食品，顏色鮮明。

與她最忘情的一次是在東京，但我們不肯承認那是我們快樂的時光。我們習慣把情感摺得很妥當，放在衣袋裡然後說：「我們都長大了。」

長大了。

站在天橋上。

甚麼都長大了。

明明對我的上司毫不客氣地批評：「你的才幹比他強，你怎能忍受他！」

「我知道。」

在明明的面前，我要比天橋更堅固。

我提及保羅，她沉默了。我很想她把保羅與我比較，但她偏躲避了。保羅厲害，連明明也失去了感應。

她的雪糕新地，似乎從不會溶解的，還有她的乳酪一塊一塊的送進口裡。輪廓分明。

隱約聽到她媽的一句話：「阿明很乖女，從不行差踏錯的。」

外邊是停車場。

路邊是吃角子老虎機。

機旁是警察。

這是秩序。

這個城市再沒有那麼清楚過，康樂大廈的影子，靜靜地蔓延，吹來乳酪的味道。秩序的康樂，像發泡的乳酪，矗立在岸上。

星星機械地排列着。月亮比不上霓虹光管，母親已去世了三年，對月餅的映象也模糊了，一個銀色的女人問我：「今晚中秋，你不用回家過節嗎？」我才記起花燈的片段，失去了記憶，只有太空人拍回地球的月球照片，沒有嫦娥，但太空船內的儀器，足夠美麗令我發狂，一切在銀色中。閃閃，科學便是這些無數的閃閃。銀色永遠給我一種安全感。

我幾乎陷入銀色的界限中，一切是如此安排着，連她的吻都是一片銀光。

一踏油門。

汽車的吶喊。

匙跌在地氈上，依然有聲。

她的脂粉沒有訴說着故事，然後，我沉醉在她的床褥上。

她提起雙腿，我伏在沙丘之上，永遠是月。永遠是金屬的聲音。

第五十層。

第五十層的銀色總是不同於第一層的，尤其往往從第一層提升到第五十層，每天上班的升降機，都給我震蕩，高潮，刺激，刻板的，仍可以把握住的。

明明已教懂我在非金屬的東西，都塗上金屬的顏色。我還能懼怕一些甚麼呢？

擊敗了保羅。

內心呼喊着。無血無肉。

王秘書的香水在瀰漫着，裸露的背彷彿是平原一片，但吹來的是冷氣機的風。想像她躺下來，是人造皮的沙發。

肥大的臀部。

在酒店的浴室內，我吞下了兩粒藥丸，還急不及待掏出了小瓶，向下身噴射。肥大的臀部是一匹戰馬。

她的唇膏的笑，已表示了一切。

冒出了汗也不可能退縮的。

馬達活動了。

她的喘息只能令我無比興奮，我要克服月夜，克服金屬的聲音。

眼前的她，是一座廿寸的電視機，我可以隨意轉換線路，可黑白，可彩色，可文藝，可武打，可遊戲，可歌唱……我捉住她那速記的手，我全心全意壓住她，我狂性大發，多渴望一種痛楚，發自無血無肉的組合。

我計算着分與秒。克服了。全身抽搐證實這一切。

第二天。

電車與軌道磨擦替代了雞鳴。

我走進了浴室，在噴水器下歌唱。

懷念王秘書的臀部以及明明的乳房。

一片汪洋。

我特別選擇這個早晨，面對保羅。

在餐桌上。

這個早晨，餐桌好像拉長了，保羅在遙遠的對面，我微笑地望着他，他拿起了一枚半熟蛋。

他輕輕一敲，我內心馬上迴響，裡面是太美麗的金屬物。

果然，殼裂開，流出來的是金屬的液體。

我的微笑凝成了滿足的硬塊，下體亢奮着。

我捉住了速記的手。

我已從明明學會了魔法，把非金屬塗成了金屬。

我變成無血無肉。

我比電腦更為機械。
七天內上帝創造天地。
一個早晨到另一個早晨，我再造了自己。

（《五人話集》，新週刊出版，一九七六年四月初版）

老金的巴士

譚福基

汽笛悶悶的一聲長鳴，無可奈何地，疲乏而笨重，吞納了飽滿人潮的渡海小輪，正緩緩開行。六時零五分，黃昏在點點滴滴的潑染過來。收拾好文件，離開了寫字間，走向電梯，一群一群的人，也離開了寫字間，每一個門口都吐人出來。

出了大廈的門口，抬頭一望，天黑得很快，一大片烏雲壓着九龍。快下雨吧，每個人都行色匆匆，但每一個人都衝不開遍地的人潮。一群一群的人，從每間大廈的門口出來。我走向海邊，走向碼頭，碼頭和這裡只是咫尺之遙，但是行人道上正在修路，馬路上匍匐了長長的不耐煩的車輛。我走在行人道的邊沿上，前腳踏到了別人，腳跟又給人踏着，還有陣陣的汽油味，還有濃濃的黑煙，從廢氣管嘔出來，擦我的鼻子，捏我的咽喉。

突然「嘎」的一聲，我嚇了一跳，一輛「寶馬」停在腳邊——「找死嗎！不要命囉！」一個肥肥的頭伸出來叱喝。我默默的走開，背後一陣暴躁的響號，一陣雜沓的人聲。我默默的走開，有十里的市塵隨我，但總還是揮不去一縷「嗒嗒嗒嗒」的單調，清晰地在我的耳際縈迴。也不知從那時開始，「嗒嗒」的打字機的聲音，便重複而單調的敲我的腦細胞，敲我的神經線——「你放小心點，」老闆的兒子悠閒地癱在那張真皮高背軟椅上，指着桌面上一疊信件，「你這份工作，有超過一百人等着來做！」他年青的面上，裝上一份嚴肅的神態，薄薄的嘴唇瀟灑地張合，我垂頭站着，猥瑣地站着，一面努力地假裝小心地聽着他損我，一面努力地抗拒那「嗒嗒嗒嗒」的聲音。他說得對，有超過一百人在等着我這份工作，只有他是老闆的兒子，而他們都不是。在得到他仁慈的准許後，我默默的走開。

天更黑了，有一兩點雨粉，今晚準會有雨，人群更形忙亂。隨着人群轉過街角，海上似乎有霧，朦朦朧朧中，碼頭像是屹立在海邊的一隻巨獸；每天，碼頭是一隻張着口的巨獸；每天，人群是一波復一波的浪潮，把我納入了這巨獸的呼吸。

進了碼頭，趕上輪候找換輔幣的人龍。跨海而來的人群甫散，閘門只開及一半，便有一族飢餓的野獸翻蹄而出，呼嘯着衝向渡輪。我雙手抱着身子，也不用移動腳步，便給衝到船上。汽笛悶悶的一聲長鳴，輪渡劇烈的震盪了一下，便緩緩開行。

我垂頭坐在椅上。左首那人是個大胖子，只穿了一件笠衫，一條短褲，撐開手腳的在看鹹濕夜報，肥大的肩背貼着我的手臂，隱隱傳來一陣陣霉味。右首那人口角叨一根煙，一頭蓬亂的長髮披肩，雙腳連着烏黑的布鞋，擱在前面的椅上。我侷促的坐在中間，垂着頭，閉上眼睛，努力的在霉味和煙味的力壓下呼吸。

船終於停定，跳板還沒有落下，一船的野獸已經紛紛跳登彼岸。我踉蹌的舉步，踏到別人的腳踝也給人踏着腳踝，偶一回頭，那邊閘後已另有一幫虎視眈眈的獸群等待衝閘！

碼頭嘔吐了瀉地的人潮，人紛紛散開，散向不同路線的巴士站，站成一條條不規則的蛇形，蛇尾遠遠的擺向馬路，每當有巴士響着號衝刺而來，蛇尾便一陣紛亂，散成一條醜陋的孔雀尾巴，之後又凝聚成蛇尾。

我站在蛇腰。兩頭開始漸密，每個人都焦急地仰首看天。我耐心的等着，老金的巴士就要來了，我在這裡乘了五年的巴士，這老頭從來不誤點。五年，老金不誤點，我也不誤點，這周圍的人也不誤點，總是在這個時候，聚集在這裡，等候老金的巴士。看，它不是也來了嗎？

一輛巴士風馳電掣而來，人群立時起了騷動，紛紛湧向車口。「請守秩序，請守秩序，他媽的，不要打尖！」站長叫得聲嘶力竭。我前後左右都是人體，也分不清是男是女，只是一堆堆的血肉，緊緊的黏着我的肋骨，背脊，黏着我進入車廂。「不要再擠上來，排好隊，好了，又有車來了，不要再擠。」站長擋着人群，一面叫着，一面大力拉上車閘。「攪掂，閂得！」

車子沉沉的喘了一會氣，又劇烈的搖了一陣，便重重的開出。漸漸，車子駛過了總站外的迴旋處，跟上了前面的車隊，等着轉出前面的大路。近碼頭的這一區，在微風下黑沉沉的，車廂內開亮了昏黃的燈，擠滿了人，大家都氣息相聞，互相呼吸着對方的廢氣。車子緩緩地前進，有人開始吸煙，於是一車的烏煙瘴氣。

離開碼頭的第一個巴士站滿是人，老金的巴士跟着前面的車隊緩緩前進，慢慢的到了巴士站。大群人擂打着車門，「下雨啦，行行好，讓我們上來。」車門於是打開，我趕快提起右手，緊握車頂上的扶手，準備抵抗快要入侵的壓力。人體不斷的壓上來，人與人的空間漸漸縮少，我面前的壓力越來越大，我漸漸的後退……突然，「哎喲」的一聲，我趕忙的回頭，垂着的左手好像摸到了一節滑滑膩膩的甚麼東西，在我背後的女學生狠狠的瞪我一眼。「對不起，對不起。」我喃喃的說，唯有將左手也提起來，握着車頂的扶手。「哼！」那女學生啐了一口，將她的書包抱到面前，我正在覺得背上一硬，突然眼前一黑，一座龐然大物正面壓過來，然後車子一動，左右同時有身體抵着我的肋骨，於是我高舉雙手，就此動彈不得！

車子大大地喘了一口氣，慢慢的離開車站。我茫然睜開眼睛，赫然看見一個差不多有六呎高的胖婦站在面前。她的肚腩緊壓着我的橫隔膜，肥大的胸脯虎伏着，君臨着，我軟弱地舉着雙手，盡力把頭仰後，爭取呼吸的空間。她昂然挺立，鼻孔朝天，貪婪地吐納着，帶着使人窒息的氣味，在我的面上颳起一陣陣的狂風。

我盡力的別過頭，腦中昏昏沉沉的，總好像吸不進空氣。咦，那是甚麼？那人突起了眼睛，密密地喘氣，活像一尾死魚，怪嚇人的……唉，那是我，那是車前的倒後鏡。

空氣，空氣！我想嘔吐。腦中一陣又一陣的暈眩，眼睛一陣黑一陣白，雙手一陣又一陣的麻痹，甚麼好像不聽使喚了。唉，車子開得很快，開得很快……

「咦，不對呀，老金，怎麼走到這條路上……」

「是呀，走錯了！走錯了！」

「失心瘋嗎？老金，快停車！快停車！」

我茫然睜開眼睛，車子開得飛快，車廂的人蕩來蕩去，一車騷然。

我茫然望向車外，卻甚麼也看不見。原來不知甚麼時候，開始下着一場暴雨。窗外黑沉沉的，暴雨敲擊着窗，老金的巴士在雨中開得飛快。

「嗚嗚，老金瘋了，為甚麼總不聽我們的，快停車呀！」

「奇怪，老金開了這許多年車，怎會走錯路？」

「他不是走錯路，他是瘋了。」

「唉，昨天他還是好好的，怎麼今天瘋了？唉，真倒霉。」

「老金，快停車！快停車！救命呀！救命啊！」一車鼎沸，有些人呼喝，有些人哭喊，亂成一團。

我大口大口的喘着氣，為甚麼雙手總是不聽使喚，仍是高高的舉起？雜沓的聲音，刮着我的腦袋，刮着我的神經。啊，那「嗒嗒嗒嗒」的聲音，老闆的聲音，老闆兒子的聲音，修路的聲音，汽車響號的聲音，輪船汽笛的聲音……哭聲，笑聲，爸爸媽媽，不要再吵了，不要逼我！不要逼我！

我昏昏沉沉的，車駛得飛快，一車的烏煙瘴氣，一車的雜沓人聲……突然，我眼前一黑，車廂的燈一齊齊熄滅！「啊！」驚呼的聲音此起彼伏。「啊！」「恐怖啊！」漸漸，驚呼的人聲漸漸遠去。

昏昏沉沉的，四周一片漆黑。是日蝕嗎？「天狗食日！天狗食日！」驚慌的人群漸漸散去。手心很痛，腳板也很痛。頭上的荊棘，深深刺進腦袋，背上的鞭傷，正噬食着靈魂。父啊，你在震怒嗎？但這是你的旨意。請收起你的雷威吧，不要驚嚇了你的兒女，就只要下雨，下在我的身上。我在流血啊！手心很痛，腳板也很痛，我的身體在流血！讓雨下在我的身上吧，就讓雨帶着我的血，流向后土，流向茫茫的大地，流向永恒，流向千年萬載，洗刷他們的罪，也洗刷你的恥辱。父啊，原諒他們吧，因為他們做的，他們也不知道。父啊，原諒他們吧，因為他們是你所製造的，你愛他們，甚至將你的獨生子送給他們，為他們贖罪。那麼，就讓雨下在我的身上吧，就讓雨帶着我的血，流向時間，流向空間，卻不要讓我的血白流！

昏昏沉沉的，四周一片漆黑。驚呼的人聲漸漸遠去。我的雙手仍高高舉起，死釘在車頂的扶手上。一片漆黑，一片死寂，壓着我的人體彷彿驀然消失，我盡力仰起頭，怎麼雙手總是不聽使喚，仍是高高的舉起？窗外的暴雨，彷彿直接打在我的身上。雨，你打吧，我已經舉起雙手，不再需要任何保護。你說你是無處不在的，那麼，你一定知道。你說你重來的時候，那便是最後的審判。請你審判吧，天地是你造的，我們是你造的，罪與罰，仁慈與救贖，一切都是你造的。但你是如此喜歡惡作劇啊，甚至讓你獨生子的血白流！

為甚麼人有生老病死，富貴貧賤？為甚麼人間有不公，有壓逼？為甚麼人生憂患多，歡樂少？為甚麼人的肉體有創傷，心靈有痛苦？我很害怕，我很害怕！為甚麼我雙手仍然麻痹，你要釘我在車頂的扶手上？請放我下來！放我下來！

一陣劇烈的震盪，突然之間一切靜止。沒有人出聲，沒有雨聲，沒有一點聲息。良久，良久，漸漸壓力減輕了，好像有人下了車，漸漸好像有了微光，雖然這不是車廂內的燈光。有人下了車，有一群人下了車，我周圍的壓力都消失了，慢慢的放下雙手，輕輕的舒一口氣，輕輕的，像在做着一個甜夢，稍重的呼吸都會把它驚散。我舒展了一會筋骨，借着微光，舉步下車。

雨已經停了很久，深邃的天一望無際，一輪明月掛在天邊。月下一片好大的草原，盡頭處畢直下削是懸崖，崖外茫茫，看不見底。草原的那邊，有溪水，有樹林，草原上生滿了野花。老金舒展着手腳，在草原上漫步。一個個下車的人，在草原上或坐或臥，或者是悠閒的散步。我深深的吸一口氣，一股清甜的氣息直透心胸，散向四肢百骸。我貪婪的呼吸着，活動着手腳，青草的氣息，野花的香氣，還有葉上的露水，都在月色下氤氳。

老金微笑着指向那森林。我奔過去，濯足在淺淺的清溪。清溪旁的樹下，滿堆着不知名的果子。我捧起一個，鼻子先聞到清溪的香氣，輕輕咬了一口，嫩滑的皮膚裂開，清甜的汁液飽潤了燥裂的唇。萬籟俱寂，甚至沒有流水的聲音；我悠然臥在樹下，臥入大自然的懷抱。

月亮漸漸移到中天，一個一個的人回上了車，最後，老金向着我直招手，我搖了搖頭，於是老金聳一聳肩，自顧回到了自己的駕駛座去。沒有任何聲息，老金的巴士漸漸遠去，冉冉遠去，幽靈一般，在黑夜中消失。

此際天清月明，我臥在樹下，柔和的月光灑落在我的面上身上，像母親溫柔的手，在撫慰一個受了委屈的兒子。

彷彷彿彿，天地變成搖籃，明月伸下一隻溫柔的手，溫柔的手搖呀搖的，搖我酣然入睡，搖我納入大自然永恆的呼吸。

一九七七年十一月十三日晨

（原載《小説散文》創刊號，一九七八年一月一日出版）

染

阮朗

我的家，在九龍染布房街。

「甚麼？這是條甚麼街？在甚麼地方？」不少朋友曾經大驚小怪地問我，好像我在開玩笑似的。也難怪，這條街一則偏僻，二則很短，三則是條半邊街，四則這名字十分樸素，年輕的朋友也就不一定到過，不一定知道的了。

玉清，也不例外。

不怕害臊，長輩們或者都有這個經驗：第一次邀請女朋友到家作客的那份緊張，既不能說「如臨大敵」，又不是「患得患失」……反正很難形容，但決不是串演「摩登保鑣」的角色，小心翼翼陪她從筲箕灣搭車到天星碼頭，過海上車抵旺角——當時海底隧道還沒有築成，漫長的「旅程」中，如果我是「護衛員」的話，那寧願失去「七百多萬」，而和她一輩子相守的強烈願望，可是志在必得。

那是三年多的事了，我二十五歲。

是個黃梅天，細雨間歇地漫天撒下，一把傘遮着兩個人，減少幾分燠熱，卻增加了很多——很多所謂情調罷？從窩打老道一家保齡球場附近的巴士站折回火車橋右手轉彎，沿着一長列利用路軌下斜坡草地開設的花圃往前走時，太陽和細雨一齊來，身邊的紅花綠葉，青草樹木全都蒼翠欲滴，有一堆花卉裡，放着一個白瓷斜臥的觀世音菩薩，在濃得化不開的綠色叢中，她白得晶瑩剔透，眼睛俯視，似乎也捨不得一片綠色的。玉清興奮地說：

「多看看。」她顯然發覺我在扯她，「我很少看見這麼多花草的。」

「我家就在前面。」我指指不遠處：「喏，樓下有家汽車行。」

「怎麼？這裡就是你說的染布房街？」她馬上補充：「我來過！而且來過兩次！」

「你來過？我沒聽說。」

「這不是『伊館』嗎？我帶着幾個畢業班學生來看乒乓球、看羽毛球，他們和我都夠運，撲到了入場券。」她笑得這麼歡暢：「早知道你家就在『伊館』旁，我早就帶着大隊人馬上你家喝汽水去咯。」

「那你不知道這條就是染布房街？」

「同事帶我們來，光知道到伊館，」她指指那個半圓形建築物：「誰也沒問甚麼街。」

「我們走罷，媽媽一定等急了，她才病好，特地自己做了幾個菜。」

她不作聲，笑笑。

但是當她發現我媽媽和小弟小妹三個正在忙了個團團打轉，我也往廚房端這端那時，她也坐不住了，她坐不住也往廚房『擠』的結果，小弟小妹乾脆把我們往臨街的房裡推，邊關門邊吆喝：

「那有要玉清姊動手的道理，哥哥太不懂事！」

「真不懂事，」我搔搔頭髮，指指我房裡僅有的一把籐椅：「你坐。」

她撲向窗邊，俯視對面的一片綠。「很好嘛，」她說：「沒遮沒擋的，我家一開窗，還可以看見『一線天』，好多親戚朋友一開窗就是人家的窗。往上看，是高聳雲霄的鋼筋水泥森林，往下看，是黑沉沉的一堆堆，……」

「玉清，住到這裡來吧。」在我是話裡有話。

「你們住了十年二十年？」她把「問題」岔開去：「你在這裡出世？」

其實，我家住在這裡，少說也有半個世紀了。

好幾代，我們都在這裡住。現在的房子是新樓，落成也不過十一年。十一年前業主把四層樓住客「請走」，每呎付賠償費一百元，我爸爸拿到一萬六千元，再添了些，「還」給業主，作為保留一層新樓的代價，每個月還得「供」多少，當時我太小，應付功課都很吃力，這些問題我是應付不了，也懶得問，沒法管的了。可是也知道這件事：我家對這條街有感情，不想搬走。拆屋重建那頭尾三年，全家十來口人分頭借住、租屋，結果新房子的面積小了五分一，祖母和大伯搬到沙田不想再動，主要是方便大伯，他在那邊一家大學做文書，因此我家只好獨住了。

可是，還多出一個小房間，也是臨街的，媽媽準備租出去，拿回一些房錢「幫補幫補」。

「那為甚麼還沒出租？」

「怕強盜。」

「那倒是真的。」玉清說：「報上登得太多，『招租』廣告和『招租』招貼，有時候等於給強盜作『通知』，他們一見，就上門來了。」

「也不完全那樣。」我說：「有時候，上門的不是強盜，住進來個把半個月，就變成了強盜，到那個時候，你買餸錢放在甚麼地方，家裡有沒有鈔票，他都弄得一清二楚的了。」

「對，報上也登過。」玉清說：「那怎麼辦？」

「得問你。」我邊說邊心跳。

「問我？」她有點驚訝。

「當然問你，」我說：「你住進來以後，媽媽『退休』，你當家了。」

「瞧你！」玉清雙頰緋紅，紅得像對面花圃裡那盆不知名的紅花……

「阿荷，」她仰起臉來：「我，我有一種責任感。」

「是呀！」我挨近她：「我們彼此有責任感！」

「不！」玉清推開我：「朱荷生先生，我指的是對那班學生的責任感，他們還有兩年，這兩年我想全副精神教好書——」

「哦，所以請你來這裡，足足請了一個學期——」

「你自己，」她說：「也有責任感吧？我有好幾次給你電話，你就沒接——」

「我在工作嘛，印務公司新到了一部柯式機，配色甚麼的經常有問題，開動起來因為有震力，牽涉的地方就更多，於是我這個小技師得到處跑——」

「聽你説過幾萬次啦！朱大技師！」玉清揚揚眉毛，那雙眸子也就顯得更大，簡直是一泓清水——我想這是我的幸福，一輩子，我的靈魂得以滌蕩……

「瞧，」她再一次推開我，以孩子似的喜悦，指指自北而南的一列火車：「火車！火車！」

火車有如一條深綠色的巨蟒，在那半邊綠色花圃上蠕動着駛過。

「對！」我想起來了：「玉清，剛才對你説過，我家對這條街有好感，可以看見火車。便是原因之一。」

「這是甚麼意思？」

「這象徵了希望，」我說：「七、八十年前，我的曾祖父——還是高祖父？他來到香港之後，就說終有一天要回三水鄉下看看。三水當年苦得很哪，恐怕是地球上最低陷的地方罷？我沒去過，但是我知道那邊很苦，成年浸在水當中，大雨大浸，小雨小浸，沒雨也浸，總之它的地勢太低，沒法種田——」

「所以你的先代就離鄉背井出來了。」她說。

「我們一起走吧，」我遙望着那棵看它長大起來的榆樹：「三水已經變了樣，解決了低窪水浸的問題，今後不再怕水浸了。」

「那是怎麼回事？」她感到興趣：「墊高了？」

「不是，」我說：「聽說是有計劃地開了條河，把水疏導出去，又聽說石油勘探隊在我鄉下發現了甚麼——」

「啊，那可了不起，荷，我們去看看，也可以讓我對學生說，人，怎樣改變了自然面貌。」

「我們就去蜜月旅行！」

「你說甚麼？」玉清一怔，「都說我捨不得這一班——」

「哥哥，你們捨不得甚麼呀？」小弟驀地在背後大聲怪叫：「吃飯啦！」

笑聲裡還增加了更多的歡樂，祖母和大伯、大嬸也來了。一定是媽通知他們的，要不沒那麼巧，而且就是坐剛才那班火車來的吧？不管怎麼說，大伯說的「故事」很有意思，他是補充我們朱家為甚麼捨不得染布房街的第二個理由：布，是可以染的，黑布街白布街甚麼的都很簡單，人，是不是也可以染的呢？大伯說也可以的，而且這個「染缸」非常複雜，而我們朱家來自鄉間，可不能扔掉了樸素的「本色」。如果給染成個光怪陸離、五顏六色的怪物，結果變成廢料，他認為這不僅是一個見不了家人或者鄉人的問題。他當着還沒過門的姪媳婦，不便太直率，沒再往下說，但他代表已經逝去的兄弟，感到「荷生能夠認識陳姑娘是他的福氣，也是朱家的福氣。」他為我們祝福，一如其他善良的中年人那樣，感慨而略微激動地敘述着「世界真的變了，鄉下變得很好，」聽他說大學裡的教授和學生，「他們之中，很多很多人不再把學校當做象牙塔了」……如果說今晚媽做的菜格外好味道，不如說大夥兒談得很有意思，氣氛特別好。這些有助於我和玉清之間的「速度」，再過一段時間，她真的「住進來了」。

樸素的婚禮，為我們帶來晶瑩發光的生活，我們兩個並沒有不着邊際的幻想，就像祖輩那樣踏踏實實。當然比我們的祖輩有着太多的幸福，不管從這個那個角度去衡量，或者從前前後後的鳥瞰去比擬，我們的生活顯然鬆添了一層和諧多彩，很難描繪的彩色，而這顯然不是染布房街的產物。縱然這個廣義的「染房」可以變易一個人的「顏色」，但它很難「染」出使人愉快的生活。

我們能夠愉快，當然不是為了跡近寒傖的衣着和食物、居住和擺設，祖上留下的那層樓的確減輕了房租的負擔，但是其他費用的急速上漲，幾乎使我們入不敷出。我們能夠愉快，在於通過虛假繁榮看到了「今天」的脆弱，通過惡劣風氣體會了眼前的一切，因此滿懷信心寄望於明天。我們對這個社會的必然好轉深信不疑，只要回顧我家「第一代」到這裡之後，世界上各式事物在近百年間的演變，便知道沒有一種力量可以把「時代」倒拖回去，有如對面一列花圃裡，沒有一種力量可以在春天裡阻住綠葉青翠，百花吐艷。

媽媽興奮地把那間小房租了出去，說明租金收入小部分用作「幫補」，大部分準備迎接朱家必將增添的小孫兒。

當然，我們不再貼「招租」紙，那太可怕。我們通過左鄰右舍、四姨三嬸她們轉彎抹角的介紹，一位執業經紀的中年人景伯搬進來了。

陳設十分簡單，服飾非常「摩登」，便是景伯的特點。「經紀嘛，十個錢家當，九個錢身上。」他說。看來景伯貌似油滑，還有點風趣，「先敬羅衣後敬人，我們這一行——要爭取顧客的『第一印象』。」

「第一印象」——景伯給我的便是精壯靈活，八面玲瓏。生活呢？簇新的石英錶，耀眼的打火機，「國」字臉上架一副「新潮」平光眼鏡，找不到半點鬚根，驟然看來，外貌大不了我幾歲。第一天媽問他「你太太呢？」他聳聳肩膀攤攤手：「四姨沒對朱太說？我丁景銘兩肩荷一口，一個人有多舒服！兩個人就準會成天吵架！再說市面壞成這樣，做夢也不敢成親。」

說真的，我們全家對他表示同情。

——甚至感到三百塊月租有點太貴了。

當然沒有減，因為景伯不嫌貴，而且也很少在家。天天一早就拎着個大皮包出去，深夜才回來，通常滿嘴酒氣。就是碰到聊幾句，也不提房錢。

「人生一世，草生一秋！」有一次我在廳裡畫機器圖則，玉清改卷子，景伯自己開門進來，一見就勸：「快一點鐘，你們還在熬呵，何必，何必，該多休息休息，保養保養嘛！」發現我訂了不少技術性雜誌，一個勁兒讚歎，又像搖頭。

「景伯真懂得保養，」玉清打個呵欠放下紅筆：「小弟說，他好幾次在窗口看見你一出大門就截的士，你保養得連走路的力氣都省下啦！」

「嗬，」景伯做了個誇張的表情：「喝早茶，趕早市，一盅兩件，成行成市的，大家枱下講價，枱上攀談，這種買賣花樣越來越少了，我的年紀也越來越大了——」

「景伯做盛行？」玉清又打了個呵欠。

「嘿嘿，」景伯抽開了雪茄：「經紀嘛，四姨早就對朱太說過啦。我們甚麼都做。」他拍拍胸前那個皮包：「現在是珠寶，我天天坐的士不光是為了享享福，還為了怕強盜——」

「唔。」

「你們休息吧，」景伯回房：「你們太辛苦咯。全家都睡了，只剩你們兩個。其實何必！香港地，『識撈』才有辦法，不能光拚命。」指指玉清面前那本作文本：「瞧，你們好心，出個題目——」他拿起來唸：「叫做『要認真注意腐蝕的禍害』——」把本子往桌上一扔：「好心沒好處呀！今天大家在搶錢，有刀有槍的去做強盜，沒刀沒槍的惡過強盜，你們明白我說甚麼啦？別拚命啦！想辦法找個錢又多，工作時間又少的事情幹幹罷，人，要『及時行樂』嘛！」

玉清氣得鼓起腮幫，我知道她會發作，又怕鬧得很僵，便順手推開他的房門，跟着走進房裡，迅速關上了門，困窘地說：「景伯倒真是懂得享受——嗯，桌上還放了個袖珍電視機。」

「坐坐，」他擱下皮包，除下外衣，往床上一躺，指指小桌子前那把旋轉椅：「別走，坐一會再走。你瞧，我真是『室雅何須大』了，或許一點不雅，但是，」他拍拍床褥：「我這個老光棍，就是懂得享受，我只有一張床，席夢思！我只有一隻凳子，旋轉椅！我一天到晚在外面混，用不了太多的地方，連洗澡洗衣服都在外面，討老婆更用不着操心。你瞧，我可是徹底得真到了家，有時候還到外面遊埠，一去半個月一個月甚至三兩個月好平常——對，到那時候，」他指指小電視：「這個，你們儘管拿去看，用壞了也不用賠。——哈，這個太小，我送你一個大的，二十二吋，彩色！」

「不不——」

「還有，如果我遊埠，房租照付，或許要放點東西，不礙事吧？你老太太不會反對吧？」

「那怎麼會反對，景伯——」

「而且，在我遊埠的時候，我的親戚，或者我的朋友，會到我房裡來拿點東西，大門鑰匙我不能給他們，房門鑰匙和我箱子上的鑰匙，我可是要給他們的，你們都不反對吧？」

景伯究竟是個「老江湖」了，想得很周到，我想不出有甚麼毛病，但是究竟想到了一些不妥：

「沒甚麼，只是景伯的親戚朋友，是不是三天兩天要來拿東西呢？」

「不會不會，」他坐了起來，把雪茄往床頭櫃上的煙缸上面一擱：「那多麻煩，如果我十天八天——不，他們大概平均一星期來一次，拿我的『貨』，珠寶玉石。」

「哇！」我心頭一沉：「萬一有小賊強盜到這裡來，那我怎能替你保險？景伯，不如你把你的貨送到銀行保險箱裡吧。」

「太麻煩，」他使勁搖手：「你想到的，我都想到了，總之，如果真有賊偷強盜搶，我決不會怪你，你有甚麼辦法？警察也解決不了強盜小偷，嗨！老弟，你放心吧！我丁景銘不是不講理的人。」忽地站了起來，「去不去消夜？夜總會！我請客！」

這可把我嚇壞了，我忙不迭告辭，告訴他我算是二十多歲的人了，可從沒到過甚麼夜總會。消夜很平常，不過，充其量一碗餛飩麵，了不起坐上大牌檔，通常一個麵包，或者一杯「樂口福」，就把夜消得很舒暢。

不必解釋，他用近乎悲天憫人的口吻，勸我和玉清要「想開些，別學那些大鄉里，你們分明是『時代青年』。」而「時代青年」在他的語彙裡，相等於「新潮」，而他對於「新潮」的理解，卻是甚麼「夠型夠格」，是「吃喝玩樂無所不精，打份牛工，實在不值，因為虛度了青春，見不了世面，不懂得享受，活一百歲都等於短命！」

我當然不能同意他的生活方式，同時自問也不可能影響他的那些想法。「一樣米養百樣人」嘛！景伯絕不同於我們「蜜月」旅行半個月中在佛山、從化一帶所見到的鄉親。他們戰天鬥地，為了遠大——其實並不太遠、卻是很大的一個理想而不是幻想。他們的辛勤努力為了整體而非為了個別，他們以往的成就已經在人類歷史上展開了新的一頁，今後的收穫更不是數字可以說明問題的。這些情景為我們的「蜜月」增加了濃郁的甜味，給予我們以巨大的鼓舞和信心——以及我們和朋友之間通常所同感的：我們不應該停留在「侏儒」階段，也得關心應該關心的事物，一如大伯所感受的。

但是，和景伯一比，他顯然更「矮」。

「快兩點啦！』玉清熄了床頭燈，憤憤地說：「我對景伯這個人很反感，他簡直侮辱了我們當老師的，你瞧他讀題目那個怪模樣——」

「行了，再嘔氣說不定會失眠，明天你怎麼上課？」

「不是嘔氣——」

「噓！」我一手按住了她的嘴，「不要再說……」

第二天下午，景伯真的要公司送了架彩色電視機來，小弟小妹嚷着馬上要找人裝上天線，媽和玉清可有了一致的意見：

「不能白拿人家的東西，我們可以要，但是要給錢，我們如果不要，就得送回去。」

「我也這麼想。」我確實那樣想。

「而且，」玉清撫摸着這個半天掉下的禮物：「我說，如果真的裝了這玩意應該好好管理，要不然你我沒法做事，弟妹沒法做功課，後果嚴重得很，我看不如還給他。」

「景伯說今天他要打通宵麻將，今天不回來啦！」

「那末明天！」玉清邊換睡衣邊說：「我們不反對有電視，可是不能為電視負債，也不該為電視浪費時間。」她似乎在課堂上似的：「阿荷，我們有我們的計劃，好像有個堤壩，不能決口，一決口，就會把我們沖垮！」

「我想我們還是負擔得起的。第一：景伯一定很便宜買來，這不是普通十塊八塊的東西，太貴他不會買，第二：我們可以分期付款，不是一次過。」

「我不光是為了家用收支計劃。還為了——」

「我明白，」我搶着說。「我們有個限度，有電視，今天太普通，幾乎家家戶戶都有，我想這不該屬於甚麼奢侈的享受。」

「至少得千六、七哩；」她說：「還不奢侈？」

「只花兩百五，」景伯當夜的回答使我們吃驚：「在斌記老闆家裡玩紙牌，馮老斌開的是電視機行，舖子裡抓抓一大把，他輸得很厲害，『賭債不隔夜』，吃晚飯經過他舖子，我就要了他這一架機，另外給了他兩百五。」

全家驚訝加驚喜，兩百五能夠「買」一架二十二吋彩色電視機，這沒人相信的事實就出現在我家裡。媽媽也改變了主意，說：「既然如此，加你五十，下個月你的房租不必付了，還得謝謝你。」

「嗬，用不着謝，用不着謝。朱太，你太有福氣了，兒子媳婦都這麼好，好像一對金童玉女，你就是個觀世音菩薩囉！除了這對金童玉女，」他指指小弟小妹：「還加上一對送財童子，哈，連帶我丁景銘都得了點仙氣，難怪這一陣人家小生意拍烏蠅，我連賭錢都如有神助似的。」

媽笑得咧着張嘴，我和玉清沒怎麼笑，可也沒甚麼意見。

「意見」卻在我和玉清之間展開，那是裝上電視機七天之後的一個下午，景伯找我替他修理一架印書機，還在他朋友那邊吃飯，再也沒到旁地方去，回家已經十一點，玉清不高興，有了「意見」。

我忙不迭解釋，告訴她：修機器花了兩個多鐘頭，機器是在青山道大利印務公司的一架平版機，很舊，但還能用，老闆是景伯的朋友，因為老師傅病了，因此找我去看看，千恩萬謝非請吃晚飯不可，所以……

玉清伏在窗口，面對一列花圃不開口，我挨着她，待一列火車越過眼前，就說：

「想起來——那回你第一次到這裡來，我們也這樣在窗口眺望——」

「是嗎？」她淡淡地笑：「你沒忘記？」

「呵，那怎麼會忘記！」

「我以為你甚麼都忘了！有闊朋友送禮請客，已經變成闊佬——」

「沒有的事呀！玉清！」

「我以為你忘記了這個：你家捨不得染布房街，是為了不忘本，為了警惕着朱家的後代，別給五顏六色的東西染髒，不跳染缸！」

「天！我沒跳，我乾乾淨淨的！」

「乾淨？」玉清笑了：「表面上是乾淨！」

「不，內外一樣乾淨。」

「那我問你，這一星期來，你看了幾頁技術雜誌？西德那一份，已經到了五天，我故意放在你書櫥外面，你好像沒有發現……」

「這、這個——」我臉上發熱。

「小弟小妹，這幾天天天打着呵欠上學，功課怎麼樣我還不知道，你是大哥哥，為甚麼不規定他們看電視的時間？功課退不退步已經是個問題，學壞了問題更大。是嗎？」

「是是，玉清。」我渾身發熱。

「你，」她說：「你在這一星期裡，有四個晚上和景叔出去，老實說，我很懷疑！」

「沒有沒有，沒有甚麼的。」邊說邊心跳。

「我只是提醒你，」玉清勉強笑笑：「我成天希望學生好，為甚麼不希望你好？為甚麼不希望大家好？

丁景銘分明很不正派，他那一套，應該小心一點才好，為甚麼你一點沒有戒備跟着他亂跑？」

我強自鎮靜，舒了口氣：

「我有分數，你放心，我不會跳染缸！」

玉清也長長地舒了口氣，說：

「還記得我第一次到你家來，告訴你，我已經來過一兩次染布房街了，但是只知道有個『伊館』，就不知道這條就是染布房街，對麼？我的意思是，或許有人已經兩次三次進過染房，落過染缸，就是不知道事情的嚴重性，還不相信這就是染缸！」

「嗨，你分明說的是我，我真的沒有呀！」

「那末，『在染缸的邊緣』罷！」

「這——這也不是……」我極力為自己辯護，那當然不可能有甚麼好效果，我把景伯幾天來請我吃喝玩樂的具體過程都說了，的確沒有隱瞞，他真的沒拉我賭錢或者胡來，而修理印刷機器又不是甚麼壞事……

「阿荷，」她雙手擱在我肩上，面對面，緊皺着眉毛：「我還是不大相信——」她背過臉去，伏在窗口上幽幽地說：「第一次上你家作客，你要我『搬進來』，我臉紅，現在，我是你的妻子了，我們兩個，應該都有責任感！為了這份責任感，為了不讓你跳染缸，我要你請他搬出去！」

「阿清！」我感到震撼：「景伯他——」

「他還不夠壞？」玉清倏地扭過身來面對着我：「你本來踏踏實實，勤勤懇懇的，可最近這一陣你做了些甚麼？昨天晚上我給你掛衣服，聞到一股香味，一掏，掏出塊女人手絹，又掏出了一張女人名片，上面只有個電話號碼，名字叫『亞珠』。我問你，這是怎麼一回事？你開口呀，別瞪着我！」

「這，這——」我往後退。

「你醉了，可能還在夢見和『亞珠』乾杯罷？我可沒法睡，我不但想到你的變化，變下去會有多可怕！我還想到我怎麼辦？想到我的家人，你的媽媽和弟弟妹妹——」

「不不，沒有的事，清，你想得太嚴重了，絕不可能，不可能，不可能，那個女的——對，是景伯的朋友，我不過和他上她那兒吃過一次晚飯，那個甚麼手絹，一定是她放錯了地方，放錯了口袋——」

「你沒錯？你對自己的所作所為，一點也不以為錯？你究竟是已經跌進了染缸，還是正在跌落染缸的邊緣？」

我已經退到房門外，她可把房門關了。在門縫裡對我說：

「我也相信你，你還沒離譜，可是看來已經差不多在跌落染缸的邊緣上了，丁景銘分明在對你『潛移默化』，有意無意要你墮落，可又裝出個無所謂的樣子來，『何必何必』的一連串假仁假義，『時代青年』原來必須頹廢胡來，好吃懶做才『夠型夠格』的？他的廢話我聽夠了，這是對我們年輕人的侮辱！他的那一套我看夠了，分明在對你下手——」

「不不，」我想把房門推開些，她可使勁頂住，我就央求：「清，別看得那麼嚴重，有時候，我是這樣想的，難得『見見世面』嘛，『逢場作戲』也無所謂，反正我有主見……」

「呸！」玉清嗓門提高，不管我媽和弟妹也已出現在我背後，她說：「甚麼世面不好見？要去見那庸俗不堪的東西？甚麼逢場作戲？分明你喪失自覺，眼看要掉進染缸去——媽，阿荷他身上有女人香水手絹——」末一句顯然快哭出來，房門緊閉，我的困窘難形容，媽在小廳裡打轉，弟弟發怔，妹妹給我來了這麼一句：「哥哥真壞！」

我沒了主意，大門開啟聲可一下子轉移了人們的注意，醉醺醺的景伯拎着一隻小箱子回來了，後面跟着個唐裝衫褲，十分樸素的中年婦人。

「我的堂妹菊姐，」景伯說：「我明天回鄉下喝喜酒，哈，我的契子娶親啦！這一次，恐怕要一個月上下才回來，我和荷哥說過，我房裡有些東西會有人來拿，來的人就是這個菊姐了。」忽地指指電視機：「怎麼不打開？好節目哩——」見我四個不作聲，也就開了自己的房門，先讓他的堂妹進去，然後扭過身子來道：「朱太，等我回來，送你一斤當歸！當歸好東西呀——」

「景伯！」忽地玉清衝了出來，說：「你要走開一個月，還要陌生人上家來，這裡治安不好你是知道的，所以我們不租了，請你另外找地方。」指指電視機：「這個，也請你收回去！」

媽怔住了，我和弟弟也怔住了，景伯這個「老江湖」也怔住了，他的堂妹在他房裡開箱子，沒聽見，傳出來包東西的聲音：悉悉索索。

他不肯搬，先是笑臉，後是「講理」，甚麼「保障房客權益」等等，最後答應一個月之後再搬，說我們「年輕人不識好歹」，他是「存心交朋友」……玉清堅決不答應，我從沒有見過她像今夜那樣冷靜和堅決，景伯怎說也不答應，情況當然很僵，他的堂妹等不及，拿着個手抽走了，我們還在吵，可沒料到他的堂妹又回來了，但是後面多了三個人：一個警察，兩個便衣。……

事情，完全弄清楚，不管官方怎麼發表消息，我朱荷生應該抹掉一額冷汗：我曾經是毒販的「好友」，我家曾是藏毒的「好地方」，因為對面沒房子，景伯房間臨窗的那一邊，會在三更半夜丟下一些東西，那個「亞珠」和「堂妹」就是悄悄出現在我家門口的「常客」。青山道那家大利印務公司正是他們的「大本營」之一，當然還接外面生意，主要印刷任何假的東西。丁景銘這回不是回甚麼鄉下，而是到台灣去辦甚麼「原料」……

……

我慚愧極了，想搬，但阿清認為「多餘」，她說：

「那是形式，住不住染布房街都一樣，主要還是自覺，你不是說過，你的祖先對這條街有好感，認為有意思，而你可是幾乎跌下染缸去嗎？」

……

我的家，在九龍染布房街。

（選自阮朗：《愛情的俯衝》，海洋文藝社，一九七八年版）

姚大媽

楊明顯

一個院裡住着兩個姚大媽，有人伸頭往院裡喊聲：

「姚大媽在家嗎？」

兩個姚大媽同時答應道：

「哎——在家呀，甚麼事兒？」

人們為了區分方便，不易弄錯，就把其中一個叫成「胖姚大媽」。胖姚大媽果然是名不虛傳，不多不少是一百九十九斤半，其實姚大媽並不矮，只是那身肥肉加大了她的寬度。

有時鄰居們聚在一塊兒聊閒天，姚大媽常常感慨的，打着手勢說：

「年輕時我可沒這麼胖，這麼胖還了得！我的腰身只有二尺六，你說細纖不細纖？」

王爺爺裂着沒門牙的嘴笑着說：

「您記錯了吧，老嫂子，八成兒那是腿肚子！」

嘻！嘻！聽見的人全笑了。

姚大媽笑罵道：

「糟老頭子，真貧嘴，廢話多了當心爛嘴犄角。」

姚大媽好像是由許多球體組成的：一個圓溜溜的大胖臉上，長着個沒鼻樑兒的蒜頭似的圓鼻子頭，兩個肉嘟嘟的臉蛋子，兩片厚嘴唇兒，在稀稀落落的粗眉毛下，一對肉眼泡的小眼睛，不笑還好，一笑成了一條線了。圓腦勺的後面梳着個鬆鬆散散的小圓髻，從前胸到肚腩子鼓兒囊塞的成了個大圓型體積，後面的兩瓣大屁股蛋兒是半圓型體。一雙民國後改造的鐮刀腳，從來不提上鞋後跟兒，甚麼時候看見她，都是蹋拉着兩隻鞋。有時是閨女的帶絆兒鞋，有時是姑爺的五眼兒鞋，有時竟連小外孫子宏宏的小花膠鞋，也大大方方的蹋拉着滿街蹓躂。肥大的藍布褂子冬天當棉襖罩兒，夏天空心穿，帶大襟的褂子上只有六個扣絆兒，姚大媽從來沒扣齊過，領子扣根本不扣，其餘的每天輪流的忘扣一個。因為人胖，褲腰帶勒緊了箍得慌，鬆了吧又容易往下掉，所以姚大媽那條大紅粗布的褲腰帶老是有一頭啷噹在大褂兒的後面。妞子和鳳兒幾個丫頭們愛逗姚大媽：

「姚奶奶，您的大尾巴露出來嘍！」

「死丫頭，妳當姚奶奶是狐狸精啊！」

姚大媽瞪着小眼睛佯怒的罵道。

「逗您哪！」

「鬥，拿姚奶奶當蛐蛐兒鬥着玩啊！」

「姚奶奶，您要是蛐蛐兒，也是蛐蛐兒的老祖宗，哪有您這麼大個兒的胖蛐蛐兒！」

伶牙利齒的妞子把姚大媽逗得咯咯咯的仰脖大笑。

姚大媽的老當家的早就過世了，大兒子、二女兒全在外地，姚大媽跟着老閨女生活在一齊。老閨女在電車上當售票員，姑爺是司機，兩口子雙職工，老太太是竈王爺的橫批兒「一家之主」。一天除了做飯、買菜、買糧食、洗衣服，還得照看着外孫子宏宏。這小外孫子是這條胡同出了名兒的淘氣鬼，鄰居用煤末揉好的小煤球曬在太陽地，宏宏用一隻小腳丫兒一排一排的全給人家踩扁了，同院的小朋友們在沙堆上掏燕窩兒玩，他偏偏在沙堆上翻跟斗，不但壓平了燕窩兒，還迷了小朋友的眼睛，所以一天到晚最少也得三次，院子裡站滿了孩子大聲喊叫：

「姚奶奶，管不管宏宏喂！」

「管，管，誰說不管啦！這小兔崽子我非揍他不可！」

姚大媽去街上找宏宏，宏宏會繞着圈兒的和他胖姥姥玩老鷹捉小雞的遊戲，姚大媽伸着兩隻胖胳膊，抓來抓去就是逮不着宏宏，宏宏歪着頭裂着小豁牙子的嘴，把大拇指放在鼻子上，四個小手指一搧一搧的衝着姥姥扮鬼臉，逗得告狀的孩子們都拍手笑起來。有時宏宏也會叫姥姥扭着小耳朵拉回家，打個小脖拐子，關上屋門不准再出來，宏宏憋得慌就把臉使勁兒的貼在玻璃窗上，站在門口蒸窩頭的姚大媽，看見宏宏在玻璃窗上壓得變了形的扁鼻子、扁嘴兒怪逗人兒的，笑起來。

「這小猴兒，真折騰！出來吧！」

姚大媽捨不得打這個寶貝小外孫子，小孩子不淘氣還叫甚麼小孩子！嚇唬嚇唬就算了，俗話說得好：淘丫頭出巧活兒，淘小子出好貨兒，機伶孩子才淘氣呢，楞蔥似的傻小子想叫他淘他還淘不起來呢。姚大媽的這個「觀點」並不是每個人都能接受，譬如另外一個姚大媽就看不慣，背後沒少說：

「老護犢子！慣得孩子沒一點人樣兒。」

這位姚大媽，以前胡同的老戶們叫她做姚二奶奶——倒不是姚二的老婆，而是姚大的小老婆。如今新社會不興分名次，也不論大小一律平等了，加上真正的姚大媽病故後，姚二奶奶也就名正言順的做了姚大奶奶，街坊鄰居也就改口稱她聲「姚大媽」。

這位二奶奶的姚大媽比胖姚大媽才小四歲，今年五十六歲了，瘦高個兒，一副白淨淨上寬下窄的瓜子臉兒，雙眼包皮的大眼睛，雖然不如年輕人那麼水汪汪的，但也是滴溜兒滴溜兒的亂轉，顯得精神又機伶。剪到耳唇兒下面的頭髮不長不短，油亮亮平光光——如果蒼蠅不小心落到上面保準會打個滑溜兒。藍嗶嘰的制服褲子，褲線是畢管條直，淺灰色底確涼上衣熨得平平展展，甭説穿，看着都舒坦。二奶奶不笑不説話，一張口左一個毛主席指示，右一個毛主席教導，叫聽得人打心眼兒裡佩服她有「水平」，肚子裡的「墨水」不少。二奶奶讀起報紙來哇啦哇啦的山響，不過有時把「狠狠的打」，讀成「狼狼的打」，「恬不知恥」，讀成「括不知止」。好在聽的群眾都心不在焉，張大媽想着晚飯蒸饅頭，不知麵發起來了沒有？李二嫂想今天沒糧了，開完會得趕快拎口袋去買棒子麵，要不晚上吃甚麼。趙大叔耳朵一向有點沉，王二大爺看起來閉目靜聽，其實老早過了八達嶺見周公去了，只有楊奶奶注意用心聽了，知道讀錯了字，但她是抄家戶，借給她個膽子，她也不敢吭聲。所以二奶奶神氣活現的，又嘸唾沫又醒鼻涕大着嗓門兒的讀了一段又一段。

二奶奶不是街道革委會的主任，也不是委員、小組長，但是，是這些人信任、依靠的「積極分子」。當一個積極分子不那麼簡單，幾條胡同才出幾個積極分子呀！當積極分子第一條得出身好，第二條有事沒事得往主任、委員家勤跑着點兒，匯報一下張家來客沒報戶口啦，李家開會沒準時啦，誰在早請示晚匯報時唱「東方紅」嘴張得不大，誰在背後説主任、委員的閒話，誰家兩口子兒昨晚上吵了嘴，誰家向工作單位申請生活補助，早點還買了兩個油餅給孩子吃……如果沒有這兩下子，就休想當個「積極分子」。二奶奶除了以上條件外，還有個「優越性」：親戚朋友多，新疆帶來的葡萄乾分給何主任半包，山西老醋拿給白委員一瓶，走後門弄來的二鍋頭是送禮的佳品。那天何主任家請工宣隊的王師傅吃飯，二奶奶的那瓶二鍋頭可起了不少的團結作用。另外，二奶奶手頭上的錢票、糧票、油票、布票、工業券等全比這些人「富裕」，今兒李委員借去五毛，明兒張組長借去三斤麵票，二奶奶從來不想着要賬，為人「大方」，再加上二奶奶心靈嘴甘甜，看風轉舵的本領又高，就憑着這些，她成為西槐里胡同的街道「大紅人兒」。就拿前天開鬥爭大會說吧，幾個代表發言，全沒二奶奶那份揭發批判稿寫得好，真夠得上高水平：又深刻又具體，把個地主小老婆曹秀珍罵得狗血噴頭，體無完膚，連怎麼把老地主累死在床上，如何勾引賬房先生都揭出來了，最後高呼：

「把地主小老婆曹秀珍打翻在地，再踏上一腳，叫她永世不得翻身！」

「打倒地主小老婆——曹三姐！」

「打倒地主小老婆曹三姐！」群眾跟着高喊。

劉嬸悄悄和坐在並排的孫嫂說：

「咱們二奶奶和曹秀珍以前好得穿一條褲子！」

「這叫知時務者方為俊傑！」

「屁，這叫吊死鬼擦胭脂，死要臉，還俊鞋呢，兩人加起來是一對『大破鞋』！」

姚大媽回過頭去插嘴罵道。

噗哧，周圍好幾個人都偷偷的笑了。

劉嬸笑着輕聲說：

「這老太太心和耳朵全都沒在會上，剛才把打倒『曹三姐』一直喊成打倒『劉三姐』，人家劉三姐礙你老太太甚麼事了？老喊打倒人家，劉三姐是哪朝哪代的，真是竇爾敦和李逵打起來了，您是誰跟誰都分不開，這會兒又甚麼『俊鞋』，『破鞋』的了，沒聽說喊錯了口號打成反革命啊！」

「別唬我啊，我老太太可不怕嚇唬！」

姚大媽半認真的撅着嘴說。

街道上沒人敢明面上說二奶奶不是，只於背後像罵皇上罵幾句，唯獨這個胖姚大媽是當面也好，背後也好，都打心眼兒裡膩煩她，看不上她，人家告訴她：「老虎屁股摸不得」，老太太翻着白眼珠兒大聲說：

「誰說我摸？我踢她個大屁股，她算哪路的老虎？好說是條黃鼠狼子！」

姚大媽不喜歡二奶奶這號人是有原因的，有些事姚大媽看在眼裡，心裡彆扭，譬如姚大媽隔着玻璃窗，看見二奶奶在屋裡和那些來串門子的主任、委員們比比劃劃的「匯報」工作，用手指指東屋，又用手點點南屋，姚大媽心裡就會罵一句：

「天生的小老婆調兒，專門拉老婆舌講人家的壞話。」

二奶奶除了有「匯報」工作的能力外，還有那股人來瘋的勁兒，也叫姚大媽瞧着不順眼。如果開個群眾大會或是甚麼批判會，她像穿線似的在人群前面穿來穿去，一會兒拿着擴音筒放在嘴巴上，一板一韻的尖着細嗓子，假模假勢的喊：

「後面的人坐下，坐下，別站起來。」

「注意，注意，別亂走動，影響大會紀律。」

一會兒又附在何主任的耳朵上不知嘀咕點甚麼，一會兒又給站在隊伍後面的王師傅遞過去一個板凳兒。如果姚大媽坐在後面，或是中間看不見也就沒事兒了，偏偏姚大媽就愛坐在最前頭，為的是宏宏拉個屎、撒泡尿的上茅房方便，即使宏宏沒事，自個兒想溜了也容易。所以二奶奶有個甚麼舉動姚大媽都瞧得一清二楚，二奶奶附在何主任的耳朵上嘀咕時，姚大媽就會嚷一句：

「耳朵咬掉嘍！」

宏宏會幫着她的胖姥姥一邊拍着小手，一邊唱：

「囁囁話兒，爛嘴巴兒，一窩一窩小蛤蟆。」

二奶奶在隊伍前面擺來擺去，姚大媽又會不耐煩的指着主席台對她說：

「喂，別在這兒晃來晃去的，我看着都眼暈，去，去坐在上面去，又體面，又風涼，看得又遠！」

孫嫂稱讚二奶奶：

「瞧，姚大媽比年輕人還有朝氣。」

胖姚大媽贊同的點頭說：

「是呀，我看她渾身上下都招人兒氣！」

二妞媽在早請示晚匯報時，有那麼兩、三次沒去，何主任在群眾大會上沒點名的提出批評：

「……不按時來早請示晚匯報，這可是個大問題，這表現了對毛主席老人家忠不忠的政治態度問題。有人竟然說我這頭正拉着屎呢，怎麼來啊？橫豎不能甏回去半截吧，這話如果分析分析可有點反動性……」

二妞媽臉都嚇白了。

姚大媽扯着大嗓門兒衝着何主任說道：

「我說何主任吶，您可別竟用大帽子扣人，您得深入深入是不是人家是這樣說的，我可親耳聽見二妞媽大聲的在茅房喊她大便呢，叫二奶奶給請下假，這大便乾燥可不像拉稀那麼痛快，她從茅房出來人家全拜回來了，您說她自個兒再去？要不，乾脆，咱們就多來兩次，早晚湊成四次，免得有人遲了到。我說得可是真話，要不信問問我們院裡的人，好幾個都聽見了，我可沒聽見有蹩回去半截兒的這段話……」

白委員、張組長全瞪着衛生球的眼珠兒瞧着姚大媽，何主任鐵青的長臉好像又長了半截似的，二奶奶差點用牙咬破了自己的嘴唇。

群眾沒人敢吭聲。

開會回來，姚大媽站在院子裡嚷嚷：

「甚麼事兒都講個真理兒，可不能胡說八道的寃枉人……」

這天晚上何主任和王師傅來姚大媽家串門兒。

王師傅問東問西的和姚大媽聊着家常，最後言歸正傳很和氣的說：

「大娘，您對街道幹部有甚麼意見嗎？可以給他們提提，有則改之，無則加勉，有意見當面提，千萬別背後議論犯自由主義。只有群眾和幹部打成一片，團結得好，才能發動咱們街道上的工作，才能把文化大革命搞得轟轟烈烈的，您說對不對！」

「是啊，姚大媽，您有甚麼意見只管提，我們幹部全是虛心接受。」何主任大有虛心接受成心不改的勁頭搭着腔兒。

「怎麼想起來向我要意見了？敢情！是有人告我呀！」

「這老太太，甚麼叫『告』您呀！如今晚兒還興『告』人啊！」何主任皮笑肉不笑的咧着嘴說。

「我沒文化，一肚子老辭兒，您甭挑眼。」姚大媽沒好氣的頂撞着，心想：「你是甚麼好東西？美滋滋的霸佔了抄家戶王家的三間大北房，真像小時候看落子（注一）『鋸碗丁』中的那一家人，趁着鬧長毛拿紅布包上掃帚疙瘩當盒子炮打劫，成了『暴發戶』，大北房住上了，老二、老三挎上了大羅馬牌的手錶，騎上了自行車，這東西都哪兒來的？靠着單位救濟才能喝飽棒子麵粥的人家，能買上這些貴重物？」姚大媽瞧不起豬鼻子插蔥「裝象」的人。

「大娘，您老人家別犯急躁，我們都知道您老出身好，舊社會吃過苦，不過，不能吃老本啊，要繼續革命，一定要搞好團結，不要有甚麼偏見，團結才是力量，無產階級內部團結好才能和階級敵人進行鬥爭，有甚麼意見您老當面提，千萬不能背後議論，免得發生不好的影響。對街道積極分子有甚麼不滿意的地方，也可以直接找他們交換意見，也可以找工宣隊談，以團結為主，毛主席教導我們：千萬不要忘記階級鬥爭，不能叫階級敵人利用分化我們啊。」

還沒等姚大媽把窩在心口的火放出來，老閨女推着自行車進屋來了，何主任、王師傅和姚大媽的女兒又閒聊了幾句，才起身告辭。姚大媽一肚子的委屈一下子當着老閨女的面全數落出來了，老閨女可不是個好惹的人物，出身好，歷史清白，共青團員，也是本單位的造反頭頭，一推門找二奶奶去了。

二奶奶一家人正圍在小方桌前吃晚飯。

「姚姨，我有點兒事想和您談談。」姚姑娘說。

二奶奶滿臉笑容的叫了聲：

「大外甥女才下班啦？吃飯了沒有？來，來，坐下吃點兒，我燜的黃花魚可新鮮了，嚐嚐對不對口味兒……」

「姚姨您不必客氣，幾句話說完了不耽誤您吃飯。」

「坐，坐下來有話慢慢和大姨說，這是碗剛沏好的巖茶，喝口吧！」

「不必麻煩了。姚姨，您常說和我媽是自小一條胡同長大的老姐妹了，互相了解，那就好說了。我媽這個人是一根腸子通到底，炮筒子；有甚麼說甚麼，不像姚姨您可是識文斷字有文化、懂道理的人。我媽是大老粗，說起話來可不講方式方法，如果你們老姐妹倆之間產生了甚麼矛盾，都要擺在桌面上談清楚。別把別人家當成是革命的對象，自己是革命的動力。有些小事兒沒有必要叫組織上或領導人出面解決，主任也好，工宣隊也好，他們主要的精力是領導街道上開展政治運動，不是專管雞毛蒜皮的個人小意見的，整天如果專門管這些事，工宣隊深入群眾領導運動的實質意義就不明確了。姚姨，今後您有甚麼意見，儘管和我談，我媽有甚麼缺點我會批評她，下次不必再有勞主任和工宣隊教育她了。」

「哎呀！大外甥女妳說到哪兒去了！我哪有資格請主任和工宣隊教育姚大姐呀，別說我們老姐妹倆之間沒矛盾，就是有了當面一說，甚麼都解決了。我們老姐妹倆是『老羊皮襖』還分反正啊，大外甥女妳可不能和姚姨分這個心眼兒，我哪能去背後說……」

「這樣就好，姚姨快吃飯吧，飯都涼了。」

第二天早晨二奶奶去何主任那兒叭噠叭噠直掉眼淚兒，自動提出申請不做這份積極分子了，姚家老閨女不但拐彎抹角的罵了自己，也含沙射影的批評了主任和工宣隊只管群眾之中的芝麻豆大閒事，而忽略了領導政治運動的重大責任。

何主任聽了氣得呼哧呼哧的喘粗氣，王師傅本來有個眨巴眼兒的毛病，這會兒聽了有人敢批評工宣隊，眼睛眨巴的差點兒連眼毛都眨巴掉了。最後得出結論是：

「這老姚太太別看出身好，思想意識可有問題。」

姚大媽自從女兒出面給她爭了氣，可就更揚興了。

胡同裡每院的雙職工佔一多半，打文革一開始學校就停了課，家長們一天到晚忙着工作、學習、開會，老師忙着搞運動，大、小孩沒人管，滿街瘋。小禿子踹了四和尚，臭蛋揍了二楞子，全都能引起大戰爆發，所謂不打不罵不革命，誰都願意當「造反派」。姚二奶奶的兩個孫子和何主任的幾個外孫子，再加上白委員半打的兒子和張、王、李、趙組長們的紅色接班人，是這條胡同的「領導階級」，沒人敢惹，除了奶奶、媽媽們是「領導」外，個個都有個挎紅衛兵袖章、手拿銅頭皮帶的哥哥或姐姐。這些小將本着「老子英雄兒好漢，老子反動兒渾蛋」的教導，打起抄家戶的孩子像踢皮球似的麻利，一邊打一邊潑口大罵：

「操你姥姥的，打你個小丫頭養的狗崽子，你爺爺是狗地主！」

被打得鼻青臉腫的孩子，抹着滿鼻子滿嘴的鮮血往家跑，誰叫他是地主的孫子啦，捱打豈不活該。

胡同裡的孩子誰都可以成為這些「小領導階級」的鬥爭對象，秦老師家的民民有一天買麵條去，被何主任的外孫子用彈弓把天靈蓋給打了個大紫疱，秦老師覺得這太豈有此理了，無故的打人簡直不像話，這石頭子兒是彈到天靈蓋上了，如果彈到眼睛上，那還不給彈瞎了才怪的，所以一怒之下拉着孩子去找何主任。

何主任蹲在地上用通條透着煤球爐子，頭也沒抬的慢悠悠說：

「是我們小兵彈的嗎？民民你可看清楚了？如果是他，我回來批評他，如果他說不是，秦老師，妳可不能無的放矢，冤枉好人啊！」

是不是還沒有下文，第二天秦家夫婦倆下班回來，一眼看見房門上的玻璃全部打得粉碎，窗戶紙被捅得一個窟窿連着一個窟窿，影壁上寫着：

「打倒資產階級知識分子——臭老九！」

「臭老九老實點，小心砸爛你的狗頭！」

有的人家明知道自己孩子捱了欺負也就忍着了，惹不起呀，大人、孩子全是領導階級，給個小鞋穿，叫你瘸着走。姚大媽不聽邪，誰要是欺負了她家的宏宏，她不拆人家個土平，罵他個底兒掉也饒不了他。

有次宏宏捂着臉哭着跑進院，大聲嚷嚷道：

「姥姥，小兵抽我個嘴巴子……」

姚大媽拉着宏宏往街口走，看見一群人坐在胡同口的大石頭墩上，姚大媽用手指着小兵的腦門子罵道：

「你個小王八蛋操的，你窩頭吃多了撐得難受？手爪子太長了想拿刀削削？我告訴你，你再敢動宏宏一手指頭，我不挖下你的眼睛當泡踹，扭下你的腦袋當夜壺使，才便宜你小子啦！」

「毛主席教導不打人不罵人，這麼大的老奶子也不嫌寒傖，張口罵人……」白委員家的小四歪着嘴說。

「滾你媽個蛋！他不打人，我也不罵人了，這叫禮尚往來——平等！你多甚麼嘴？小兵是你爺爺呀？

你幫甚麼腔？你不說話別人也不能把你當成個啞巴賣了，多嘴的騾子賣個驢價錢，你少廢話！」

「打人罵人全不符合毛主席教導，三大紀律、八項注意要鬥私批修，檢查自己，老姚太太你先跪在毛主席像前向毛主席請罪，鬥私批修！」站在一邊挖鼻涕牛的張組長二兒子臭蛋，成心逗氣的衝着姚大媽大聲說。

姚大媽走到他跟前，上下打量着他說：

「好呀，回去先叫你媽鬥完私，批完修，我再鬥，我再批。回去問問你媽硬霸住了轟走戶宋家的房子，這算不算私？借了人家的錢專心覓縫不想還，這算不算資本主義作風？嗯？回去問清楚了再來教訓我。再說，想要教訓人，先得回家叫你媽把你這個大舌頭，剪去一圈兒才行，要不大着個舌頭唔啦唔啦的也說不清楚，誰知道你放的是甚麼沒味兒的屁！我告訴你們這群兔崽子，別他媽的狗仗人勢，想欺負我們宏宏那叫牆上掛簾子——沒門兒！」

姚大媽這頓臭罵，叫平日捱欺負的孩子們聽見了，恨不得給姚大媽鼓幾下掌來表示他們的高興。有解恨的，也就有懷恨的。被罵的一個個白瞪眼，他們知道如果真來硬的，老姚太太可不是善碴兒，她會把他媽偷過蘿蔔，他姐姐養過私孩子，他姥姥拉過大炕全抖落出來。「紅五類」還幹過這些勾當，豈不現眼，只能嚥下這口窩囊氣兒，回家找他媽，他姥姥，他奶奶去告狀。做媽的，做姥姥的，做奶奶的打心眼兒裡恨透了這個缺八輩子德的老禍害。最討厭姚大媽的莫如是二奶奶了，當年二奶奶沒發跡時，是和姚大媽同住在龍鬚溝的臭水坑邊上，甭說查三代，姚大媽能一口氣兒把二奶奶的祖宗十八代翻個底朝天，所謂知根兒的怕老鄉，二奶奶除了「討厭」外還多着一份「怕」的情緒在裡面。因此，二奶奶教育着她那兩個霸王孫子說：

「甭答理她，拿她當臭屎盆子似的躲遠着點兒，省得和她費唾沫！」

但是，二奶奶不管幾時瞧見姚大媽，連鼻子帶眼的充滿了笑意，殷勤打着招呼：

「大姐，我新沏的小葉加花，噴香，要不要來碗兒？」

「宏宏，快來，姥姥給你個有棗兒的大發糕吃。」

自打文化大革命開始後，有許多新事物令姚大媽不明白。就拿抄家這件事兒來說吧，「抄家」可不是句新詞兒，姚大媽是在天橋長大的，她聽過八角鼓，聽過京韻大鼓，甚至聽過河南墜子，抄家這玩藝兒是老年兒皇上們愛弄的把式，動不動就來個滿門抄宰，楊家將不是被滿門抄宰埋成肉球墳的嗎！如今解放了，新社會新事新辦，一人有罪一人當，還「抄」哪門子的「家」？紅衛兵把「稻香春」、「月盛齋」、「全聚德」的老招牌全給砸爛了，叫「破四舊」，這「抄家」算不算是「四舊」？

「革命造反」，紅衛兵把抄家戶的大手錶、金鐲子、金鎦子直往腰包裡塞，把人家院中的梨樹打個精光，把人家醃的老鹹鴨子兒煮熟了往肚子裡填，這就叫「革命造反」？那些被打得鮮血淋淋，頭戴高帽子，脖子上挎着「牛鬼蛇神」的黑五類，各個都是「反革命」，姚大媽不全信。譬如楊家的老爺子和姚大媽同住了三十幾年的老街坊，老先生教了一輩子的大學，他能算是「反革命」？姚大媽有時夜深人靜的時候，偷偷悄聲問閨女，閨女十分嚴肅的對她說：

「媽，您沒學習過嗎？理解的要執行，不理解的也要執行，您不明白的事就讓它不明白好了，記住，少管閒事，少說閒話。一句話說錯了，全家就會跟着倒霉！」

閨女、姑爺是工人，姚大媽一家人夠得上是響噹噹的無產階級，這年頭有個好出身就是「本錢」，姚大媽就不懂得利用這個「本錢」。有次街道上要開個憶苦思甜的大會，大會的宗旨是要叫群眾不忘階級苦，牢記血淚仇，更加熱愛新社會，這是一堂生動的階級鬥爭課。工宣隊的王師傅跟姚大媽說：

「姚大媽，您在會上談談您在舊社會受過的苦吧！」

「不行，我不會說，苦可沒少受，要叫我去說，我可沒長那個舌頭，站在大台上準會暈下來。」

這次憶苦思甜大會是在龍路小學禮堂召開的，會上有三、四個代表做典型性的發言，其中又少不了二奶奶，瞧她一把鼻涕，一把眼淚的控訴舊社會對她一家人迫害的那個慘勁吧：一家人數九寒天蓋着一床破棉絮，三天喝不上一口雜合麵的粥，爹是拉車的、養活不了七八口子一大家人。兄弟姐妹是靠着要飯活過來的，大哥被拉伕，小弟弟在一年冬天去前門粥廠的路上被汽車撞死。二妹被賣到財主家做丫頭，她是如何被人販子拐賣，又如何逃出來嫁給打小鼓的姚大……鼻涕流到下巴殼兒，拍着桌子哭喊道：

「天啊，舊社會哪有咱窮人的活路啊……」

她捲起褲腿叫群眾看，當年要飯時被資本家門口的狼狗給咬傷的疤痕——這是萬惡的舊社會打在窮人身上的烙印。許多人被感動的流下淚來。

姚大媽一個眼兒淚瓣兒也沒掉，別人講得是真是假不知道，而二奶奶有一多半兒是睜着眼兒說瞎話兒。姚大媽心想：真有你的！說瞎話兒一點兒都不臉紅！

大家聽完憶苦報告後，還要吃憶苦飯，一個人一個用發臭了的豆腐渣摻合着帶沙子的野菜，團成的大窩頭。目的是叫人們永遠不忘舊社會的苦，熱愛幸福的新社會，所謂「解放不忘共產黨，翻身不忘毛主席」。吃着憶苦飯，才知道今天生活是多麼美好。二奶奶剛才還在台上又哭，又叫，這會兒是滿臉笑容的站在工宣隊面前，大口大口的吃着那又臭又酸的菜窩頭，本來一人一個，她一口氣吃了兩個，一邊吃一邊衝着王師傅說：

「舊社會窮人能吃飽這個就唸佛了！」

姚大媽撇撇嘴，心說舊社會過來的窮人可不少，他們如果連這玩藝兒都吃不上，那是喝西北風活過來的呀！

姚大媽咬了一口菜窩頭又吐了出來，真難嚥下去！又臭又酸滿口沙子，舊社會的豬恐怕也不吃這個呀，除非想叫牠長沙囊。姚大媽揣在兜裡，回家扔到茅坑裡去了。

晚上，坐在院子裡乘涼，姚大媽搧着大蒲扇給宏宏趕蚊子，妞子、鳳兒和淑英一幫丫頭圍着姚大媽身邊和她閒扯。小青搖着姚大媽的胳膊問：

「姚奶奶，甚麼叫打小鼓兒的？」

姚大媽可有話可講了。

「連打小鼓兒的都不知道，還是中學生呢。」

「嘖，嘖，瞧姚奶奶又驕傲了，我們是新社會長大的，哪知道舊社會的事兒，姚奶奶講給我們聽——我們就愛聽您講古兒。」

姚大媽喝了口熱茶，又清了清嗓子。

丫頭們互相遞了個眼神，抿着嘴兒笑。

「打小鼓兒的就是收舊貨的唄！怎麼叫打小鼓兒的，多半是因為他出來做買賣時手裡拿着一面小鼓兒，這小鼓兒就像咱們花的五分銅子兒那麼大小，當他們知道誰家有東西要賣，就到那家的門口或是胡同口，咚咚的一打小鼓兒，人家出來吆喝他們了。打小鼓兒和打小鼓兒的可不同，一個是打硬鼓兒的，一個是打軟鼓兒的，打硬鼓兒的本錢大，和那些古董舖子都有來往，有的自個兒也開着個小舊貨舖，專門賣他們自己買來的舊貨兒，這些打硬鼓兒的人可比不了，機伶着啊！賊鬼溜滑，啥貨色，那樣東西，他們一看就知道，他們那根兒三寸不爛的舌頭簡直能說得天花亂墜，把想買的貨兒說得一錢不值，再把他要賣的說成是天下難找、地下難尋的寶貝。就靠着這本事買進來賣出去賺大錢。有的打硬鼓兒的專門買甚麼玉翠啦、珍珠瑪瑙啦，還有甚麼紅木櫃子、檀木箱子、破書爛字畫啦，可別小瞧他們，他們可識貨賺大錢。穿着件乾淨利落的長衫，手臂布底下挾着個青布小包，可體面了，太窮人家他不進去，他知道那地方找不到他們要買的東西。

「打軟鼓兒的專門到窮人家去，到髒了巴嘰的小胡同去，專門買那些破鞋破衣服、爛洋鐵盆子，甚麼他們都要，擔着個擔子，擔子兩頭放着買來的破爛東西，在胡同咚、咚的一敲小鼓兒，有時還喊聲：『破爛——換洋火——』」

「嗬，就數這次姚奶奶講得最生動、最清楚……您怎麼知道得這麼詳細？」

「怎麼會不知道！當年你姚爺爺就是打小鼓兒的。」

「姚奶奶，姚爺爺打的是哪種鼓兒？」大妹頭問道。

「打軟鼓兒的唄，還用問。」小青插嘴解釋道。

「那麼二奶奶的老愛人是打甚麼鼓兒的？」鳳兒悄聲問。

「他呀，當然是打硬鼓兒的啦，要不有錢娶兩個老婆呀！」

姚大媽不屑的撇嘴說。

「噓——您把弦兒定低點兒，親愛的姚奶奶，別那麼大的嗓門。」

鳳兒說完又去撩姚大媽的大肥褲腿兒。

「喂，喂，幹甚麼？想調戲婦女啊？」春燕大聲的嚷。姚大媽被逗得直笑，丫頭們一個個也嘿嘿的大笑。

「別缺德，我是想看看姚奶奶腿上有沒有叫狗咬的傷疤。」

鳳兒笑着說。

「腿上？何止呀，滿身都是！」姚大媽認真的說。

「您說的可是真話？」

「是呀，滿身全是，不過不是狗咬的，是叫白吃兒（注二）咬的。」

哈——哈——圍在姚大媽跟前的丫頭們笑得前仰後合。

端着茶碗的王爺爺蹭過來指着姚大媽的嘴說：

「您呀，老嫂子，嘴上可缺少個站崗的！」

王爺爺說得有道理，姚大媽嘴上是少個站崗放哨的，她常常把從西單菜市場中、民族文化宮廣場前聽到的「新聞」廣播出來：

「……這喪天良的小子，硬逼他老娘改嫁不可。他說：我怎麼處理你呀？因為有你，我就搞不成對象——對象說好了有媽的不搞。老娘說我不和你們同住，我自個兒另起竈不就得了。兒子又說，我這三十元的工資養對象都湊合，再一個月給你幾元的生活費，我還活不活了？趁早，找個老頭子養着你算了。逼得六十多歲的老寡婦娘一口氣，咕咚咕咚喝了半瓶子的『滴滴威』（注三），這下子好了，公安局逮了他去，得，媳婦也甭搞了……」

「大木倉醫院的白大夫，插隊山西的那個大女兒一進門兒就病倒了！一天到晚不想吃，也不想喝，聞到油鍋的味兒就嘔心。她媽是大夫呀，一看就知道不對勁兒，一檢查是有了孕，逼死逼活女兒才說出來，你們猜是誰幹的？是落戶到那家的貧下中農生產大隊長幹的！缺不缺德，糟蹋了人家十七歲的黃花大閨女！白大夫上告到中央去了……」

有次街道上站崗，劉嬸和小青媽兩個人值班，姚大媽買菜經過，小青媽喊道：

「胖大媽，您過來，擰您個小水蘿蔔解解渴。」

姚大媽扭撻扭撻走過去，看見小青媽說：

「這小娘們今天滿面紅光有甚麼喜事？」

「您是相面先生啊？還滿面紅光呢！今兒一早買糧食去丟了三毛錢，一天的菜錢全飛了，還有喜事兒呢！」

「嗯，怪不得印堂發暗，鼻尖兒上發紅，鼻頭一紅保準破財……」

「這老太太就能順風扯大旗，一會兒說人家滿面紅光，一會兒又嚷着人家破財倒霉，不是神仙就甭冒充是真人！」

劉嬸咯巴咯巴咬着小水蘿蔔笑着說。

「誰說不會看！瞧妳這雙小眼睛彎彎兒的，就是雙風流眼兒……」

哈——哈——兩個媳婦全笑得吐了嘴裡的水蘿蔔。

不知甚麼時候二奶奶和白委員走了過來。

「甚麼事兒這麼好笑，也叫我笑笑。」二奶奶說。

「妳想笑啊？妳想笑我還不想說了呢！」姚大媽半開玩笑半認真的說。

「姚大媽給劉嬸看相，說她有一雙風流眼兒，專門迷糊他們家老王。」

「是嗎？姚大媽給我看看長了對甚麼眼兒？」

白委員逗趣的搭訕着。

「妳呀，長了一對三角鬥雞眼兒，潑貨！」

哈——哈——

「您呢？您長了一雙甚麼眼兒？」白委員不懷好意的問。

「我呀，我長得是紅臉大漢忠臣相！」

「喂，人家說紅臉人好交，白臉人不好交，這有沒有道理？」小青媽問。

「沒聽見人說：小白臉兒沒有好心眼兒嗎……」劉嬸說。

「咋沒道理，你沒看以前唱京戲，關公就是紅臉兒，老曹操就是大白臉兒！一肚子黑心爛肚腸整天盤算人兒，半夜睡不着覺，白天吃不下飯，臉不白才怪呢。大白臉，小短眉毛，那是奸臣相——眉毛短，壽祿短，活不長，早死！」

姚大媽瞄着二奶奶說。

二奶奶一臉笑容的問姚大媽：

「您看咱們毛主席的相好不好？」

「那還用說！毛主席滿面紅光，慈眉笑眼兒，一看就是萬壽無疆，壽比……」

「那林副主席呢？」二奶奶沒等姚大媽說完搶着問。

「林副主席就沒有毛主席面善，眉毛……」

小青媽用力一拉姚大媽的袖子大聲喊：

「宏宏叫您來了，別淨瞎聊嘍！」

當天晚上姚大媽被公安局逮捕了。定為現行反革命分子，罪狀是侮辱毛主席的接班人——林彪副主席。

劉嬸和小青媽被公安局找去問了幾次話，要她們揭發檢舉姚大媽平日還有甚麼「反動言論」，並寫「材料」證實這次反革命言論的「真實情況」，嚇得兩個人直哭。

誰也難以替姚大媽分辯：就是她那個造反派頭頭的老閨女也只能躲在屋裡大哭……

注一：落子——即平劇

注二：白吃兒——北京夏季一種咬人的小咬蟲

注三：滴滴威——一種殺蟲藥名

（《香港文學展顏——市政局一九七九年中文文學獎》，市政局出版，一九八〇年版）